ВЕРА БОГДАНОВА

ВЕРА БОГДАНОВА

СЕЗОН ОТРАВЛЕННЫХ ПЛОДОВ

Роман

РЕДАКЦИЯ
ЕЛЕНЫ ШУБИНОЙ

Издательство
АСТ
Москва

УДК 821.161.1-31
ББК 84(2Рос=Рус)6-44
Б73

Дизайн *Виктории Лебедевой*

В оформлении переплета использовано фото
Светы Мишиной

Издательство благодарит литературное агентство
«*Banke, Goumen & Smirnova*» за содействие
в приобретении прав

Богданова, Вера Олеговна.

Б73   Сезон отравленных плодов : роман / Вера Богданова. — Москва : Издательство АСT : Редакция Елены Шубиной, 2025. — 348, [4] с. — (Роман поколения).

ISBN 978-5-17-146807-1

С ранних лет Жене говорили, что она должна быть хорошей: выучиться на переводчика, выйти замуж, родить детей. Теперь ей под тридцать, ни мужа, ни детей — только проблемы с алкоголем и непреодолимая тяга к двоюродному брату.

Даша, как ее мать, не умеет выбирать мужчин. Она ищет похожих на отца, пьющих кухонных боксеров, и выходит замуж за одного из них.

Илья боится не быть настоящим мужчиной. Зарабатывать нужно лучше, любить семью — больше, да только смысл исчез и жизнь превратилась в день сурка.

Новый роман Веры Богдановой «Сезон отравленных плодов» — о поколении современных тридцатилетних, выросших в хаосе девяностых и терактах нулевых. Герои романа боятся жить своей жизнью, да и вообще — можно ли обрести счастье, когда мир вокруг взрывается и горит?

УДК 821.161.1-31
ББК 84(2Рос=Рус)6-44

ISBN 978-5-17-146807-1

Моим императрицам

BZ

[3-хинуклидинилбензилат]

когда придет сезон
из леса выйдут боги хмеля и стыда
и уведут тебя с собой
поставят в ведьмин круг грибной
туда где папоротник цвел
где наступает паралич

1

Никто в семействе Смирновых и не думал, что приключится такое несчастье. Нет, Женечку всегда считали странненькой — совсем как бабушку, только бабулю так называли тихо и тайком: в конце концов, она работала и вдобавок получала пенсию, а совсем уж сумасшедшие не пашут в баклаборатории полный день и не приносят денег в дом. Про Женю, если случалась какая-то неловкость, мама так и говорила с приторной тоскливой жалостью: «Ну это же Женя». Или добавляла: «Смешная наша». Или: «С чудинкой, но это же не так уж плохо, Женечка, не думай. Зато ты умная». При этом посматривала на Женю краем глаза и просила других «не обращать внимания», хотя обращать внимание было не на что: обычный ребенок, среднее арифметическое всех невыдающихся тихих детей. А уж что Женя устроит потом — какой стыд, какой позор на всю семью, в глаза не посмотришь людям.

11

Но пока Женя не знает, что же она устроит. Пока Жене шестнадцать, она отдыхает у бабушки на даче, сидит на дубе у калитки и кусает яблоко. Яблоко невыносимо кислое, хуже лимона: зеленоватое, в бородавках парши, размером с младенческий кулачок. Хотя удивляться нечему. На дачных болотистых сотках растет семь старых яблонь, и все они плодоносят совершенно одинаковой кислятиной.

Женя выплевывает откушенный кусок, бросает следом яблоко и остальные высыпает из карманов — те мелкой дробью падают в траву, — устраивается на мягкой от мха развилке меж ветвей. Дуб обнимает ее раздвоенной верхушкой, греет корой. Солнце пробирается через листву яркой мошкой, бежит по носу, ищет глаз. В траве у корней Женя замечает беззвучное движение, серую гибкую спину — соседский кот срезает путь через их участок. Вот он замедлил шаг, прислушался, готовый прыгнуть. Постоял немного, куснул щекотавшую его травинку, пошел дальше. А полуденный зной шуршит, жужжит, стрекочет. Басит шмель, задерживается у руки, будто обнюхивает, и Женя вспоминает, как схватила одного. Хотела погладить полосатое шерстистое брюшко, на вид волшебно мягкое, а шмель ее куснул. Тогда она была маленькой, конечно, но урок усвоила. С тех пор за всем красивым и желанным она наблюдает издалека.

Шмель летит с участка, уносится к остановке и магазину, описав золотистую дугу над головами идущих по дороге.

Наконец приехали.

Тетя Мила как будто и не менялась — немного раздалась вширь, конечно, нарастила плоть, но все еще Клаудия Шиффер с рекламного плаката. Обесцвеченные волосы начесаны в жиденький полупрозрачный объем, уже опавший. Раскрасневшееся на жаре лицо чуть опустилось, собралось за подбородком вялой складкой, сложилось заломами у рта, все равно красивое — неживой жестокой красотой.

Рядом Даша — тонкая девочка-пружинка младше Жени на три года, мягкий ободок на волосах, за плечами розовый рюкзак. Даша шаркает, поднимая дорожную пыль, и та липнет ей на шлепки, узкие ступни и алые лосины. Илья говорит ей прекратить, но Даша продолжает шаркать, глядит себе под ноги.

Илью единственного не узнать — он очень вырос, стал даже выше тети Милы. Он перешел в одиннадцатый класс, так сказала мама. Широкий в плечах, чуть угловатый, коротко, по-спортивному стриженный. Будто из детского тела, как из куколки, вылупился другой, взрослый человек.

До того Женя почему-то представляла, что приедут дети, которых она помнила, которые с легкостью размещались с тетей Милой на чердаке на двух панцирных кроватях, хотя, конечно, она знает, что все выросли, что дети в принципе растут. Но теперь она не понимает: как они все будут жить ближайшие недели, весь тети-Милин отпуск? Теперь ей кажется, что бабушкин дом стал им всем мал, особенно Илье. Кажется, что он будет цеплять плечами дверные косяки или темной макушкой потолок.

В каждой руке Илья несет по клетчатой тканевой сумке, натянутой изнутри чем-то угловатым. Но он не ставит их на землю, он терпеливо ждет, пока Женя спустится с дерева и отопрет калитку.

— Привет, — говорит тетя Мила. Тушь ее растаяла на солнце, оставила черные засечки под бровями. — Сестра ваша, Женя.

— Ма, мы знакомы, — откликается Илья.

Голос у него шершавый, как дубовая кора, — тоже совсем не тот, что помнится, и Жене вдруг делается неудобно за свой комбинезон с выпачканными землей коленями, за выцветший, слишком обтягивающий топик с Лео, Кейт и носом затонувшего «Титаника». За свое тело, плотное, как батон докторской. Волосы стянуты в хвост — она знает, что ей так не идет, выглядывают «обезьяньи уши», как говорит ей папа. Женя тянется к резинке, но, спохватившись, опускает руку.

— Да, — говорит. — Вы приезжали.

— Ой гос-споди, сколько вам лет-то было, что там можно помнить?

Тетя Мила вручает Жене сумку-мешок из лакированной потрескавшейся кожи и пакет с черным силуэтом женщины в шляпе, под силуэтом подпись: *Marianna*. Она огибает Женю — Илья и Даша следом — и шагает по тропинке к дому, громко описы-

вая, что где устроено на участке: здесь были грядки
с морковью, а теперь, смотрите-ка, крапива, заросло
все, вот тут мы со Светкой, с вашей теткой, сейчас
познакомитесь еще раз, вешали гамак, а там туалет,
ходить по всем делам на улицу. Я тут часто отдыхала
в вашем возрасте. Комарья было — жуть, здесь всегда столько комаров, помню, лежим мы со Светкой
ночью...

Женя тайком заглядывает внутрь пакета с Мари-
анной — вдруг торт к чаю, конфеты или печенье?
Лаиля Ильинична, бабушкина подруга, всегда приносит «Птичье молоко». Но в пакете лишь махровое
тряпье в цветочек, косметичка и что-то, завернутое
в еще один пакет. Наверное, все вкусное — в сумках
у Ильи.

А на веранде всех уже встречает папа, спрашивает, как доехали, не устали, и тетя Мила охает и жалуется на духоту в электричке, еле успели на нее, места́
заняли на солнечной стороне, но уже было не вы-
брать, народу много, всё битком, тележки эти, и пьяная морда какая-то села рядом и давай заваливаться
на плечо...

Папа кивает, слушая. Завидев Женю, машет ей:
быстрее, не тащись.

— Это в дом? — спрашивает Женя о пакете
и кожаном лакированном мешке.

— Ну а куда еще? К себе в комнату поставь, — отвечает папа и снова тете Миле с Дашей, улыбаясь: —
Проходите, вот тут обувь, вот сюда, на полочку...

— Простите, что мы с пустыми руками, — говорит тетя Мила, послушно разуваясь. — Не успели зайти в магазин, Дарья хотела быстрее в туалет, вечно не вовремя...

— Ма-ам, — с укором в голосе отзывается Даша.

— Ничего страшного, ничего страшного... Вот тапочки, выбирайте, какие нравятся, вот здесь.

— И хорошо, что не зашли! У нас полно всего. — Из дома донесся голос бабушки. — Голодные?

— Конечно голодные, разогревайте, — отвечает за тетю Милу папа и увлекает ее внутрь.

Он не говорит — воркует. У него хорошее настроение, хотя с утра он нервничал, как и всегда перед приездом гостей. Мама с бабушкой больше молчали, готовили и убирались, а Женя взяла плеер и ушла на дуб. «Папа просто устал, нужно вести себя потише». Мама обычно говорит так — раньше говорила, — а потом уже и предупреждать стало не нужно: Женя научилась слышать раздражение, как собака слышит ультразвук. Нарастающую электрическую близость скандала — сейчас рванет или чуть позже?

Но теперь все тихо и спокойно. Безопасно.

Даша скидывает шлепки и заходит в дом, осматриваясь, как в опасных джунглях. Илья задерживается на пороге, бросает взгляд на сумку и пакет, протягивает руку:

— Давай отнесу.

Женя мотает головой, продолжает распускать шнурки, путаясь пальцами в петлях. Илья уходит, остаются только запахи электрички, бензина, дезодоранта и порошка для стирки. Женя украдкой нюхает свое предплечье. Оно пахнет болячками, грязью и загаром, древесной корой, усыпано точками комариных укусов.

Она берет пакет и сумку и заходит в дом.

Женя терпеть не может семейные застолья.

Всегда страшная суета, все носятся с едой, а Женя должна смотреть за пирогом в духовке, чтобы не сгорел, принести редиску с огорода, помыть ее, помыть посуду, поставить чайник, принести стул, блюдо, полотенце, помочь раздвинуть стол, не мешаться под ногами, показать гостям, где переодеться и положить вещи.

А после начинаются разговоры.

Женю сажают на табуретку рядом с теликом, и надо вести себя *прилично*, молча есть и слушать, изображая интерес. Иногда гости спрашивают дежурное «а как школа?», «кем собираешься стать?». И Женя отвечает «хорошо» и «переводчиком», а остальное за нее нетерпеливо дополняют папа с мамой. И снова слушает, примерно вот такое.

— Мы идем, я гляжу: а у вас кто-то сидит на дубе, — говорит тетя Мила со смешком. Этот смешок выскакивает откуда-то из ее межгрудья и шлепается на пол, не в силах взлететь.

Папа наливает «Очаковского» из баклажки.

— Ну это ж Женька. Вечно на дереве, как обезьяна.

— Как она вымахала! Крепкая девка.

Женя снова ощущает свое внезапно выросшее тело. Оно будто натягивает кожу, жмет в подмышках.

— Ума только никак не наберется, в школе тройбаны одни. Все в сиськи ушло.

— Юра! — говорит мама с укоризной. Потом Илье, с улыбкой: — Илья, будешь пирог?

А Жене очень хочется вернуться на дуб, в тенистую развилку между веток, в гущу листвы. Сидеть там, пока все не лягут спать.

Окружающие часто говорят о Жениной груди, как будто Женя сама ее не видит. Подчеркивают в разговоре, как Женя *выросла*, выразительно поднимая брови, хотя она совсем не обязательна, вот эта мимика с намеками.

Во-первых, Женины груди натягивают рубашечную ткань до скрипа, всё топорщится, и в образовавшиеся отверстия между пуговицами можно рассмотреть лифчик. Поэтому в школу Женя носит свободные вещи.

Во-вторых, в этих свободных кофтах и свитерах кажется, будто Женя целиком такая — огромная, как ее бюст. Или как попа.

В-третьих, когда Женя идет по этажу в школе или по улице — да где угодно, — весь мужской пол от мала до велика оглядывается, косится, пялится на нее, изучает ее ужасные уши, и рубашку-парус, и конопушки, и полноватые (она мерила сантиметром) бедра, из-за которых Женя не носит короткие юбки. От стыда она хочет стать невидимой и после уроков бежит скорей домой, выбирая самую безлюдную окольную дорогу. И лишние разговоры о ее груди и о том, как *она* — кто? грудь? Женя? попа? о чем они все говорят? — выросла, ее не радуют.

— Дашуля, а тебе? Положить еще котлету?

— Я Дарья, а не Дашуля.

— Мила, а ты все там же?

— Да, прибавили зарплату немного.

— Как хорошо!

— Но навалили всего — уйма, дергают постоянно...

— Это, конечно, плохо.

— Но не слишком, ведь знают, что я — ценный работник. Кто еще будет так надрываться? Никто же, я одна такая...

— А может быть, шарлотки, Дашуль? Только из духовки, мягкая-мягкая!

— Я Дарья!

— ...А денег все равно нет. То Илье учебники, то Дарье новые штаны, сменку к школе, и мы же всё сами покупаем, никто не помогает.

— Очень тебе сочувствую! — говорит бабушка. — У Людки, у соседки с третьего, недавно сократили многих, и...

— ...А еще в родительском комитете хотят содрать больше, чем в том году, — продолжает тетя

Мила, не глядя на бабушку. Ложкой собирает налипшую на стенки салатницы зелень и выскребает себе в тарелку. Зеленоватый от огуречного сока майонез капает на скатерть. — И выпускной будет, некоторые мамаши хотят вести детей в ресторан, а откуда остальные родители деньги возьмут, их не волнует.

— Почему в ресторан?

— Илья же теперь в английской школе, в Москве. Я была просто вынуждена его туда отдать, мне все учителя говорили: мальчик способный, не упустите момент. И наконец разряд получил. Все я! Все моими стараниями, Свет, понимаешь?

— Как здорово!

— Уж как я тренера просила позаниматься с ним подольше и взять на соревнования, Свет, ты не представляешь! Говорю: ну нет денег у нас, но мальчик вон какой, в школе при Финансовой академии на одни пятерки учится, только из-за этой школы и прогулял, катается в Москву каждый день, ну он же не специально, войдите в положение, я мать-одиночка, на мне два спиногрыза. Хорошо хоть Илья подрабатывает после уроков.

— Подрабатывает? Да что ты!

— Да! Помогает старикам из нашего дома, ходит за продуктами. Десятку-двадцатку дают, и то неплохо, нарезной батон взять.

— Какой же молодец, — выдыхает мама и, улыбаясь, нежно смотрит на Илью.

Илья же смотрит в тарелку, на котлету, которую аккуратно разломал ножом и вилкой. А папа яростно кивает, будто подтверждает тети-Милины слова.

— Женька в английской, — говорит он, — но бестолочь же, мы ей твердим-твердим, на курсы водим...

— Почему? У Жени всегда пять по английскому, — замечает бабушка.

Папа отмахивается: все это чушь.

Он это считает совпадением, не Жениной заслугой. Англичанка слишком добрая, так он говорит, ты мало занимаешься. Еще он с детства твердит, что английский — это престижно, он нужен везде, а значит, везде будет нужна и Женя как голосовой придаток.

Фоном бурчит телевизор, начинается дурацкая передача с двумя роялями и Минаевым в большом пятнистом пиджаке, для его пошива будто ободрали полторы коровы. Минаев представляет гостей — российских певцов, имена которых Жене ни о чем не говорят, да и в целом эта программа — тоска смертная. Ее любит бабушка, но сейчас она занята разговором, держит хрустальную салатницу, предлагает оливье, пытается поладить с насупившейся Дашей и тетей Милой, которая опять заговорила про призыв в армию, что надо бы помочь, Юра, ты же поможешь, правда?

Покосившись на Илью (ему, должно быть, тоже скучно), Женя находит пульт за блюдцем с нарезанной колбасой и переключает на МУЗ-ТВ, где «Моджо» поют про леди и танцы в лунном свете, а двое полуобнаженных парней и девушка мокнут под душем. Женя видела этот клип раз сто, наверное, и знает песню наизусть, но смотрит снова, пристукивая ногой по ножке стула. Когда дома нет никого, она танцует под эту песню, глядя на свое отражение в полированной дверце шкафа.

Отец недовольно глядит через плечо на телевизор, и мама тут же говорит:

— Жень, выключи, мешает.

Женя выключает. Становится тоскливее вдвойне. Полуденно жужжат осы. Привлеченные вареньем, они залетают в дом и вязнут лапками на крае блюдца, бьются в оконное стекло. Одна оса трепыхается в мятом кружеве занавески, приглушенно жужжит. Еще одна ползет по носику электрического самовара, похожему на кривое копытце. Бабушка достает его каждый раз, когда приезжают гости, хотя пить из него невозможно — из-за накипи у воды странный вкус.

Женя изучает высокий гладкий лоб Ильи, точку-родинку на шее. Волосы вроде бы темные, но там, где падает солнце, они светлеют, приобретают золотистый перелив. На вид мягкие, будто шерстка у шмеля. Илья ест все, что предлагают, ловко орудует вилкой и ножом. Чуть сощурив прозрачные, как талая вода, глаза, он рассматривает салатницу и хлебную плетенку, тарелку с щербатым краем и широкой голубой каймой, потолок, ковер с оленями на стенке, липкую ленту с бусинами дохлых мух, папу, маму, тетю Милу, Женю. Женя запоздало опускает взгляд, ковыряет остывшее пюре. Выждав немного, снова смотрит — уже безопасно, не на лицо: загорелая ключица в вырезе футболки, рукав обтягивает бицепс, широкие ладони и длинные пальцы с крупными суставами, на запястье короткий шрам, как будто кошка цапнула когтем.

Ничего общего с мальчишкой с плеером из девяносто пятого.

2

1995
АВГУСТ

Никто в семействе Смирновых и не думал, что приключится такое несчастье. Все же нормально было. Женя много и запойно читала, не капризничала, знала, что денег в семье нет, не требовала Барби, хотя в фирменном магазине рядом с «Детским миром» их было во-от столько: невеста и русалка, с собачкой и коляской, блондинка и брюнетка, и дом для Барби тоже был, из розовой пластмассы, при взгляде на который во рту тут же возникал вкус жвачки. Дом стоял на витрине, раскрытый на двухэтажные половины, и Барби устраивали в нем семейную жизнь — точнее, лишь одна из них, ведь Кен был у них всего один.

Мечтала Женя тоже о простых вещах: построить бабушке в деревне двухэтажный дом, такой же, как у Барби: с широкими кроватями, кухонным гарнитуром и гардеробом с кучей платьев. Не сейчас, конечно, а лет через двадцать, когда найдет Женя работу в крупной фирме и будет переводчиком с английского.

Раз в месяц они с бабушкой катались на троллейбусе, по прямой до центра. Садились на девятый и ехали до Мясницкой, где располагался книжный магазин. Он занимал два этажа здания кремового цвета, похожего на многослойный торт, по соседству со зданием органов госбезопасности. В том магазине бабушка оставляла половину пенсии, доверяя Жене выбирать что угодно — обычно детские детективы и фантастику. Потом они снова садились в троллейбус, на жесткие скамьи, обитые коричневым кожзамом, и ехали обратно. Купленное они прятали под кроватью — безуспешно, до первой маминой уборки, — и мама выговаривала бабушке, ведь на еду им тоже нужно, и Жене на тетради, и папе на ботинки. «Юра может купить себе ботинки сам, не маленький», — отвечала бабушка, подмигивала Жене и удалялась в комнату.

Раньше у бабушки была своя квартира, однушка на «Рижской», с видом на пряничный бело-голубой вокзал. Женя помнила стены в полоску, пергаментный запах пыли, старых бумажных обоев, приклеенных на газеты, и книг — хотя книг нигде не было видно, они стопками лежали на антресолях в коридоре. Бабушка продала квартиру и отдала деньги кому-то по имени МММ, желая заработать вдвое больше. Хотела разменять однушку на двухкомнатную, Жене в приданое. Мама показывала

Жене этого МММ по телевизору. Он оказался губастым мужчиной в очках, которого уводили милиционеры.

Когда главный офис МММ накрыл ОМОН, бабушка пыталась обменять пачки розовых «мавродиков» на деньги, на какую угодно сумму. Они с Женей толклись в длинных злых очередях, где все время кто-то тихо плакал, потом бабушка стояла с плакатом в поддержку того губастого мужчины — не по любви, а в надежде вернуть свои кровные. Но ничего не вышло. Деньги, изъятые у МММ, отправились в казну, а бабушка и другие вкладчики остались с плакатами и пачками «мавродиков». Вкладчики повозмущались — тихонько, из последних сил, помня, что возмущаться громко не положено и в принципе опасно, — и разошлись самостоятельно решать свои проблемы.

Так бабушка со своим перманентно завитым пухом седых волос, куцым пальто, сереньким беретом и обязательным набором гжели (конфетница, селедочница, статуэтки) переехала к Жене и ее родителям в просторную квартиру, доставшуюся от дедушки-профессора. И Женя была рада больше всех, ведь бабушка помогала ей с уроками.

Учиться Женя старалась хорошо. Совсем на отлично по всем предметам не выходило: дома она никак не могла сосредоточиться, все ждала щелчка двери, когда та распахнется, и быстрого тяжелого шага со спины. Отец выхватит тетрадь из-под руки, присмотрится к написанному и скривится. И Женя будет думать: «Что? Что на этот раз не так? Что упустила?» «Почему здесь десять?» — спросит он с нажимом, и Женя тут же все забудет, даже родную речь. А отец, он мог объяснить, конечно, но сперва кричал, раздувая ноздри и нависая сверху: «Стыд и срам! Позор не знать такое, бестолочь! Проституткой хочешь стать? На рынке торговать?»

Женя не понимала, что плохого в том, чтобы торговать на рынке, — папа же торговал. Раньше у него была работа в армии, правда, Женя это плохо помнила, только форму, которую он наглаживал во время просмотра вечерних новостей. Теперь же они с мамой арендовали точку на местном рынке и по очереди там стояли, торговали колготками, справедливо решив, что колготки нужны всем и всегда, почти как английский. Поэтому вся квартира Смирновых была заставлена коробками: сотни стройных ног черного, белого, телесного цвета и цвета загара, матовые и с блеском, плотностью сорок или двадцать ден — в этом Женя научилась разбираться с малых лет. Миллионов родители, конечно, не зарабатывали, отстегивали там и сям, чтобы иметь возможность работать, но и не бедствовали.

Так что же здесь плохого?

Но произнести это, повторить отцу в лицо Женя не могла. Жгучий стыд отзывался, поднимался кислотой к горлу, не давая всхлипнуть, путая все мысли, сплошной гул в голове до той поры, пока отец не выходил, хлопнув дверью. Иногда мог треснуть по макушке, и гул катился дальше по телу, до самых пяток: бом-м-м.

Потом в комнату прокрадывалась бабушка и объясняла: смотри, Женечка, вот здесь ты же делила, да? А глянь на условие теперь, что там написано во второй строчке? И задача как-то складывалась, оказывалась совсем простой.

Когда Женя спросила, кто такая проститутка, бабушка сперва выяснила, где Женя это услыхала, а после сказала пару нехороших слов, которые не стоит повторять, и велела забыть об этом навсегда. Мама же ответила, что папа желает ей добра, он хочет, чтобы Женя хорошо училась и поступила в институт. Нужно терпеть. Женя старалась и терпела. Но каждый урок математики она терялась, не могла вспомнить, что дальше делать, повторить то простое, что они с бабушкой решали дома. Нужные мысли не пробивались через стылую пелену тревоги, голову наполнял туман и раскатывалось эхо: стыд и срам-м-м-м, и казалось, что учительница вот-вот подойдет и ка-ак треснет по Жениной голове, а после скажет папе, что позор иметь такую дочь.

Стыд-и-срам приглядывал за Женей, как темный властный бог, ждал за углом и выбирал момент для главного удара. И привели к нему двухтысячный, две тысячи четвертый и уж точно две тысячи пятый — все они стали чередой падений Жени в собственных глазах и глазах тех, кто *знал*.

Но начало неотвратимому положил, конечно же, девяносто пятый.

В девяносто пятом Женя получила первую похвальную грамоту — за активное участие в жизни школы. На утреннике перед Первым мая она сыграла Колобка. Помадой ей намазали на щеках два румянца, на грудь повесили огромный круг из желтого картона, на котором бабушка нарисовала лицо — два глаза и улыбка. Женю за этим кругом почти не было видно, он был тяжелый и неудобный, руки затекали его придерживать, но Женя терпела и тараторила вызубренный дома текст. Косилась на бабушку в первом ряду: нравится, нет? Бабушке, ясное дело, нравилось, она кивала в такт строкам и губами повторяла: «Я по ко-ро-бу скре-бён, по су-се-кам я ме-тён!» Молодец, сказала ей потом.

Еще всем классом пели «Крылатые качели», и Женечка стояла впереди и пела громче всех, как же они летят, эти качели. И представляла, как на них захватывает дух.

В конце утренника Женя плясала. Ее нарядили в сарафан, поставили в центр, в первый ряд, и здесь она уже не стеснялась. Ей нравилось танцевать, будь у нее возможность, она бы танцевала целый день под радио «Европа Плюс». Когда ей было пять, ее даже записали в балетный кружок, но быстро оттуда забрали: не хватало времени на изучение английского. А танцы что? Танцы — это баловство, так сказал папа, плясками на жизнь не заработаешь, учи английский. И мама смеялась: «Балерина? Ах, смешная Женя! Положить тебе еще котлету?»

Ей написали на роду: переводчик, внесли в соответствующую графу в личном деле при рождении, и все детство Жени было выстроено в соответствии с этой графой. Английский Женя и в самом деле схватывала на лету, но удовольствия от него не получала и танцевать не прекратила, просто научилась делать это тайно. Оставшись в комнате одна, она кружилась, прыгала и задирала ноги, подражая танцорам из балета «Тодес», увиденным в «Утренней звезде».

Потом началось лето со звонкими бронзовками, которые стукались о стекла и падали на спины, дрыгая ногами, лето с бабушкиными пирожками — с яйцом и зеленью, с прозрачными, будто карамельными дольками яблок, с картошкой и укропом, какие хороши лишь теплые, сразу из духовки. Тогда бабуля еще была крепка, как Женин дуб, который рос у калитки. Ее хватало и на пироги, и на огород. «Есть что-то надо, Женечка», — говорила она, приподнимая запотевшую пленку, из-под которой вырывался раскаленный влажный воздух, и поливала из неподъемной лейки лианы огурцов.

На соседнюю улицу приехала внучка Лаили Ильиничны, бабушкиной подруги. Внучка была постарше Жени, слушала «На-На» и все время спрашивала, кто больше нравится: темненький или светленький. Жене не нравился ни тот, ни другой, ни остальные двое, и песни их тоже, честно говоря, не нравились, но она поддакивала и всегда кого-то выбирала. Хотела, чтобы за ней заходили чаще, чтобы угощали сладким апельсиновым «Тик-Таком», хотела рассматривать девочкины платья и на-глаженные хлопковые комбинезоны, пахнущие стиральным порошком (а не хозяйственным мылом, как пахли Женины вещи), красивые заколки, духи и тонкие серебряные цепочки на девочкиной шее и де-вочкиных запястьях. Все это казалось донельзя утон-ченным, из другого мира Женственности и Богат-ства, совсем не для Жениных рук в царапинах — о нет!

Потом девочка уехала — однажды просто пере-стала заходить. Лаиля Ильинична, не отвлекаясь от прополки грядок, сообщила, что внучка «больше не приедет», имя уже к августу выветрилось из Же-ниной головы, и на даче стало совсем скучно.

А в августе Женя познакомилась с Ильей.

Он сидел на заднем сиденье похожего на ракету серебристого «мерседеса» со значком-прицелом на бампере и смотрел куда-то в пустоту, мимо Жени, сквозь бабушкин дом, забор и лес, а тетя Мила пар-ковалась, двигала машину взад-вперед по пятачку у ворот, укатывая крапиву с лопухами. То ли отыскав наконец точку равновесия, то ли устав, она заглуши-ла двигатель, вышла, шарахнув дверью, и стала разгружать багажник под модную долбежку из салона. Женя узнала песню и в восхищении подошла поближе, желая поздороваться. Обычно взрослые сами ее замечали, улыбались и спрашивали, не она ли — та самая Женечка, о которой столько говорили бабушка и мама. Но тетя Мила лишь скользнула по ней взглядом и вернулась к пузатым пакетам, которых становилось на траве все больше. Яркая, с начесанным кардинальным блондом, она будто выпорхнула из телевизора, из казино «Метелица».

Собственно, именно в «Метелице» тетя Мила и проводила время. Никто не знал, как бывшая модель и мать-одиночка вдруг встретила Дашиного папу, качка из Люберец, и как он вдруг сумел разбогатеть, но бабушка иногда шептала маме, что все это опасно для Милы и детей, а Женя не понимала почему. Еще Женя знала, что тетя Мила — тоже бабушкина дочка, как и мама, но они с бабушкой давно поссорились и перестали разговаривать; что первый муж тети Милы был нехороший человек, слава богу помер, и второй, даст бог, помрет, господи прости. Но ей было все равно по сути, что за Милу бабушка и мама все время обсуждают. До лета девяносто пятого тетя Мила оставалась далекой и никогда не виданной, персонажем подзабытой сказки, о котором вспоминали каждый раз, когда электричка проезжала Люберцы.

Выгрузив пакеты, тетя Мила закурила, ожидая, когда папа подойдет помочь. Папа таскал сумки, а она шла

рядом, протыкая каблуками землю, и громко, с ощути-
мым гневом рассказывала о баране, который ее подрезал на шоссе, и о еще одном баране, который остался
дома, хотя она сказала ему собирать манатки и катить-
ся вон. «Его посадят, блин, а мне что, ждать его?» —
сказала, а папа велел ей помолчать, кивнув на Женю.
Удивительно, но тетя Мила послушалась, затушила
сигарету о сосну и зашла в дом.

Из машины выбрался Илья во взрослых темных
очках и с плеером, за ним восьмилетняя Дарья (не
Дашка и не Дашуля, она сразу дала всем понять)
с короткой тугой косичкой. Красный спортивный
костюмчик с Микки Маусом на груди будто сняли
с другой девочки постарше, тонкие Дашины пальцы
едва выглядывали из манжет. Одна штанина подвер-
нута, другая развернулась, касалась земли и в том месте уже была черная. Оглядевшись, Даша сморщила
нос и спросила, когда они поедут домой. Илья сказал «привет» и предложил Жене половину подтаяв-
шего «Баунти».

Он похож на принца из диснеевской «Русалоч-
ки», думала Женя, слизывая с пальцев шоколад.
Ловкий, улыбчивый и смелый — залез на дуб за Женей, хоть тетя Мила и кричала, чтобы он спускал-
ся и не рвал джинсы. Им нравилось одно и то же:
самолеты, ряженка и тот самый «Эйс оф Бейс».
У Жени не было ни плеера, ни магнитофона, только
бабушкино радио на кухне, которое она выкручива-
ла на «Европу Плюс» и слушала, как ведущие гоня-

ют по кругу одни и те же хиты. Но у Ильи были свои кассеты с «Эйс оф Бейс» и «Арми оф Лаверс», настоящие, купленные в магазине, а не записанные поверх чего-то с радио. Вечером они пошли гулять по улице взад и вперед — недалеко, до зеленого дома, который показала бабушка, — и Илья дал Жене один наушник. Тот все время выскакивал из уха, и приходилось идти близко, с равной скоростью, при этом соприкасаясь плечами, как идут солдаты на параде. Женя умудрялась пританцовывать при этом, чем очень смешила Илью.

На Дашу наушника не хватило, после чего она надулась, сказала, что все расскажет маме, и ушла в дом на второй этаж. А Женя с Ильей все ходили-танцевали, соединенные наушниками, как стебельком, и говорили о комиксах и новой книге про Нэнси Дрю, о мультиках, о том, как Илья занимается стрельбой, и он казался очень крутым, даже круче внучки Лаили Ильиничны. Женя и не думала, что с мальчишками может быть так интересно. Когда батарейки в плеере начали садиться, музыка замедлилась, а голос певицы понизился до тягучего мужского баса, Илья показал Жене фокус. Он нажал «Стоп», затем опять «Плей», но не до конца — придерживал, чуть отпустив, — и музыка заиграла веселее, изредка срываясь на быстрый визг, когда уставал и подрагивал палец. Потом они случайно раздавили шмеля — тот полз по обочине дороги, и Илья расплакался. «Чего ревешь, не мужик, что ли?» — сказал проходящий мимо сосед дядя Митя, цыкнув зубом.

Тетя Мила и бабушка много спорили на кухне. Тетя Мила говорила громко, с матюками, а бабушка отвечала ей свистящим шепотом, но Жене, стоящей в дверном проеме между кухней и гостиной, все равно было слышно.

— ...Ты же видела, как он надо мной издевался. Чего молчала?

— Он желал тебе добра, Мила. Он хотел, чтобы ты хорошо училась и не гуляла.

— Мама, он мне все мозги выебал из-за троек...

— Не выражайся, тут дети.

— ...Желал он добра, как же, держи карман шире. Не надо мне сейчас рассказывать. И на могилки ни на какие не поеду, понятно? Тебе надо — ты и езжай. — Тетя Мила вдруг повернулась к Жене. — Дарья сидит наверху, плачет, говорит, вы с Ильей ее играть не берете. Позови ее, она же младше вас, младших не надо обижать.

Не найдя, что ей ответить — никто Дашку не обижал, она сама обиделась и не хотела выходить, — Женя молча ушла к себе, как делала, когда папа сердился. Но все же слышала, о чем шла речь: стены в доме были тонкими и не предусматривали интима.

Тетя Мила сказала, что у Жени сложный *необщительный* характер. С таким, заметила она, ей в жизни будет очень сложно, хоть она и умная у вас.

Такая вот, вздохнула мама, не обращай внимания, и Жене вдруг стало стыдно за свой необщительный характер. Ей захотелось изменить его, как гадкое врожденное уродство.

Я-то не обращаю, сказала тетя Мила маме, но потом, вот поверь мне, жизнь ее поломает, и не таких ломала. Надо с этим что-то делать. Кстати, Илья у нас лучше всех в классе учится. Столько друзей к нему на день рождения пришло, еле прокормили ораву.

Да что ты, какой он молодец, донесся мамин голос, и Жене остро захотелось, чтобы о ней говорили так же, с нежным придыханием. Разве она хуже? По английскому она вообще отличница.

Желая доказать им всем, Женя даже не стала танцевать, когда из телевизора в гостиной запел Леонтьев, а раскрыла прошлогодний «Хэппи Инглиш» цвета кумача — папа привез учебники на дачу, хотел, чтобы Женя подтянулась, — и стала зубрить первый попавшийся текст, что-то про собаку.

Но вскоре в комнату заглянул Илья, предложил залезть на дуб, и Женя пошла с ним, нарушив собственные планы, как делала впоследствии не раз.

Тетя Мила не умеет выбирать мужчин. Об этом Женя тоже узнала в девяносто пятом.

Вечером были шашлыки. Приехали друзья родителей на новенькой «Ладе Самаре», выносили тазы со свининой в маринаде, насаживали скользкие куски на шампуры. Хлопало шампанское, крышки от пивных бутылок прокатывались по столу и падали в траву, туда же падали окурки, и их размазывали подошвами ботинок. Бабушка ушла спать. Мама суетилась, таская туда-сюда тарелки. Женю, Илью и Дашу отправили домой играть. Игры втроем не задались: Даша хотела играть в одно, Женя и Илья — в другое, снова обиды, крики, и в итоге они все выбрались обратно в сад. К тому времени уже стемнело, в саду гремел магнитофон — Буланова, Леонтьев, Цыганова, — горел костер, вокруг которого плясали человеческие тени, а тени лесные то откатывали, убегая в непривычке прочь, то стекались к мангалу, поедая шашлык. Во тьме скакал хохот, кто-то писал на дерево за верандой.

Тетя Мила танцевала, держа початую бутылку пива на отлете. Она улыбалась, и улыбка вдруг вдохнула жизнь в ее лицо. За талию тети Милы цеплялся папин холостой приятель, в пьяном восхищении шептавший: «Изабелла! Тебя должны звать Изабелла...» Был он не очень-то симпатичным, походил на зубастенького из «На-На» и немного шепелявил, но тетя Мила слушала его благосклонно и даже позволяла его ладоням сползать с талии на попу. Возле нее и мужичка крутилась Даша, она все ныла:

— Мам, когда мы поедем обратно? Мам, я не хочу тут ночевать.

Тетя Мила отвечала, что через пару дней, потом просто отмахивалась — сколько можно повторять? — ей нужно было еще «по маленькой» и перекур, и Даша совершенно скисла. Папин приятель вдруг подхватил ее и стал кружиться, Даша верещала, кричала «мама, помоги!», дрыгала ногами, Алена Свиридова пела, что «никто никогда, никто никогда не любил тебя так, как я-а-а...», а тетя Мила подпевала, манерно вытягивая губы.

Еще тем вечером Женя впервые попробовала колу — настоящую, а не приторную подделку в мягком пластике. Илья стащил ее с родительского стола в саду, забрался с ней на дуб, и Женя потом долгие годы помнила бугристые холодные бока под пальцами и колкие пузырьки на языке. Они щекотали нос, потом из бутылки полезла пена, и Илья торопливо ее съел, накрыв ртом.

«Никто и ни-ко-гда», — снова запела Свиридова, песню запустили на десятый круг, и что-то в дубовой листве отозвалось, зашелестело.

Утром взрослые походили на осенних подмерзших мух. Помятые и бледные, они с осторожностью передвигались по дому, культурно интересовались, когда бабушкин папа построил этот дом, кем он работал, ах, тоже врачом, да что вы говорите, а у нас отец был редактором газеты в Волгограде, а я учителем работаю, а здесь у вас шиповник, что ли, или кустовая роза? После завтрака все тихо покурили на крыльце и разъехались, захватив папу — ему нужно было в Москву, на точку завезти товар.

Тети-Милин ухажер тоже уехал, прежде покрутившись возле «мерседеса» и рассказывая что-то о карбюраторах и лошадиных силах. Тетя Мила утомленно кивала, даже не пыталась делать вид, что ей интересно, а потом ушла в дом, не дожидаясь, когда все рассядутся по машинам.

Стало тихо.

По телевизору показывали октябрь девяносто третьего: Останкинскую башню и здание телецентра. Все было непонятно и неинтересно, ведущий рассказывал о каких-то «красно-коричневых», хотя ни красных, ни коричневых Женя в телевизоре не видела, только черный дым и выстрелы. Интересно стало, лишь когда показали колонну военных грузовиков и БТР — Женя узнала проспект Мира.

Она помнила тот день. В девяносто третьем бабушка забрала ее из ДК, где Женя по воскресеньям занималась английским. Но стоило им подняться из подземного перехода, как бабушка, охнув, загнала Женю обратно — та успела увидеть лишь грузовики на опустевшем проспекте, демонстрантов, которые сидели в кузовах, выглядывали из-под тентов, шли рядом, и все это походило на парад в честь Дня Победы.

Наверху происходило какое-то волнение, доносились крики, что-то грохотало, люди сбегали по ступеням в переход и замирали, прислушивались. Жене страшно не было, только любопытно. Через несколько минут ожидания в тесноте бабушка вывела ее наружу и быстрей повела домой. Колонны на проспекте уже не было.

Женя и не знала, что в двадцати минутах езды, в центре была стрельба и взрывы. На следующий день она пошла в школу как обычно, только провожал папа. Всю неделю он сам отводил ее и забирал, а дома мама говорила, что, слава богу, он уволился, какое счастье.

Тетя Мила переключила канал. Женя сказала, что видела те военные грузовики на проспекте Мира, но ей почему-то не поверили. Мама с тетей Милой смотрели на нее, улыбаясь, как будто это была попытка обмануть, причем невозможно глупая.

— Смешная выдумщица ты у нас, — сказала мама и погладила Женю по голове.

Даша и Илья засмеялись, подхватили: «Смешная! Смешная выдумщица!» И бабушка куда-то вышла, как назло, некому было подтвердить, что это правда. Поэтому Женя просто умолкла и даже надулась ненадолго, пока Илья не принес тетрис.

А потом приехал дядя Алик, тети-Милин муж, и все забыли и о девяносто третьем, и о путче.

Кто-то протопал по веранде, дверь вдруг распахнулась, грохнула о кухонный стол. На пороге стоял крупный мужчина — даже выше папы, — полный ленивой силы, с бритой, вросшей в плечи головой.

Спортсмен, наверное, ведь он был в спортивном костюме с белыми полосами на штанинах.

— Милка! Я дома! — Он чуть покачнулся, но устоял на ногах. — Не ждала, бляди-ина?

Тетя Мила, бабушка и мама вскочили, а дядя Алик, оглядевшись, ухватил со стола огурец и с хрустом его умял. Схватил чайник, присосался к носику, только кадык вверх-вниз ходил по шее. Бросил чайник обратно на плиту. Заулыбался, увидев, как все всполошились.

Даша ничуточки не испугалась, но Илья мигом утянул их с Женей на второй этаж. Там он сел на кровать, поджав губы, неотрывно глядя на лестницу. А внизу звенели крики, мат, удары и стекло, и тетя Мила кричала странным высоким голосом, казалось, она вот-вот захлебнется воздухом. Потом поднялась бабушка с ворохом одежды, велела быстро собираться, и спустя полчаса они уже летели в электричке в сторону Москвы. Мама осталась с тетей Милой и пьяным Аликом, и Женя все смотрела из окна, думая о ней. Успеет ли к ужину? Бабушка хотела приготовить блины, а они ведь вкусные, когда горячие, блестящие от масла. И было еще что-то тревожное, ворочалось внутри, но что именно, Женя так и не поняла. Нечеткое, как размытый августовским туманом лес, ощущение, что все они — бабушка, Илья, Даша, Женя — чем-то провинились вдруг, раз им пришлось уехать.

Тетя Мила не умеет выбирать мужчин, так сказал папа. Все же хорошо, он так сказал, когда растрепанная, белая от напряжения мама вернулась с дачи. На-жрался мужик, бывает, просто не надо Милку к нам приглашать. Ты что, не знала, чем все закончится? Дети у нас пока побудут, а эти там сами разберутся, Света, не накручивай себя. Ничего он ей не сделает.

Милицию они не вызывали и заявление не писали, даже мысли не было такой. «Милиция тут что поделает?» — сказала бабушка.

Мама молча срывала с себя одежду, будто та жгла ей кожу. Набросила махровый вытертый халат с крючка за дверью, что-то ответила, тихо и не очень уверенно, — что именно, Женя не смогла подслушать, потому что бабушка выпроводила ее в другую комнату к Даше и Илье. Даша к тому времени уже копалась в коробках с колготками, хрустела пластиковой упаковкой. Илья рассматривал книги на полке над кроватью. И вроде все было в порядке, но Женю не покидали беспокойство и тревога. Казалось, что с минуты на минуту входная дверь грохнет, распахнувшись, и в квартиру ворвется тети-Милин Алик, пьяный, с криками, и будет драться с папой.

В тот август Женя поняла, что безопасности не существует и частной собственности тоже нет. В любой момент может вломиться кто угодно, бить мебель, угрожать, и единственное спасение здесь одно — бежать.

3

Иногда к Лаиле Ильиничне приезжает дочь, и Женя сразу понимает: ей перепадет шмотье. Плохо скрывая ликование, она гуляет мимо последнего в переулке, рядом с лесом, Лаилиного дома, просторного, сумрачного, всегда укрытого тенью растущих на участке елей. Женя высматривает белый внедорожник дочери — стоит еще? Гадает, что будет в пакете, представляет: может, юбка? блузка? футболка или брюки, в которых можно в школу? Она никогда не спрашивает, чье это — дочери, внучки или же самой Лаили. Однажды вытащила из пакета знакомый темно-зеленый хлопковый комбинезон, выглаженный и пахнущий стиральным порошком. Женя пока его не носила, он висит в шкафу до особого случая, который на даче все никак не представляется. Когда-нибудь она его наденет, причешется, найдет серебряную нить браслета и поедет куда-нибудь, например в сельский клуб в соседнем поселке.

В деревне Лаилю Ильиничну лишний раз не беспокоят. Только Женина бабушка может заходить без стука. В любое время суток она поднимается по скрипучим, выкрашенным в темно-коричневый ступеням под резным изображением совы, заглядывает в дом и что есть сил кричит туда: «Лаиля!»

С Женей Лаиля Ильинична ведет себя не как прочие старушки: не охает, как Женя выросла, не сюсюкается, и раньше если и подкармливала конфетами, то не совала их в карманы, а между делом придвигала вазочку, ждала, когда Женя сама соблазнится. С самого детства она спрашивает, кем Женя станет, когда вырастет. Выслушав ответ (танцором, учителем, переводчиком), Лаиля Ильинична как следует его обдумывает и выдает: «Тебе нужно в педагогический институт в Москве». Или: «Переводчики, которые знают не только английский, более востребованы», вручает Жене пахнущий сырым картоном русско-итальянский разговорник с желтыми страницами и меленькими буковками, и Женя послушно зубрит *scusi* и *per favore*, представляя, как через несколько лет — казалось, много, очень много лет — она поступит в Мориса Тореза, который нравится отцу. А потом...

Все, что потом, заливают нестерпимо яркий свет и тепло, огромный жаркий взрыв свободы и кипучей жизни, Женя танцует в нем, смеясь, и пахнет морем, «Баунти» и духами «Шанель». Она видит себя с коротким блондом в машине или на пляже в Турции. Как в глянцевых статьях об успешных женщинах, их заработках, машинах, платьях и косметике. Как женщины в Москве, которые выходят из «мерседесов», утянутые брючными костюмами, с темными очками на лице и целеустремленно цокают каблуками по проспекту Мира. Их все время кто-то хочет слышать, и мобильные (величиной с ладонь) трезвонят на разные лады. Все для тебя одной, говорят Жене те статьи и женщины. Все будет заработано тобой. Ты будешь успешным переводчиком или журналистом, а потом откроешь бизнес, купишь себе отдельное жилье, будешь водить машину, встречаться с мужчинами в ресторанах, плясать на дискотеках. Ты съездишь в Милан и Рим, Нью-Йорк, Мадрид. И впереди вся жизнь.

Поэтому *scusi, per favore* и английский, поэтому прогулки в центре, вдоль витрин на Тверской, мимо «Интуриста» и здания «Известий» с огромной надписью *Martini* наверху. Когда Женя смотрит на нее, она представляет сладость шоколада на языке и тяжесть полного бокала. Или же щелчки клавиатуры и тяжесть диктофона, «быстрее в номер!» и запах типографской краски. Или диктофон в одной руке, а в другой бокал мартини, почему нет. Пить в той красивой жизни она будет только дорогой алкоголь, ведь все успешные взрослые пьют дорогой алкоголь. Например, виски в пузатых бокалах без ножки, как в фильмах. А курить Женя будет дамские сигареты-зубочистки с ментолом, иногда вечерами за работой, не отрываясь от экрана монитора, вдавливать фильтры в пепельницу.

Наконец внедорожник исчезает. Женя гуляет еще немного, выжидая. И вот Лаиля Ильинична уже машет рукой с крыльца.

Дом ее похож на шкатулку со множеством отделений. Снаружи деревянный, с резными ставнями, внутри узкий, выстланный коврами, задрапированный занавесками. Сразу с порога большая комната с круглым, накрытым белой хлопковой скатертью столом, на котором всегда стоит вазочка, а в вазочке всегда есть печенье и конфеты. Рядом срезанные кустовые розы. Но пахнет не цветами и не хвоей, а всегда духами: тяжелой сладостью амбры, ванилью, карамелью, пралине и фруктами. А дальше сумрачный коридор и четыре двери цвета шоколада: одна ведет в туалет, остальные плотно прикрыты, и Жене никогда не удается заглянуть — что там, за ними? Она представляет кружево занавесок, большую кровать, на которой мягкими, чуть отсыревшими холмами лежат подушки, набитые пером, теплое одеяло и шелковый халат, расшитый птицами. Родственники в тусклом серебре фото-рамок. Абажур с бахромой. Потертые чемоданы на шкафу, а в них граненые флаконы прогорклых духов, фигурки из слоновой кости и прочие сокровища, которые Лаиля везла из-за границы, когда ее муж был советским послом.

— К вам Мила приехала? — спрашивает она между делом, наливая чай. Чай — обязательный ритуал, как и новости. Без чая и новостей шмотья не будет.

Женя кивает, посматривая на пакет. Пакет довольно большой, плотно набитый, а значит, внутри много всего. Что же, что же там?

— Надолго она?

Женя пожимает плечами. Мама сказала, что на неделю, бабушка — что на две, сама тетя Мила еще ничего не говорит, а только жалуется на неудобную Женину кровать.

Лаиля Ильинична тоже молчит, постукивает перламутровым ногтем по перламутровому боку чашки.

— Придется потерпеть, — говорит наконец и придвигает Жене пакет.

Заглядывать пока нельзя, но видно сверху что-то голубое и блестящее, вроде бы из сатина. Жене с ее карими глазами пойдет такое, она знает и поскорей прощается. Хотя лучше бы еще сидела.

Они заглушили мотоциклы и курят на дороге между поворотом и калиткой, никак не обойти. Высокий, с волосами, собранными в короткий светлый хвост, атлетично сложенный — это Кот. Его фамилия Котов, но все зовут его Кот, и в той компании он главный. Его отец живет на улице Первого Мая, а Кот приезжает к нему на лето и каждый вечер с ревом проносится по улицам на своем мотоцикле — тяжелом, с блестящими красными боками и надписью

«ИЖ» на бензобаке. На обочине парень пониже, жилистый, будто свитый из веревок, — Дима Крученов, Крученый, из девяносто второго дома, у него мама работает в магазине. Он тоже на мотоцикле. Еще двоих, плотных, коренастых и курящих, одетых, как близнецы, в одинаковые черные джинсовки, Женя видит впервые.

Обычно она разворачивается, пока ее не видели, и гуляет еще немного, ждет, пока они уедут, но сейчас ей срочно нужно в туалет — чай Лаили Ильиничны просится наружу. Она торопится, старается держаться от мотоциклов и парней подальше, глядит под ноги, на вытертый сотнями ботинок и шин асфальт, на пакет в собственных руках. Как будто если не поднимать голову, то никто Женю не заметит.

Но это не работает. Никогда не работало, на самом деле.

Разговор парней стихает, они все ждут, когда она подойдет ближе. Под их взглядами Женя как будто голая.

Кот заступает ей дорогу. Женя видит край футболки, джинсы, кроссы.

— Смирнова, покажи сиськи! — говорит он со смехом.

— Как отрастила такие? — спрашивает незнакомый Жене парень.

Женя огибает его и едва не наталкивается на третьего.

— Да у нее там лифчик с поролоном.

— Капусты много ела?

Женя ускоряет шаг. Она слышит хруст песка за спиной, сопение. Чья-то рука проскальзывает под ее локтем, ложится на правую грудь и сжимает ее.

— Не поролон! — кричит пацан, как победитель, а Женя мрачным чудищем бежит прочь с поля боя, чувствуя, как ноет сдавленная грудь. Прячется за калитку, ставит на землю пакет с одеждой и лишь тогда разрешает себе заплакать.

Теперь, когда по телику говорят об октябре девяносто третьего, добавляют о каких-то «открывшихся фактах». Показывают дорогу от ВДНХ к Останкино: едут фургоны и автобусы, митингующие приветственно им машут и свистят, гуляют ряженые казаки, а в телецентре уже ждет спецназ и триста двадцать автоматов, пулеметов и винтовок — так говорит ведущий. Потом говорят о Ельцине, показывают, как он спускается по трапу, машет рукой.

Женя не любит Ельцина. Заплывшими глазами он напоминает Жене соседа дядю Митю, а в остальном нет, ведь Ельцин крупный, щекастый и в костюме, а дядя Митя тощенький, с маленькими пальцами и ладонью, перевязанной малярным скотчем, помятый, хоть и старается быть опрятным, с вечно несвежей головой и пылью на черных джинсах. От дяди Мити все время неприятно пахнет, и Женя не заходит в магазин, если видит через стекло его чуть сгорбленную тень. Он мнется перед прилавком, просит взаймы у знакомых, потом берет молоко (самое дешевое, в пакете), хлеб (вчерашний), макароны (мелкая соломка вермишели) и бутылку водки. Иногда, подумав, он возвращается к стойке с алкоголем и берет чекушку коньяка. Голос неуверенный и тихий: «Одну пачку "Явы", нет, две». Расплачивается смятыми купюрами из тесного кармана джинсов и долго перебирает купленное на столе у выхода, устраивает бутылки в пакете поудобнее, прокладывает их макаронами и молоком, чтобы не стукались, и вечером играет с корешами в карты на лавочке перед своим участком, раскладывая их в зазорах между водкой и стаканами.

Еще Женя не любит передачи о политике, но папа их постоянно смотрит. Он сидит в кресле у окна, в метре от Жени, и вместе с тем он где-то очень далеко. Наверное, в девяносто третьем, среди бывших коллег. Он щурит глаза, будто прицеливается, разминает пальцы. Цыкает, когда в документальной съемке кто-то падает, подкошенный выстрелом. Шторы закрыты, чтобы солнце не бликовало на экране, комната погружена в кофейный полумрак. Жене дико скучно, она бы посмотрела что угодно вместо документальной съемки, хоть «Грозовые камни» или «Вавилонскую башню», которая очень напоминает разговоры бабушки и тети Милы, сплошное «я не могу, ты не понимаешь, я так больше не могу, но я тебя люблю!». Хотя на самом деле нет, бразильское мыло она бы не включила: когда дома Илья, Женя тщательно выбирает, что смотреть, слушать и читать.

Белый дом уже не белый. Окна верхних этажей разинули черные рты, на фасаде полосами копоть. Поднимается сизый, уже неплотный дым, смешивается с выцветшим небом, потом снова Останкино, военные на бэтээрах.

— Ты говорила, что их видела. — Голос раздается над самым ухом, и Женя вздрагивает.

Илья облокотился на спинку дивана, навис над Женей, смотрит в телевизор. Он перестал пахнуть порошком, пропитался деревенской влажностью и запахом земли. На шее аккуратная родинка чуть выше кадыка. Кадык прыгает, и на миг родинка оказывается на нем как мошка.

— Я плохо помню, — врет Женя, а тепло Ильи стекает ей на ухо, шею, по лопаткам к пояснице. Оно становится невыносимым, хочется сдвинуться, отсесть.

Илья будто читает ее мысли и уходит. Тепло удаляется за ним, вытекает из комнаты вместе с телесным запахом пота и земли.

— Пап?

— М-м?

Папа не отрывает взгляда от экрана.

Звон стекол, скрежет дверей телецентра, смятых въехавшим грузовиком. «Мятежники не сдавались», — говорит ведущий. Белые искры выстрелов во тьме и дым, люди бегут, люди лежат на асфальте, люди оттаскивают труп. Отец цыкает. Звук неприятный, острый, как щелчок ногтя. Услышав его, Женя поспешно проглатывает все, что хотела рассказать, — немного больно, но привычно. Боль приглушает анестетик страха и стыда.

«Президент России, — архивно вещает из телевизора ведущий, а аватар сурдопереводчика повторяет его слова, — выразил глубокое соболезнование родным и близким погибших. Перед лицом трагедии, пишет он, перед памятью погибших мы все задумываемся над истоками и причинами случившегося...»

— Ничего. Потом.

Папа цыкает еще раз и делает телик громче.

Женя встает с дивана, одергивает майку, чтобы не обтягивала слишком, и уходит, смотрит под ноги, на крашеные доски кухонного пола, собственные сандалии с растоптанной потемневшей стелькой, некрашеные доски на веранде, крыльцо, траву, примятую крапиву, хвою, шишки, падалицу со скользкими зелеными боками.

В саду рядом с колодцем мама моет петрушку и салат.

— Подержи шланг, — говорит она, и Женя держит, поливает зелень и красные мамины руки ледяной водой. Мама возится, согнувшись. Она похожа на старушку с крохотным горбом: кожа в пигментных пятнах, волосы, выкрашенные в цвет баклажана, выбились из-под панамы.

— Мам, что мне делать? Ко мне парни пристают.

— Кто? — Мама бросает взгляд через плечо. Вода плещет на петрушку.

— Котов с Первого Мая и его друзья. У нас у калитки стояли сейчас. Я хотела пройти, а они... Говорят про меня всякое.

— Ты нравишься мальчикам, — отвечает мама, не разгибаясь. — Это же хорошо. Вот сюда еще полей немного...

— Мам, они гадкие вещи говорят, мне неприятно.

— На тебе, наверное, был тот топик? Женечка, его давно выкинуть пора, он же тебе мал, все обтягивает.

— Нет, мам, я была в футболке.

Мама выпрямляется, смотрит на Женю с прозрачной безмятежностью.

— Ты пойми, мужчины, они по сути своей охотники, — говорит она так, будто раскрывает Жене великую женскую тайну. — И если ты не хочешь внимания, не надо их дразнить. Ты у нас девочка фигуристая, понятное дело, они смотрят на тебя, обзываются, потому что ты им нравишься.

А ты не провоцируй, говорит она, просто не обращай внимания и папе не рассказывай об этом. Он будет переживать.

Женя кивает, желая уйти уже. И вроде бы мама права, но правая грудь все равно болит.

Мама трясет пучком салата и петрушки, орошая брызгами себя и все вокруг. Женя закручивает кран — тот обжигает пальцы, до того холодный, —

поднимает голову на свой любимый дуб и видит на верхней ветке среди листвы белую подошву кроссовки сорок третьего размера. Илья. Все слышал?

Багровея, Женя несется в дом, поднимается на чердак, в застоявшийся воздух под раскаленной крышей, куда возносится голос ведущего и звуки стрельбы. Уже без особого удовольствия разбирает пакет, доставшийся от Лаили Ильиничны. Зачем она заговорила об этом с мамой? Лучше бы сама ответила тому пацану, чего ж молчала? Она представляет, как оборачивается и толкает его двумя руками в грудь. Сильно, так, что парень падает. Или нет, она дает ему звонкую пощечину. Или бьет кулаком по его лицу, так, что щека наливается красным. И Женя говорит ему: «Еще раз меня тронешь — пожалеешь». Да, вот так.

Только на самом деле она молчала и терпела, как корова.

Теперь вообще ни шагу за калитку.

На чердаке стоят панцирные кровати с продавленными пружинами. На этих кроватях здорово прыгать: они пружинят, как батут. Пощелкивая, сетка проваливается, когда на нее ложишься, и Женя будто в коконе из тонкого матраса, одеял и простыней висит между сосновых веток, а выше беззвучно проносятся совы и тепло помигивают звезды. Ветер дует в ухо: спать, спать, но Жене никак не засыпается, она вспоминает Кота и содрогается от омерзения к себе.

В ее комнате внизу спят тетя Мила с Дашей — кровать там шире, легче уместиться вдвоем. Илью положили на диван в большой комнате. Дивану очень много лет, он еле раскрылся, выпустив облако пыли, и отчаянно скрипит, когда Илья ворочается. Вот раз перевернулся, еще раз, потом еще один скрип, потише, — Илья поправил подушку или одеяло. Когда он лежит, у него наверняка смешно торчат ступни — диван короткий, целиком Илья не умещается. Бедолага. Женя представляет его под коротким пледом, покатую поверхность дивана, скрип и эти ноги, и смех щекочет ей живот.

Всхрапывает бабушка с другого конца чердака. Над виском звенит комар, но Женины руки уже налиты тяжестью, не отмахнуться. В стене тикает древоточец, как забытые часы, отсчитывает собственное время дома.

Тик, тик.

Тик.

4

2000
ИЮЛЬ

П ахнет песком, но кажется, что деньгами, — тот же сухой запах высохшей грязи на коже. Вообще, для Ильи многое пахнет деньгами: рюкзак, учебники, оружие и будущее, которое он себе наметил. Жара звенит. Солнце нависло над макушкой, припекает голову до тошноты, до слепых пятен перед глазами. Поле шкварчит под этим светом, воздух над ним дрожит и преломляется, и в это преломление уходят стройные ряды картошки. Кажется, что в бесконечность — столько ее растет. Комья сухой земли разламываются в пальцах, оседают серой пылью на руках, лице, картофельных листах и полосатых спинках колорадов. Каждого Илья будто захватывает прицелом, быстро снимает с листа и сует в бутылку. Каких-то он неосторожно давит, и пальцы уже пропитались оранжевым колорадовым нутром.

В перекрестье прицела попадают загорелые лодыжки Жени и узкие ступни с болячкой на мизинце. Выше лохматый край обрезанных джинсов, стразы на кармане, половина выпала, на их месте белеют остатки клея.

Женя деньгами не пахнет, она пахнет сладким и цветочным. Она выпрямляется, вытирает раскрасневшееся лицо тыльной стороной ладони. Завязывает майку узлом, открыв золотой живот и капли пота на пояснице, как будто на нее брызнули из лейки. Илье хочется слизнуть одну, попробовать на вкус.

Пить хочется. Бабушка накипятила воды и залила в старую полуторалитровую бутылку из-под «Фанты», горлышко которой почему-то пахнет маслом. Илья глотает нагревшуюся воду и снова смотрит на Женину увесистую грудь, живот, будто покрытый медом, и родинку рядом с пупком.

— Будешь? — Он протягивает бутылку.

Помедлив, Женя вытирает горлышко ладонью и жадно пьет. Оторвавшись, шумно выдыхает, как будто вынырнула на поверхность.

— Жара — пиздец, — говорит Илья. — Как на море. Ты была на море?

Она мотает головой, закручивает крышку.

Илья кивает на хлипкую тень в кустах неподалеку, не бог весть какое укрытие, но дольше на солнце находиться невозможно. Он осматривает песок и траву, проверяет, нет ли муравейника, и только после этого садится. Ноги гудят, Илья вытягивает их, и Женя следует его примеру. В сравнении с ее ногами у Ильи настоящие ходули. Грубая волосатая версия тонкого и идеального.

Когда Женя смотрит на безветренное поле, ее глаза светлеют, будто выгорают на солнце, становятся цвета чая. Тоже с медом, с золотом. Илья разглядывает ее широкое скуластое лицо, читает его внимательно, как американские газетные статьи, которые ему ксерит англичанка. И каждый раз он видит в Жене что-то новое. Сейчас он замечает прозрачный пушок над припухшей губой.

— Может, еще раз попробуем? — Женя указывает на веник и старое ведро, которое им выдали дома.

У бабушки это выходило ловко — она подставляла ведро, била веником по кусту, и все жуки ссыпались на дно. У Ильи же все жуки оказываются на самом Илье, в его кроссовках, на узкой тропинке между грядками, под кустом, откуда выковыривать еще тяжелее, — где угодно, только не в ведре. Они, конечно, поржали с Женей, но еще раз пробовать при ней он не хочет.

— Да ну нафиг, — отвечает он. — Больше геморроя.

Женя вздыхает. За ее спиной вьется слепень, привлеченный запахом пота, садится на обожженную солнцем лопатку, и Илья его прихлопывает. Старается тихонько, но Женя вздрагивает от прикосновения.

Илья показывает пойманного слепня, давит его пальцами, и Женина настороженность уходит.

— Куда будешь поступать? — интересуется Женя.

Девчонки всегда начинают с этого разговор: куда будешь поступать или чем занимаешься? И значить это может что угодно — от «мне скучно» до «ты прикольный и дома нету родаков». Но Женя не улыбается и не заигрывает.

— На экономический. У меня класс при Финансовой академии.

Она кивает.

— Круто. Ходишь на подготовительные?

— Да, к нам прямо в школу приезжают. Прошлогодние билеты решаем.

Денег на эти занятия ему не выдают, Илья ксерит билеты и ответы у друзей, у тех, кто ходит. Когда он вспоминает о вступительных, он чувствует запахи крови и земли. Он слышит голос матери (нужнопоступитьсейчастыслышишьнужнообязательноты-слышишь), он представляет, как чистит зубной щеткой унитазный ободок, как окунается башкой в тот унитаз, чужие пальцы цепко держат за шею сзади, давят. Пьянки, украденные вещи. Сушеные крокодилы и фазаны, уточки, улиточки и телевизор. Стертые ноги, синяки на теле. Чечня.

Но об этом он молчит. Взамен он рассказывает о пулевой стрельбе, соревнованиях и тире, о видах оружия, его способе прицелиться, о том, какие тихие и долгие секунды перед выстрелом. Как пусто делается в голове. Женя кивает.

— Я недавно на турнире разряд получил. Скоростная стрельба.

— Тетя Мила говорила. Ты молодец.

Ему на самом деле повезло. Соперники оказались слабее, почти все младше и без опыта, это было видно: у парня на одной с Ильей установке дрожали руки, он все время переминался с ноги на ногу, уронил грузики, запутался, когда скомандовали «заряжай». Илья стрелял, стоя к нему лицом. Парень не отходил от установки, и его беспокойное движение на периферии зрения очень отвлекало. Хотя сам Илья тоже был хорош — сильно сдал за время перерыва в тренировках, первые серии бил три попадания из пяти, но в целом был точен и занял первое место с отрывом в четыре очка.

— Ты сама стреляла хоть раз?

Женя мотает головой. Но ей хочется, это видно.

— А дядя Юра? У него же есть ружье.

Женя вздыхает, пожимает плечами с неловкой улыбкой.

О себе она рассказывает без особой охоты. Станет переводчиком, учит английский и итальянский — английский на курсах, итальянский сама, по разговорнику. Говорит, что языки ей очень нравятся, но Илья ей не верит.

При мысли об Италии в голову приходят только «Бриллиантовая рука» и порно из восьмидесятых, он видел у Алика на кассете. Женщины там были с большими грудями и небритыми лобками, а мужики — бородатые или с черными усами. Один из фильмов начинался со звонка на телефон, тетка брала трубку (блестящие губы крупным планом) и говорила: *pronto*.

— Я знаю только «руссо туристо, облико морале».

Тупая шутка, и Женя, понятное дело, не смеется.

— Это не по-итальянски, — говорит она, сощурив на него глаза.

— А по какому?

— По-туристически. Пойдем, надо закончить. Бабушка будет ждать к обеду.

Женя встает, оттолкнувшись ладонями от земли, отряхивает джинсы и возвращается к колорадам.

Бак прикручен к сосне. За день вода в нем нагрелась и теперь льется на сколоченный из досок поддон и поникшую крапиву, прибивая ее к земле. К той же сосне прикручен обруч, продетый в пожелтевшую от времени шторку, за ней видны очертания узких плеч и бедер — Женя пошла мыться первой, Илья ей уступил. По движениям тени он может угадать: вот она намыливает ногу, вот моет волосы, поворачивается спиной к жиденькой струе. Илья видит влажные икры и ступни, по ним стекает мыльная пена. Шторка коротковата, ветер колышет ее, вот-вот распахнет.

А ведь ее легко можно отдернуть. Тогда Илья увидит — что? И что на это скажет Женя?

Плещет вода, тенькает синица, шумит лес за забором, на него наползают тучи, воздух потрескивает, давит сверху. Вдалеке уже погромыхивает, рокочет. В поле за переулком протяжно мычит корова, зовет, чтобы ее забрали, подоили. Зудит комар, садится на предплечье, Илья тихонько его давит.

Журчание душа стихает, и Илья уходит как можно тише, но сухая хвоя и веточки все равно хрустят под ногами. Свернув за угол дома, он рвет яблоко с первого попавшегося дерева, кусает — кислющее, жуть, аж сводит челюсть. Илья все равно жует.

— Они тут все кислые.

Женя стоит на крыльце в той же одежде, чуть взмокшей и прилипшей к груди и животу. На голове полотенце, свернутое в гигантский розовый тюрбан. Она смотрит на Илью, будто хочет сказать что-то еще, но вдруг краснеет и уходит в дом.

Илья видел ее вчера утром. Проснулся часов в шесть и никак не мог опять уснуть, лежал в солнечной полутьме, глядел в исполосованный светом потолок и слушал отголоски бабушкиного храпа. Когда щелкнул замок двери и кто-то вышел, Илья вскочил, отдернул занавеску и сунулся в окно.

Так он увидел Другую Женю. Она была соткана из света и легкой садовой тени, танцевала под одну ей слышимую музыку: яблоневый шелест, теньканье синиц, отголоски услышанной мелодии. Она сама была той музыкой, неустанным движением, которого никто не должен видеть. Но Илья увидел и теперь высматривал Другую Женю под бесцветной молчаливой шелухой. И каждый раз, поймав проблеск, радовался — нет, все-таки не приснилась.

Ополоснувшись, Илья просит у дяди Юры его велик, тяжелый, еще совковый. Ветер налетает порывами, небо совсем затянуло, но Илья едет в сторону шоссе, крутит тугие педали. Он любит скорость, любит катить как можно дальше без какой-то цели, просто ехать одному, объезжая впадины и лужи, машины и собак, и не думать. Только дышать, как на турнире.

За поворотом на обочине шоссе стоит красный мот. «Юпитер» шестой, почти новый, зеркала-поворотники-решетка на багажнике, все дела. Его пытается завести рослый парень, ровесник Ильи, может, чуть старше. Майка на животе вымазана маслом, руки тоже по локоть в масле. Парень упрямо дергает лапку, мот чихает, кряхтит, стартер прокручивается, но на этом все, он тут же умолкает.

Илья слезает с велика.

— Давай с толкача. Я помогу.

Парень оборачивается. Он раскраснелся, лицо остервенелое. Сейчас пошлет, думает Илья.

— Пробовал уже. От самой горки бежал. — Парень кивает на шоссе, которое вдалеке взбирается на гребень холма, становится нечетким в предгрозовой дымке и переваливает куда-то на ту сторону.

— Аккумулятор сел?

— Не, лампочки горят.

— А свечи проверял уже?

Они загоняют мот за остановку, выкручивают свечи. Обе залиты, со стороны резьбы черные, как горелые спички, и воняют бензином.

— Бля, отец убьет... — стонет парень.

Делать нечего, мот приходится толкать до дома. Илья прячет дяди-Юрин велик в кустах, толкает сзади, а парень толкает впереди, держа за руль. Мимо проезжают машины, поднимают пыль. Одна проехала совсем близко, и они чуть не завалили мот в канаву, еле удержали.

— Может, что с поршневыми кольцами? — говорит Илья. — Они у тебя давно стоят?

— Ты типа шаришь в мотах? Механик, что ль?

Парень оборачивается, смотрит на Илью с улыбкой, и тот с облегчением понимает — прикалывается.

— Не, просто пару раз помогал чинить.

Парня зовут Кот. Живет он на соседней с бабушкиным домом улице. Он прикольный, сечет в технике, у его отца своя автомастерская. К нему даже из Сергиева Посада приезжают, с гордостью говорит Кот. Он и подарил Коту мот года два назад на день рождения.

— Мать орала, — смеется Кот. — Говорит — через мой труп он на нем поедет. Но ничё, теперь катаюсь. Главное, чтоб не узнала, что я без шлема езжу.

У магазина они останавливаются отдохнуть, и к ним присоединяются еще двое: один высокий и тощий, как глиста, второй плотный, бритоголовый, все время тупо ржет по поводу и без. Его все зовут Борщом.

— Крученый. — Тощий пожимает Илье руку. — Ты где живешь?

«Гы-гы», добавляет Борщ и выплевывает шкурку от семечки.

— На Московской, в конце. Зеленая калитка.

— А. — Крученый толкает локтем Кота и очерчивает руками буфера. — Где эта...

— Женя, — говорит Илья, пристально глядя на дохлого, на выдавленный прыщ-вулкан между его бровей. — Сестра моя.

Крученый перестает лыбиться, но Борщ все равно отзывается: «Гы-гы».

Илья возвращается за велосипедом. Кот, Борщ и Крученый все еще ждут его у магазина.

— А ты сам на колесах? — спрашивает Кот и кивает на велосипед. — Кроме этого.

Если бы. Илья отдал бы все свои разряды за «Юпитер». Он копил, прятал под матрасом. Там даже прилично выходило, только потом мамка удумала постирать наматрасник, подняла, нашла бабло. Крику было — все соседи слышали. Она сначала подумала, что Илья у нее из кошелька ворует. «Жрать дома нечего, а у него бабло под матрасом заныкано», — кричала. Потом он ее уболтал, и она подуспокоилась немного, но деньги забрала. Сказала, Дашке штаны надо в школу, а Илье еще учебники покупать, он же, бестолочь, о матери совсем не думает, откуда она деньги берет, на что им жить всем.

Больше Илья не копил, не получалось как-то. А мот хотелось.

Коту все равно идти мимо бабушкиного дома, и Илью провожают всей тусней. Уже накрапывает, Илья торопится к калитке, тащит тугой от ржавчины велик.

— Увидимся! — кричит ему вслед Кот.

Илья не глядя машет рукой, вбегает в сад. Теменем он чувствует, как будто жук сел ему на макушку и перебирает лапками в волосах. Илья поднимает голову. Наверху в повлажневшей дубовой листве мелькает и скрывается Женино лицо.

Диван не скрипит — он верещит, зовет на помощь. Илья не может даже почесаться. Это дико бесит. Хочется выбежать на улицу или спалить диван. Или перелечь на пол, на коврик, так, по крайней мере, будет тихо.

Он смотрит на серый потолок, сквозь тонкую фанеру, балки, между которыми шуруют мыши, утеплитель, пол второго этажа, проникает взглядом в пыльный сумрак чердака. Илья будто вливается туда целиком и слышит ровное Женино дыхание, видит голую загорелую ногу, которую Женя выпростала из-под одеяла: узкие ступни, длинное бедро, белые хлопковые трусы, а кожа светится медовым.

Илья сует руку под резинку трусов. Сжимает член, и мысли утекают, оставив голое желание разрядки.

Но стоит чуть двинуть рукой, как диван снова испускает крик. Илья замирает, прислушивается к тишине и бабкиному храпу. Затем обувается и в одних трусах выходит в липкую прохладу сада, топает к будке туалета, и щиколотки холодит роса.

5

2000
ИЮЛЬ

Илья сидит на краю оврага, на границе с небом. Женя хочет запечатлеть этот момент, навсегда запомнить. Она бы сфотографировала, нарисовала бы, но фотоаппарата у нее нет, а рисовать она никогда и не умела. Остается только надеяться на цепкость памяти. Женя глядит внимательно, сохраняя выжженную безоблачную голубизну, изгиб руки Ильи, лежащей на колене, мошку, ползущую к локтю, молодые елки далеко внизу, в конце петляющей по склону тропки. Их высадили ровными рядами до голубоватых озер, утопленных в белом песке. Воздух звенит, пахнет сосной, жареной хвоей, пылью от шоссе, раскаленным боком мотоцикла. Илья молчит, Женя молчит, птицы молчат, и слов не нужно никому. Она бы навсегда осталась сидеть вот так, рядом с ним, на краю обрыва. На краю кристально ясного утра.

— Где Кот? — спрашивает она. — Ты его видел сегодня?

Илья удивленно смотрит через плечо.

— Папке в мастерской помогает вроде. Он сечет в машинах. А что?

— Так, просто. Сечет в машинах, надо же. После школы в путягу пойдет? — Жене хочется сделать Коту больно хотя бы так, словами за спиной. И это оказывается приятно. — Наверняка в путягу, институт он не потянет.

Илья морщится.

— Слушай, не надо так. Они же тебя больше не трогают.

То есть ей нужно забыть, раз ее перестали дразнить? Но стыд все равно щиплет щеки, и те горят. Понятно, Илье не хочется такое слушать о друзьях. Хотя зачем ему грубый Кот, пошлый Крученый и тот, тупой, который ржет надо всем подряд? Зачем они Илье? Только для того, чтобы кататься?

А как так вышло, спросила Женя, когда Илья впервые приехал на чужом мотоцикле. Он просто пожал плечами. Отцу Кота пока не надо, так он ответил и то же повторял бабушке и тете Миле. Не волнуйтесь, все в порядке.

Женя отворачивается и смотрит на озёра далеко внизу. В одном из них заходит крохотная с такого расстояния фигура, ежится, поливает себя водой. Больше купающихся нет.

Шуршит хвоя, когда Илья придвигается ближе. Наверное, слишком близко. А может, Жене только кажется.

— Эй! — Голос Ильи звучит над ухом, щекой Женя чувствует его дыхание. А может, это всего лишь ветер, он тоже жаркий, сухо обнимает ноги. — Они дебилы. Забей на них. Забудь.

Женя кивает. Забыть было бы здорово.

Сперва они с Ильей просто гуляли вечерами, бесцельно бродили, наматывая круг за кругом. Потом появился мотоцикл — похожий на мотик Кота, но синий и слегка побитый. Женя сначала отказывалась кататься, потом все-таки забралась позади Ильи (не забралась — взгромоздилась, ругала себя потом). Цеплялась за ручки сбоку от сиденья, но когда мотоцикл разогнался, сама прилипла к Илье всем телом, спряталась, чтобы не слететь, не задыхаться от ветра и не получить мошку в глаз. Шлемов у них не было, и Женя вжималась щекой в колкую ткань свитера Ильи. Чувствовала, как изнутри, в клети его ребер дрожало и стучало горячо.

Бабушка просит их быть осторожнее. Лаиля Ильинична машет им рукой из-за невысокой сетки-рабицы, а они проезжают мимо и бросают: «Здрасть!» По телевизору все время говорят о падении какого-то самолета, но это далеко, где-то за потрескивающим статическим электричеством, выпуклым экраном телика, за границей лета, леса и жары.

Теперь Кот и его друзья больше Женю не задирают, даже зовут по имени: привет, Женя, как делишки, Женя, где Илюха? Теперь Женя и Илья прыгают на мот и уносятся с ревом по шоссе, прочь от колкой тети Милы, капризной Даши и мечущихся между ними мамы с бабушкой. Подальше, во влажную лесную тьму, полную печальных мотыльков, едут с компанией на мотоциклах в жутковатые места — пустые деревни, заброшенные совхозы и детские лагеря. А потом возвращают мот отцу Кота и идут от мастерской пешком, спотыкаясь и цепляясь друг за друга в сумраке.

— Пойдем, — говорит Илья. И Женя следует за ним, всегда.

6

Местный дискач им показал Кот. Каждую пятницу с восьми вечера к сельскому клубу Ромашова, одноэтажному неприметному зданию у шоссе и поля, съезжаются все от тринадцати до тридцати. Снаружи толкутся, курят, допивают пиво — внутрь с бутылками нельзя. Вход двадцать рублей с носа, Илья убалтывает паренька на тридцать пять за себя и Женьку. Внутри одна большая комната, которую и залом-то не назовешь. Темно, припадочные вспышки стробоскопов, пахнет мокрыми досками и куревом — то ли реально курят, то ли тянет с улицы. Играет русская попса, на медляки включают «Арию» и Круга.

Кот каким-то чудом протащил бухло и теперь разливает по пластиковым стаканчикам, забившись за колонку, сует один Илье в ладонь. В нос остро шибает — водка.

— Я за рулем же! — Илья орет ему на ухо, перекрикивая бахающее из колонок «Ну-у где же ручки? Ну где же ваши ручки?..».

Но Кот морщится и машет: забей и пей, мол. Илья послушно пьет. Водка обжигает горло. Кажется, теперь он может обеззаразить что угодно, просто на это подышав.

Девчонки тоже пьют — Марина и Валя, подруги Кота из Ромашова. Валя худая и нескладная, с длинным острым носом и обесцвеченными волосами. Марина — плотная зажигалка, много хохочет, сверкая щелью между передними зубами. Кот протягивает стакан и Жене, но Илья перехватывает — куда ей чистоганом-то? Тогда Кот бодяжит водяру соком (тоже как-то умудрился пронести).

В отличие от Жени Марина глотает залпом, вытирает рот тыльной стороной ладони, смазав часть помады, и бросает взгляд на Илью. Давно уже ему сигналит, еще с их первой встречи.

— Пойдем, — смеясь, тянет его в толпу.

Илья мотает головой, освобождает руку и сует ее в карман. Нащупывает ключ от мотика, сжимает его, как оберег.

— Я такое не слушаю.

— Зануда.

Марина втекает в танцующую массу.

Через минуту она уже на ком-то извивается под «Макарену», и Илье даже немного жаль, что он отказался. Марина точно даст.

Но он остается у стены.

Мать недовольна, что он ездит с Женькой. Пока молчит, конечно, но Илья знает ее особый язык поджатых губ и громкого молчания. Из-за этого он катает Женьку еще дольше. Несколько дней назад они вообще вернулись в два ночи. Кот тогда повел их в «городок» — стремный поселок для слепых. По дороге чуть не напоролись на гайцов: алые габаритки Кота и Крученого резко свернули с шоссе на буераки без фонарей. Илья сообразил, свернул туда же и все боялся, что завалится в какую-нибудь яму. Ехали, ощупывая впадины в дороге коротким светом фары. Но обошлось, пятнадцать минут тряски через поле, и они выбрались к одинаковым одноэтажным домикам на общей территории, аляповато кукольным, выкрашенным в яркие цвета, будто в насмешку над незрячими жильцами. Тишина, никого не видно, все спали, наверное. Кот остановился у дощатых столов и лавочек, забрался на одну с ногами и вытащил из рюкзака бутылки и белую пирамидку стаканов.

Приехали еще ребята с другими бутылками и закусем, с ними Валя и Марина с банками приторно-дынного «Казановы» — его химический запах разнесся везде, стоило открыть банку. Женька сперва смотрела на стаканы и бутылки с недоверием. Марина уговаривала Женю выпить с ними. «Ну чуть совсем, — совала банку "Казановы", — ты попробуй, он сладенький». «Ты никогда не бухала, что ли?» — подключился Кот, и Женя отнекивалась — конечно, бухала, просто не любит, спиртное горькое, невкусное. Она все обводила взглядом стаканчики у всех в руках, глянула на Илью и неожиданно согласилась.

Ее быстро развезло. Другая Женя сбросила серенькую шкурку и показалась уже всем. На самом деле она любила болтать и хохотать, да и вообще совсем не была серьезной скромнягой. Она спелась с Маринкой и даже с Котом нашла общий язык, эта Другая Женя. Каким-то образом Кот все время оказывался рядом: чистил Жене воблу, набросил на плечи джинсовку, когда она замерзла, подливал, когда хотела выпить, и ревниво не давал подливать, когда Другая Женя сообщила, что ей хватит. Чем-то он выбесил Илью тогда, они потом до хрипоты спорили о какой-то мелочи — то ли подшипнике, то ли производителе масла для мота.

«Как бы тебе повезло, моей невесте», — мяукает Лагутенко на весь клуб. «Мумий Тролля» Илья любит, но плясать под бесконечный ремикс все равно не идет — не умеет. Другая Женя пританцовывает рядом, держа в руке стакан, глядит на Кота и остальных, как те дурачатся. Сегодня она в зеленом комбинезоне, и лямки прижимают грудь, два матово светящихся полукружия.

Поймав взгляд Ильи, Женя смущенно улыбается и замирает.

— Нормально все? — спрашивает он, имея в виду водяру с соком, «Мумий Тролля», курево, толпу и потную соленую духоту.

Женя кивает.

— А попсу ты, значит, вообще не слушаешь? — Она кричит Илье в ответ, почти задевая губами его подбородок. Ее дыхание пахнет апельсином с водкой.

Илья качает головой: конечно, нет.

— Хорошо, а что тогда?

— Бутусова. Земфиру. Все, что по «Максимум» играет. Я зимой на «Нашествие» ходил. В этом году летом сделали, девятнадцатого будет, здесь, в Раменском. Хочешь, вместе пойдем? — Он предлагает неожиданно даже для самого себя. — Если тебя отпустят.

Другая Женя кивает, но интерес на ее лице бледнеет и тут же исчезает. Ее глаза блестят, как полуночные озёра.

— А помнишь, ты мне «Эйс оф Бейс» включал на плеере? Когда вы в тот раз приезжали.

Женя смеется, и уши Ильи начинают полыхать, как будто их надрали.

— Это у меня других кассет просто не было с собой, — быстро отвечает он. Ищет знакомые лица рядом — не слышал ли кто?

Но все топчутся на другом конце комнаты, еле видны в мигающем полумраке. Кот прыгает и кривляется, срывает с себя майку, крутит ее над головой. Оборачивается, машет Илье и Жене — давай сюда, мол. Другая Женя машет ему в ответ, что-то напряженно обдумывает, затем допивает и бросает стаканчик на пол.

— А мне они до сих пор нравятся, — говорит и тянет Илью в толпу и музыку, в свою стихию. Она выгибает шею, подставляя ее редким лучам света, и в груди Ильи ворочается, вспухая, огненный шар в хрустальной тяжкой скорлупе.

— Моей! Не-вес-те! — орет Кот, напрыгивает сзади на Илью.

Затем хватает Женю и уносит ее прочь, кружит по залу, сбивая с ног людей, а Женя хохочет, запрокинув голову. Цветные вспышки высвечивают их кусками: лица, сплетенные руки, Женины волосы, убранные в хвост.

Илья возвращается к стене. Дождавшись раскрасневшуюся Женю, он трогает ее за локоть.

— Пойдем. Тут скучно.

Они обходят ДК и идут по полю вброд, через траву, на вид мягкую, но, когда ложишься на нее, колет спину, выпустив сухие стебли. Ночь прозрачна, ветрена. Кажется, что небо не наверху, а под Ильей, как дремотное зыбкое море. Кажется, они с Женей вот-вот провалятся в него. Мир слегка качается, воздух делается мягче, земля приветливей — Илью немного развезло.

Женя ложится рядом, тоже смотрит вверх, на звезды.

— Сколько их, да? — выдыхает восхищенно.

Угу, отвечает ей Илья, а звезды подмигивают: мы никому не сболтнем, ты не бойся.

Илья рассказывает Жене о системах и галактиках, о силе притяжения и черных дырах, о белых карликах и о том, что Солнце когда-нибудь разбухнет, прогорит и, уничтожив Землю, съежится. Как ядерная бомба, говорит Женя. Да, как бомба, отвечает ей Илья.

Женя рассказывает Илье, что ей по секрету рассказала Валя, что Марине он нравится. А Марина тебе как, спрашивает Женя, и Илья что-то плетет про веселую девчонку, хорошего друга, фигуру ничего так. Общий смысл понятен — Марина не сдалась ему сто лет в обед, — и, похоже, Женя этим ответом довольна.

— Ты когда последний раз виделся с бабушкой? — Она переводит тему.

Последний раз Илья приезжал на дачу в девяносто пятом. Как будто в другой жизни.

— Мама не хочет, — говорит Илья.

Вчера бабушка совала ему деньги. Позвала к себе в комнату, расстегнула кошелек и, робко улыбаясь, протянула несколько купюр — тихо, как взятку. Илья не взял. Не мог взять. Оставь себе, ба, сказал как можно мягче, но она расстроилась. Подумала, что он ей брезгует, наверное. Иногда Илье остро хочется что-нибудь сделать для нее, как-то помочь, ведь ему не все равно, но бабушка тоже отказывается.

Говорит, не надо, Илюш, зачем ты, я позову, если потребуется. Илья знает, что не позовет. Того требуют правила их танца вежливости и невысказанной заботы: шаг вперед и два назад.

Матери, наоборот, все время требуется помощь, сколько Илья себя помнит. Отвести Дашку, привести ее из школы, посидеть с ней, помочь с уроками, приготовить обед, помыть посуду, сходить в магазин, прийти по первому зову в комнату и подать матери какую-нибудь мелочь со стола — казалось бы, руку протяни и возьми, но нет. Илья, как я замучилась с вами двумя, так говорит она, лежа пластом. Все мужики козлы, и ты, Илья, тоже им станешь, когда вырастешь. У меня нет жизни, все вам отдала, для вас все, и прикрывает глаза, как будто ее мучит головная боль.

Соседка по подъезду говорила Илье потерпеть. У мамы тяжелые времена, ты же понимаешь, втолковывала ему, когда встречала, а Илья стоял у мусорки, помахивал пустым ведром и думал, как сбежать на коробку за домом, откуда доносились крики пацанов и стук мяча.

— Хочу уехать, — вдруг говорит Женя. Она поднимает руку, углом между большим и указательным пальцами измеряет что-то в небе. — Куда-нибудь. Мы с Дианкой, я тебе о ней рассказывала, хотим снять комнату на двоих. Как поступлю в институт, найду работу и съеду. Может, на вечернее переведусь. Вот сейчас об этом думаю... — Женя умолкает, будто переводит дух. — Я как будто улетаю, знаешь? Так легко становится.

— Да, — говорит Илья и мысленно летит с ней рядом. — У нас на районе парень был, Олег, — говорит он. — У него родичи бухали, папаша руки распускал.

Хороший друг был. Он многое понимал.

— Мотался по вписках, не хотел дома ночевать. Потом расстался с девчонкой...

Было бы из-за чего расстраиваться, конечно, дура дурой, но Олег ходил потерянный. Наверное, тогда они с Ильей стали меньше общаться. Илье рядом с ним становилось зло и грустно, а грустить и злиться он не любит.

— С компанией затусил, они сидели в подвале на Кирова, ширялись все время. Ну, Олег тоже стал. Передознулся, короче.

— Умер? — вздыхает Женя.

Перед глазами встал темный двор, и огни скорой всё переливались белым и голубым. Вытащили груженые носилки. Едва не выронили, поскользнувшись на обледенелых покатых ступенях в подвал.

— Ну да. Так его родаки только через месяц заметили, что его нет. Только когда им из школы позвонили. И знаешь, что я подумал тогда?

— Что?

— Будь у Олега деньги, он бы комнату снял. Спокойно уроки бы делал, он же... ну... не тупой был. Одевался бы нормально, дружил бы не с гопотой из подвала. Совсем другая жизнь была бы.

— Без денег ты никто, хочешь сказать?

— Из говна без денег трудно выбраться, вот я о чем. И чем глубже сидишь в говне, тем сложнее.

Женя молчит, смотрит на звезды. Явно хочет что-то сказать, но не решается.

— Что? — спрашивает ее Илья.

— Дело не только в деньгах. Я же не наркоманка. И ты не наркоман.

Илья и не смог бы ширяться или набухиваться до блевоты. Каждый раз, как хочется (а бывает, очень хочется), перед глазами встает Алик, его стеклянные глаза, красная морда.

Илья давно уже продумал план побега из говна в светлое Будущее. Сначала экономическое в Москве, потом переведется за рубеж по программе обмена студентами. И проблем-то возникнуть не должно ни по математике, ни по русскому при поступлении в финакадемию, там он все знает. Но школьная пятерка по английскому заработана кровавым потом, а на вступительных требования будут выше. Потому он читает статьи, слушает в интернете американское радио и вылавливает из шустрой речи смыслы. У него есть толстая тетрадь, в которую он записывает незнакомые слова и выражения. Он настроен на победу и ничего кроме нее не примет, несмотря на то что английский иногда просто не укладывается в голове, не стыкуется, оставаясь чуждым. То ли дело стрельба, там все понятно.

В прошлом году его одноклассница уехала учиться в Лондон. Ничего особенного, обучение ей оплатили родители. Но как он ей завидовал, этой фантастической легкости, возможности куда-нибудь сорваться, жить в кампусе, видеть настоящий Биг-Бен, а не тот, что на обложке учебника. И он решил, что этого всего добьется, ведь он же мужик. Он сможет. Он заработает достаточно, чтобы перевезти мать с Дашей в новую квартиру из той, где они сейчас, где соседи заливают раз в полгода и из-за этого потеки на стенах, как будто на них ссали (мать пару раз переклеивала обои, потом забила). Илья купит еще одну квартиру себе, жене и детям, машина будет у него злая и спортивная. И своя фирма. Он способный, он добьется. Ведь (смотри выше) он мужик.

Снова чудится запах денег, сухой, сладковатый и желанный. Запах Будущего, которое Илью ждет, которое так близко, руку протяни — и ухватишь.

Женя придвигается ближе, толкает его в бок, просит включить плеер. Илья достает из кармана куртки битый пластиковый кассетник, разматывает наушники, дает Жене один. Плачущий голос Земфиры забирается к сердцу, рвет его надвое.

— Под такое не потанцуешь, — говорит Женя, когда песня умолкает. — Грустно очень.

— Почему? Медляк под это можно станцевать.

— Медляк... Да, наверное.

Небесное море над ними колышется. В отдалении, у клуба кто-то хохочет и блюет. Женино плечо касается плеча Ильи, греет. В груди вращается раскаленный шар в хрустальной скорлупе.

— А что случилось с дядей Аликом? — спрашивает Женя.

— Сдох, — говорит Илья, глядя на звезды, и те подмигивают снова.

7

1995
АВГУСТ

Они не собирались ехать к бабушке, хотя та давно звала. Не поехали бы, наверное, но Алик опять нажрался. У него был новый прикол: поставить ребром деревянную разделочную доску и метать в нее нож — специальный, без рукояти — с другого конца кухни. Чем больше он выпивал, тем реже попадал. Сперва с грохотом падала доска с воткнутым в нее ножом, затем нож начинал лязгать по крышке плиты, путаться в занавеске, биться о холодильник. Каждый раз мама вздрагивала и кусала губы.

Потом они с Аликом поругались, мама быстро собрала Илью и Дашу, ухватила сумку, вышла из квартиры, напоследок крикнув в нее «козел!» и захлопнув дверь. В ответ в дверь что-то влетело, но они с мамой уже бежали вниз по лестнице к «мерседесу».

В машине Даша тут же уснула. Мамка не желала разговаривать, сделала погромче Шуфутинского. Илья шансон не понимал и включил на плеере кассету «Эйс оф Бейс», которую стащил у Алика, а тот думал, что потерял ее, когда был пьяным. Батарейки Илья тоже стащил — из пульта от телевизора, минут за десять до выхода. Чтобы не тратить их на перемотку, перекрутил на нужную песню вручную, надев кассету на шариковую ручку.

Ему было интересно увидеть бабушкин дом, он никогда там не был. Он вообще мало где был. Один раз они с Аликом ездили в Ялту — Илья запомнил море, утром и днем ласковое, а ночью непроглядное. Один раз ездили к друзьям Алика на дачу. Дом был тесный, темный и прокуренный, клеенка на столе липла к локтям, участок маленький, заставленный неказистыми сарайчиками: для бревен, кур, всякого хлама. Потом, часов в одиннадцать, когда уже стемнело, они бежали — ключи от «мерса» остались у Алика, и мама с Ильей и Дашей добирались до Люберец на попутке, прокуренной «шахе» с ковром на заднем сиденье. Машину вел бородатый азер, он много рассказывал про Баку и семью, которая там осталась, потом гладил маму по коленке и ехал все медленнее, «шаха» катилась почти по инерции, но в итоге все-таки доехала до цели.

В этот раз мама ключи от машины не забыла, и это было хорошо. Илья опустил стекло, прикрыл глаза, подставив лицо ветру. Тот пах сосновой хвоей, горячим песком, бензином. А у бабушкиного дома с темно-зеленой резной дверью пахло яблоками, травами, медом, и жила в нем не только бабушка, но и немного печальная тетя Света, похожий на медведя дядя Юра и — главное — девочка Женя, которой тоже нравился «Эйс оф Бейс». У Жени были руки-стебельки и ноги-стебельки и выгоревшие на солнце волосы, сплетенные в кривую косичку. Еще у Жени был огромный дуб, на который они так классно забирались вместе и прятались в стрекочущей тени, среди жуков и муравьев. За это дядя Юра все время звал Женю обезьяной. Еще они играли в догонялки и Дашку ловили чаще всех, из-за чего она обиделась, ушла на второй этаж и кричала оттуда, что Илья — штопаный гондон. Бабушка ее наругала (ты же девочка, да разве ж можно такие слова говорить?). Знай она, как Дашка еще умеет, совсем ее бы заперла и разжаловала из девочек, наверное.

А потом приехал Алик. Он пнул темно-зеленую резную дверь. Он ударил кулаком по шкафу и разбил стекло на дверце. Он заляпал кровью кружевную занавеску на кухонном окне. Он назвал маму так, как называл обычно, и по лицу тети Светы было понятно, что это очень гадкие слова, что дядя Юра ее так никогда не называет.

Их крики были хорошо слышны даже на втором этаже. И, как назло, батарейки в плеере сели. Илья щелкал кнопками снова и снова в надежде оживить плеер, вытащил батарейки и яростно стукал их друг о друга, но и это не помогало. Мать на кухне орала все сильнее, ее крик бил по ушам, под дых, под ребра, по спине. Женя взглянула на Илью — глаза у нее были темные и влажные, как у теленка, окаймленные белесым пухом ресниц, — и вдруг накрыла его уши теплыми ладонями. Ругань Алика и крики матери и тети Светы стали тише, а стук сердца — громче, прямо в голове, под Жениными пальцами. Она напевала что-то, не зная слов, но удивительно понятно. «Эйс оф Бейс», разобрал Илья. Та песня, на которую они все время перематывали.

Вот о чем он вспомнил, когда снова увидел Женю.

Потом поднялась бабушка, собрала их, и вновь они бежали, ехали в Москву на электричке, в уютную квартиру Смирновых. Через день за ними приехал Алик, привез ключи от дачи, тетя Света с бабушкой их благодарно приняли и выдали взамен Илью и Дашу. Дома их встретила мать с налившимся лиловым веком, в сковороде шкварчала картошка, у раковины сохли перевернутые стопки. Илье очень захотелось выбраться оттуда, где-нибудь пропасть, и он пропал — в секции. Стрелял там как упоротый, представляя Алика на месте мишеней.

Зимой Алик забухал совсем, дома появлялся редко. Один раз Илья проснулся от лязга: Алик никак не мог найти нужный ключ и попасть им в скважину. Мать тогда выпила и крепко спала, Дашка сопела на кровати рядом, лицом в подушку. Тикали часы. Было так хорошо, так мирно, так не хотелось разбивать тишину. Илья выскользнул из-под одеяла, подкрался к двери и неслышно задвинул щеколду.

Звонок не работал. Алик стал колотить в дверь, но обивка с дерматином смягчала стук, потом все стихло. Илья выглянул в глазок — Алик ушел — и радостный лег спать.

Алика нашли наутро, он лежал в сугробе, и его замело снегом, будто покрыло сверкающей глазурью. Видимо, вышел на улицу, поскользнулся, завалился в сугроб и уснул, но мать всем говорила, что он скончался от инфаркта. Хотя кого она пыталась обмануть? Все знали, какой там был инфаркт, весь подъезд регулярно слушал, сидел тихонько за закрытыми дверьми. Вдруг бесконечный страх закончился, осталось тело, куча одежды, ножи и мерс, который мамка продала. А Илья не чувствовал себя ни героем, ни защитником — трусливо подкрался, исподтишка нанес удар. Он иногда представлял себе, как открывает дверь и дает Алику в морду, — так было бы честнее, по-мужски. А потом говорит (сверху вниз; Алик же упал от удара, лежит на подъездной плитке и пускает слюни): «Собирай свое шмотье и вали отсюда!» Или нет, вот так: «Еще раз сюда сунешься, будешь зубы сломанными пальцами собирать». Но ничего из этого он так и не сказал. Только принес на кладбище пустую бутылку из-под водки (их много стояло рядом с батареей, мамка два дня таскала на помойку) и воткнул горлышком вниз в могильный холм. Вот тебе памятник, гнида. Дашку только было жалко. Очень она расстроилась.

Об этом всем он тоже вспомнил, когда увидел Женю. Прожитое вдруг воплотилось в ней: и тьма, и свет того, что было. Илья словно смотрелся в отражение и ясно видел, что должен выбраться оттуда. Ведь будущее ждет.

8

2000
АВГУСТ

Даша жопой чует, когда не соответствует маминым ожиданиям. Вот, например, сейчас мама внимательно глядит на нее через стол. Рассматривает критически, как плод торопливой работы. Хотя рассматривать, по сути, нечего. «Доска», так называет Дашу мама. И не поспоришь — слишком худая, похожа на мальчика, слишком длинные руки и ноги, слишком высокий рост вообще. «В отца», так мама говорит.

Вот и отлично, что в отца. На мать Даша не хочет быть похожей.

— Нужно было назвать тебя по-другому.

— Почему? — спрашивает Даша. Она сама на свое имя внимания не обращала.

— Что за имя такое — Даша? Как доярка Дарья из деревни, — говорит мама, указывая на Дашу вилкой, будто протыкая. — Я вот сейчас думаю, хорошо было бы Эвелиной. Красиво, интересно, загадочно.

Очень многое зависит от имени, Дарья, как люди тебя воспринимают.

Странно, назвала мама, а стыдно почему-то должно быть Даше. Должно быть, но не стыдно никогда.

Мать на себя бы посмотрела: торговать колготками на рынке, фу. Работать как Женины родители, эти лохи, так называл их папа. Стоять с чурками, так говорил он. Раньше мама хоть на завод ходила: большое серое здание, граненый бетонный забор с колючей проволокой, внутрь просто так не попадешь, везде нужен пропуск. Место серьезное. А рынок — это скопище приезжих, тех, кому больше некуда податься, кто больше не умеет ничего.

Это все потому, что я Илюху родила, так мама говорит. Всю жизнь мне испоганил.

Мама много раз рассказывала, как встретила отца Ильи. Ей было семнадцать, в гостях на каком-то празднике он угощал ее сигаретами, а после трахнул в ванной комнате, и в дверь все время стучали. Когда мама забеременела, тот парень ее бросал два раза. Иногда приходил посреди ночи, пугал бабушку, просил на герыч деньги. А когда Илья родился, совсем сторчался, и мама встретила Дашиного папу.

Папа был добрым. Веселым, особенно когда пил. К ним домой приходили гости — много гостей, все набивались в комнату и смежную с ней кухню, курили, дым слёживался пластами под потолком, а Даше и Илье в их маленькой детской можно было не спать хоть до часу ночи — все равно никто за ними не следил.

Иногда в большой комнате дрались — обычно папа с Рубеном, своим закадычным врагом. Рубен уходил, громко ругаясь, а праздник продолжался. Папа садился в кресло, широко расставив ноги и уперев в бедра кулаки, и искал взглядом маму. Отыскав, он манил ее к себе: «Иди сюда, блядина. Иди, иди сюда, сейчас я буду тебя вешать». Все смеялись над этой его шуткой, а он вытягивал ремень из брюк, указывал на пол. Мама подходила, вставала на колени, и папа захлестывал ремнем ее горло, как будто и правда собирался придушить. Мама держала пальцами петлю, но не сильно сопротивлялась: знала, что, если не сопротивляться, папа быстрее успокоится. Все продолжали пить, смеяться, говорить: «Ну, Алик, всё, всё, хорош», а потом о всяком — о деньгах и тачках, о вине и стрелках, а мама возвращалась обратно на стул.

Эти их игры порой Даше снятся. В роли мамы она сама: стоит на коленях, жесткие завитки паласа впиваются в колени, глядит на стол, уставленный грязными тарелками в майонезе, стаканами, едой, на подругу мамы, которая поглощает соленый огурец, держа его наманикюренными пальцами, а кто-то — папа? — сильными руками медленно сжимает горло. А после берет Дашу сзади, вжав ее лицом в ковер. Или в скатерть, рядом с оливье.

Папа называл Дашу принцессой. Так и говорил: моя принцесса, обнимал ее и целовал и покупал Даше все, чего бы она ни попросила. Он даже маму не любил так сильно. Маму он больше ревновал по поводу и без, как вещь, которую нужно хранить как следует, не то утащат.

Его похоронили — вместе с принцессой, — и Даша осталась одна.

Когда Даше было восемь, она придумывала всем обидные прозвища.

Баба Лена все хотела накормить Дашу алой, прозрачной, как рассыпавшиеся желатиновые капли, смородиной. Даша морщилась: ягоды кислющие, уж она-то знала. Успела распробовать. Бабу Лену Даша прозвала Овцой. Так папа звал всех медлительных и мягких женщин.

Тетя Света стала Крольчихой, потому что все время дергалась, будто в испуге. Еще она поджимала губы в неодобрении, и от этого вокруг ее рта заламывались морщины, как складки на попке колбасы. Дядя Юра был Щеткой — из-за жесткой щетки усов, подстриженных снизу ровной полосой. Он старался казаться заботливым и добрым, но на самом деле был раздражительным и нервным.

Женю Даша называла Солнцем — разумеется, про себя. Вслух она звала ее лахудрой и дурой. Но Женя дурой не была и лахудрой тоже. Она интересно рассказывала Илье про динозавров и будто светилась изнутри, когда смеялась. Она катилась по Дашиному небосклону, всегда в поле зрения, в центре ее внимания, порывистая, как южный ветер, идеально неидеальная девчонка.

В девяносто пятом, когда Даше было восемь и они с мамой впервые приехали на бабушкину дачу, ей все время хотелось коснуться Жениной тонкой руки или босой ступни, понюхать волосы, из которых Илья то и дело выуживал листик или божью коровку. Даше хотелось лезть за ней на дуб, ходить на край деревни — да хоть на край света, ей вообще не хватало подруг. Но Илья с Женей образовывали цельную неразрывную систему, выталкивали Дашу за пределы своей орбиты. Даша била Илью игрушками, кусала, без конца жаловалась маме в надежде, что его накажут. Освободят пространство рядом с Женей, очистят воздух. Было невыносимо смотреть из чердачного окна на сад, где Женя и Илья то носились, играя в салочки, то читали комиксы, которых у Жени было море. Потом слушали плеер.

Даша хотела пойти с ними, но Илья пихнул ее так, что она упала и ободрала локоть. Уйди, сказал он и выскользнул следом за Женей за калитку. Даша обиделась, поднялась на второй этаж. Пнула кровать, но больно стало ей самой, а не кровати. Думала, Женя с Ильей поднимутся за ней. Представляла шорох на лестнице, легкие шаги, как Женя выглядывает и говорит через плечо Илье: «Ты иди, я хочу поиграть с Дашей. Даша, давай ты будешь Барби, а я — Кеном, вот тут на подоконнике сделаем им дом». Но Жене не нужны были ни Барби, ни Кены, ни дом для них, и про обиженную Дашу никто так и не вспомнил.

— Даш, помой посуду, — говорит тетя Света. — Тряпочка и «Фейри» в саду уже, рядом с колодцем, ты сразу увидишь. Еще один тазик для чистой посуды можешь на веранде взять, я тебе покажу сейчас.

Даша глядит на гору грязной посуды в тазике. Обычно тетя Света тащит этот тазик к дубу у ворот. Там есть выход деревенского водопровода — накрытая крышкой дыра в земле, откуда торчит труба, кран и приделанный к нему шланг. Тетя Света ставит тазик рядом, наполняет его водой, сверху поливает средством для мытья посуды и отмывает тарелки и приборы. Потом споласкивает их из шланга, перекладывает в другой таз.

Даша и представить не может, как она это будет делать.

— Теть Свет, я не могу.

— Почему не можешь? — удивляется тетя Света, как будто ей сообщили, что птицы не могут летать.

И Даша не знает, как объяснить ей. И почему она должна объяснять свой отказ?

— Не хочу. — Она пожимает плечами.

— Ну нельзя же так, — говорит ей тетя Света, все так же улыбаясь.

Мама молча скользит взглядом по Даше, допивает вино. Даша (тоже молча) идет к лестнице на чердак.

— Нельзя быть такой упрямой, — говорит тетя Света вслед. — Тебе тяжело придется с таким характером.

Наверное, должно быть стыдно. Но Даша чувствует лишь злость, та все сильнее распирает изнутри, с каждой пройденной ступенькой. Так, что хочется что-нибудь разбить. Почему она должна мыть за всеми посуду, тем более в саду, тряпочкой и холодной водой? С какого *хрена*, как сказал бы папа. Они вообще в гости приехали, их пригласили отдыхать.

Какая же она упрямая, доносится голос тети Светы снизу (какие же тонкие перекрытия, дом совсем фанерный, слышно, как мышки сикают в щелях). Ее просят, а она стоит, даже не шелохнется. Мил, нужно приучать ее к работе по дому, она же девочка. Как она потом в семье будет?

Если она вообще замуж выйдет, отвечает мама. Толку с нее, что с козла молока. Учиться не хочет, по дому делать тоже ничего не хочет, она у нас принцесса. Звезда погорелого театра, театр уехал, а наша Дарья осталась. Только Илюша и помогает, если бы не он, с ума бы с ней сошла.

И тетя Света с мамой переходят на замужество и мужиков.

Замуж... Даша не очень понимает, почему это так важно. Почему это *первоочередно*. С другой стороны, она часто представляет, какой у нее будет парень: высокий и сильный, с громким голосом. Даша видит себя с ним на дискотеках и концертах — в апреле, в День космонавтики, она была на бесплатном концерте на ВДНХ, обнимались парочки в собравшейся толпе, и так хотелось познакомиться хоть с кем-то. И тоже обниматься за столом в гостях, с бокалом или с рюмкой. Или ехать в машине с опущенными стеклами, с музыкой, которая грохочет на всю мощь, и ветер сдувает волосы с лица.

Собраться бы и свалить домой. Интересно, станет ли мама ее искать?

Заметит ли кто-нибудь, что Даши нет?

Даша садится на Женину кровать, трогает Женину пижаму, нюхает ее — шампунь, стиральный порошок. У самой Даши нет пижамы. Даже когда папа был жив и деньги водились, родители вещи особо не выбирали, что-то покупали, и ладно. Одевали Дашу и Илью тоже всегда быстро, в то, что под руку попадалось, и не по погоде: Даша часто ходила в ветровке летом, в духоту и двадцать шесть, в футболке — когда внезапно холодало, в резиновых сапогах в снег и на носок. Один раз даже гуляла в чешках — мама забыла, что старые ботинки порвались, и не купила новые.

Вспоминается сонная, нагретая дыханием тишина их детской спальни, оставшаяся где-то за далеким, как протянувшийся вой электрички, рубежом. Там кисловато пахло молоком, и теплым одеялом, и подсохшими огрызками яблок, которые раскидывал Илья. Там на книжных полках сидели Дашины Барби, одинаково идеальные, холодные, с щелкающими суставами в облезлых коленях.

Там остался приглушенный ночной стук, который однажды услышала Даша. Она чуть вынырнула из дремы, приоткрыла глаз. Стук повторился, Илья поднялся и тихонько вышел. Его долго не было, а стук прорывал ткань сна, делал в ней дыры.

Даша выпуталась из одеяла, вышла в коридор. Илья смотрел в глазок, прилепившись к двери телом. Снаружи всё стучали — бум-бум, — и был слышен папин голос, он ругался на маму, на замок, на кого-то еще по фамилии Нечаев. Пальцы Ильи лежали на задвинутой щеколде, но не двигались. «Открой ему», — хотелось сказать Даше, но еще ей очень хотелось спать и дальше видеть сон про принцессу Барби и дракона. А может, Илья и стук ей тоже снились. Поэтому она пошла обратно, завернулась в одеяло, как гусеница в лист, и уснула.

А рано утром Даша выглянула в окно. В сугробе рядом с козырьком подъезда лежал кто-то: виднелись две руки, профиль, обведенный снегом, сбившаяся на макушку шапка. Остальное занесло снегом. На указательном пальце сидел воробей, как на жердочке, потом встрепенулся и упорхнул. Это Даша хорошо рассмотрела.

Во всем виноват Илья. Что Даша больше не принцесса, что мать таблетки перестала пить. У нее что ни месяц, то запой и приступ, и настроение стало скакать еще чаще, утром еще ничего, а к вечеру все злее. Когда был жив папа, она себе такого не позволяла. Назови она Дашу доской тогда, он бы ей сразу по губам дал. Даша так и видит: папа отводит руку и бьет — с ленцой, несильно, просто чтобы замолчала.

Даша сама бы ее ударила. И обязательно ударит, когда вырастет, она так про себя решила. Каждого из них, чтобы молчали больше и думали, что говорят.

9

Стебли сломаны, все выдрано и смято. Картошка — мелкая и недозревшая — лежит тут же, никто не собирался воровать. Кому-то просто захотелось изничтожить ровные ряды посадок, перепахать их колесами.

Бабушка и Лаиля Ильинична стоят на краю поля. Бабушка в махровом халате в цветочек, на молнии — в нем она обычно ходит дома. Лаиля Ильинична в неизменных очках в черепаховой оправе, в руке цапка, на голове косынка, в которой Лаиля полет огород.

— Нина мальчишек видела, — говорит Лаиля Ильинична.

— Каких? Потенковских?

— Не знаю. Шумели, говорит, на мотоциклах, ездили туда-сюда, и вот.

Женя вспоминает о Коте с Ильей. Да нет, Илья не стал бы, зачем ему.

— Ты здесь! — говорит бабушка, заметив Женю. — Я думала, вы с Илюшей укатили.

Женя качает головой. Илью она не видела с ночи. И слава богу.

Проснувшись, она долго лежала в постели. Пить хотелось страшно, но Женя не спускалась, вспоминала вчерашнее, прислушивалась к разговорам прямо под ней, в гостиной. Голоса Ильи не было слышно. Женя выглянула в окна по обе стороны дома — в саду Ильи тоже не было. Оказалось, он ушел еще до завтрака, и Женя испытала облегчение. Лучше бы он вообще домой уехал, в Люберцы.

— Жень, он у пруда был, — говорит Лаиля Ильинична. — Я видела, когда сюда шла.

Она смотрит на Женю внимательно, чего-то терпеливо ждет, и Женя нехотя идет к пруду.

Пруд находится в стороне от деревни, недалеко от лесного кладбища. Шагов в тридцать диаметром, сумрачный и заросший, укрытый сосновой тенью, он привлекает местных рыбаков, того же дядю Митю и его друзей. Идешь мимо, а за кустами виднеются их сгорбленные спины, слышен прокуренный надрывный кашель.

Сегодня там не дядя Митя, сегодня там Илья. Сидит один, Женя сразу узнает его широкую спину и футболку с «Королем и Шутом». В животе как будто тает лед, подтекает скользким боком, и пальцы тоже холодит. Страшно идти туда, но Женя лезет по едва заметной стежке через кусты.

Илья оборачивается на хруст. Его лицо странно темное, будто смятое, и Женя вдруг понимает — оно разбито, всё в крови. Она встает перед Ильей, смотрит на распухшую скулу, рассеченную губу, кровь, размазанную по подбородку и под носом.

— Что случилось?

— А так не видно?

Женя находит носовой платок в кармане, хочет стереть кровь со щеки Ильи. Но тот отстраняется, смотрит мимо нее на воду и молчит.

Так же, молча, они вчера возвращались из клуба.

— Где мотоцикл? — спрашивает Женя. — Это из-за него побили, да?

Илья мотает головой.

— Его украли?

— Да не из-за мотоцикла это, — раздраженно отмахивается Илья. — Иди домой.

— И ты иди, — настаивает Женя. — Надо умыться. И перекисью помазать тоже надо.

В этот момент она думает: ну не пойдет, сейчас просто пошлет ее, и всё. Взгляд у него тяжелый, затравленный, и даже воздух вокруг его широких плеч будто темнеет и подрагивает. Но Илья все же поднимается на ноги ловким движением и идет за Женей, изредка шмыгая носом.

В дом он не заходит, сворачивает в сарай, в сырую темноту, и садится на накрытые пленкой доски. Его полосует свет, что сочится через щели в стенах. Женя приносит кусок мяса из морозилки, прикладывает к брови Ильи. Выглядывает наружу — вроде никто не видел, что они пришли. И хорошо. Она бежит еще за ваткой и перекисью, протирает ссадины, и перекись пузырится, схватывая кровь. Илья морщится, его ресницы подрагивают, и Женя вдруг замечает, какие же они длинные, даже отбрасывают игольчатые тени на обожженные солнцем скулы. Она сдвигается, чтобы не чувствовать его дыхание голым плечом.

— А что вы тут делаете? — спрашивает Даша. Она возникает в дверном проеме, с удивлением всматривается в лицо Ильи. — Ты подрался, что ли?

— Не твое дело, — огрызается он, и Даша, насупившись, уходит.

Женя почти слышит тиканье, начавшийся неотвратимый отсчет до взрыва. Поэтому, когда в сарай заходит тетя Мила, она не удивляется. Илья сжимает губы, будто готовится к тому, что сейчас слова начнут вытягивать клещами.

Но тетя Мила начинает с Жени.

— Довольна? — кричит она, налившись злостью. Руки уперла в бока, загородила собой выход из сарая. — Дружки твои Илье морду раскрасили! Брату твоему! Не стыдно?

— Они мне не друзья... — отвечает Женя, но куда там, не перекричишь. Заткнулась, велит ей тетя Мила, заткнулась быстро, когда старшие говорят с тобой, Илья не дрался никогда, но стоило сюда приехать, как вот, нате. Познакомила его с дружками, называется, весь дом тебя терпит, мать с бабкой на цырлах ходят, как перед королевой, избаловали вконец.

Илья пробует вклиниться, но бесполезно, он же мотается вечно черт-те где, нет бы с Дашкой помогать, нет бы огород копать, нет бы гвоздь заколотить в конце концов, но лучше водяру жрать с местными обсосами, в два ночи припираться, думали, не слышу, во сколько вы домой являетесь? Думаешь, раз я молчу, то можно дальше так?

Тетя Мила придвигается, кажется, сейчас замахнется, треснет больно по лицу, и Женя вся сжимается, готовясь.

— Девочка, шестнадцать лет, со взрослыми парнями по ночам мотается. Ни стыда ни совести! Позор! Отец твой приедет, все расскажу ему, ты поняла?

Илья берет Женю за руку и встает, закрывает собой. Его пальцы холодные и влажные от мяса. Женя глядит в его широкую напряженную спину, изучает катышки на футболке, потрескавшуюся надпись «КиШ». Чуть ниже темный след — смазанная кровь, будто футболкой вытирали пальцы.

— Мам, дай пройти. — Он тихо говорит.

Сперва тетя Мила упрямится, затем нехотя шагает в сторону.

— Шлюха малолетняя, — бросает вслед.

Эти ее слова стегают Женю, кожа на спине расползается, обнажая плоть, яд растекается по телу. Высвободив руку, Женя спешит к калитке, не оборачивается на его голос, тихий и неуверенный, как полувздох. Задыхаясь, она идет к дальнему переулку, к дому-шкатулке, песок набирается в сандалии, колет между пальцами. Ей хочется, чтобы Илья пошел за ней, но она знает — слышит, — что дорога позади пуста. И, наверное, хорошо — ей очень стыдно перед ним, ведь кто она после вчерашнего, если не шлюха?

Лаиля Ильинична не задает вопросов. Наливая чай, она рассказывает, что медведки в огороде завелись, слышала бы ты, Женечка, как они скрипят из-под земли — жуть. Выходишь ночью на крыльцо (ты пей, пей и бери конфеты, вот эти повкуснее), а эти орут, джунгли просто. Всю морковь пожрали! Я в мае перекопала, что могла (и печенье ешь, ты не стесняйся), но все без толку. Одно расстройство. Пал Петрович посоветовал бутылку из-под шампанского вкопать, а внутрь мед положить. Я так и сделала, вот жду теперь, вдруг заберутся...

Женя кивает. Шмыгая, жует печенье, и ей все так же больно.

Когда она вернется, Илья, Даша и тетя Мила уже соберут вещи. Под сбивчивые, на полувыдохе, извинения мамы и причитания бабули они пойдут вниз по дороге к остановке — впереди вышагивает тетя Мила, светясь праведным гневом, дальше Даша, за ней Илья с тремя пакетами и рюкзаком. Он даже не обернется, Женя увидит это с дуба.

Он даже не захочет попрощаться. Женя его поймет. Она виновата. И она с самого начала знала, что
это ненадолго: смех, танцы, клевые друзья. Когда
звезды вдруг заслоняет приятно тяжелое тело, пахнущее стиральным порошком и водкой. Настолько го-
рячее, что кожа до сих пор будто обожжена.

10

Мамка орет на всю электричку. Она всегда говорит громко, но стоит ей разозлиться, так начинает голосить демонстративно, оглядывая сидящих и раздуваясь, как токующий глухарь. Другие пассажиры это чуют и правда с ней не связываются, лишь вздыхают.

Илья тоже молчит, он знает: начнешь ей возражать, и все затянется еще на два часа. Он замечает, как опадает в протяжном выдохе грудь бабки через проход от них. Как смотрит в их сторону мужчина, сидящий за маминой спиной. Как ржут подростки у выхода из вагона, и с каждой репликой матери их фырканье все громче. Даша с мамкой всего этого не видят и не слышат, но Илье хочется отсесть подальше, выйти или разбить башкой окно и вывалиться на пути и гравий.

— Да они там все друг друга стоят, — громыхает мама. — Мать вообще дура, квартиру в МММ просрала. Я ей говорю: чего ты у меня-то не спросила?

Светка-то понятно, тоже дура дурой, ни хера не понимает, но у меня-то ты могла поинтересоваться? Я бы сразу сказала, что это пирамида. Я эти дела сразу вижу.

Даша кивает, слушает внимательно. От этого внимания мать разбухает еще больше, наливается спелой важностью.

— И дочка хамка, — продолжает. — Ты видела, Даш? Даже не попрощалась. Хотя у Светки всё так, она же размазня. Все у нее на шее — и муж ее, и дочь, вертят ей, как хотят. А надо с ними вот как! — Мама сжимает кулак, показывает Даше, Илье и всем, кто сидит у них за спинами. — Понятно? Дарья, вот так вот надо. Вот!

В вагон заходит мужик с тележкой, перекрикивает мать: семена, укроп, петрушка, салат айсберг, редис, смесь бордосская, средство от муравьев. Илья отворачивается к окну и смотрит через запятнанное ржавчиной, кисло пахнущее металлом стекло на проносящиеся мимо деревни, березовые рощи, переезды с гусеницами ожидающих машин. Но видит только Женино лицо, голубоватое в полевом подзвездном сумраке. Чувствует щекой ее дыхание, как тогда в сарае.

Ну и как оно, Кот у него спросил. Илья сперва не понял, а Кот криво улыбался и смотрел недобро. Борщ и Крученый тоже лыбились, и до Ильи дошло. «Как оно, с сеструхой-то? Рекомендуешь?» — повторил Кот.

Илья сунул ему в нос, потом сунули Илье, втроем на одного, хотя Кот сильный, справился бы и сам, наверное. Пинали Илью недолго. Потом забрали ключи от мотика и гаража, и всё.

Гондоны, сказал Илья им вслед, но они даже не обернулись.

Кто-то, наверное, видел, как они с Женей ушли на поле. Конечно, видел, ведь у клуба было столько народа. А он, придурок, об этом не подумал. Надо было сразу домой мотать. Ведь ясно же, что это бред, с двоюродной сестрой нельзя сосаться. Нельзя пялиться на ее губы, когда она говорит. Нельзя слизывать апельсин и водку с ее рта и языка, щупать грудь через комбинезон и пытаться стянуть его лямку (безуспешно, впрочем, комбез сидел как влитой, никак не стащить с лежащей Жени). Он думал, Женя оттолкнет ну или будет зажиматься, как Иванова из параллельного, — та слепила губы, хрен разомкнешь, все равно что с бревном сосаться. Но Женя отпихнула его, лишь когда он полез к молнии комбеза. Сказала, что домой пора. И потом они как-то тупо разбежались, будто поссорились, — быстро дошли до дома и пожелали друг другу спокойной ночи.

Илья долго не мог уснуть — сердце болезненно бахало, зацелованные губы ныли, член стоял, фиг успокоишь. Илья представлял, как мать и тетя Света обо всем узнают, и тонул в сладком ужасе вперемешку с любопытством. Утром он побродил по деревне, выбрел к гаражам, а там уже был Кот.

«Станц Удельная, — гнусавит машинист в динамик. — Следующ станц Люберц первая».

— Приезжайте еще, говорят, — сообщает мамка всей электричке. Дашка смеется. — Ага, приедем мы после такого, как же. Да лучше все лето в квартире сидеть.

Показывается контролер. Заметив его, мать умолкает, подхватывает вещи и с Дашей идет в другой вагон. Билеты она не покупает принципиально. «Кормить государство у нас денег нет, оно уже накормлено, вон наворовали сколько». Илья плетется за ними следом, стараясь не смотреть по сторонам. Не встречаться взглядом с другими пассажирами.

В тамбуре их все-таки встречает контролер, спрашивает, где билеты, хочет выписать штраф, но мать начинает голосить про двух детей, мать-одиночку, мужа, убитого в Чечне, сволочи, сволочи, и контролер отступает, выпускает их в распаренную солнечную наружу. Илья выходит первым.

Дома мать распахивает дверь Дашкиной комнаты, орет:

— Ты убралась перед отъездом? Я чё тебя просила? Я чё просила, спрашиваю?!

Это не новость, Дашка никогда не убирается. Она чернеет лицом, уносится к себе, а мать ложится на диван не раздеваясь, закрыв лицо локтем, другую руку свесив вниз.

— Как я замучилась с вами двумя. Что ж за жизнь такая, — протяжно стонет. Илья уходит в свою комнату, садится за английский. Он ни черта не понимает, текст пляшет, смысл ускользает, в груди на стыке ребер ноет и скребется, и воздуха как будто не хватает. Нет его, невозможно сделать полный вдох. А на стене в углу желтые потеки, как будто на нее нассали.

Илья ненавидит это.

Впервые он жалеет, что бросил секцию. Кинул бы вещи дома и пошел бы пострелял. Но назад уже дороги нет.

В стрелковой секции Илью любили. С некоторыми ребятами Илья до сих пор пересекается иногда после школы, когда у них нет тренировок. Он даже остался бы, если бы не тот случай с Улановым.

Уланову, корявому, щербатому, как Алик, Илья будто мешал жить, жег перцем в глазу. Стоило им встретиться, как Уланов начинал цепляться то к штанам Ильи, то к стойке, то к тому, как Илья отжимается. Но Илья легко ставил его на место, до мордобоя ни разу не доходило, поговорили и разошлись. И парни тоже над ним ржали, придурок же. Несколько раз выбрасывали в окно раздевалки улановские кроссовки, одни до сих пор висят на березе, фиг снимешь. Его никто не любит, и он не любит никого.

Но именно с ним Илью поставили в пару на практической стрельбе. Парни сочувственно хлопали по спине, типа держись, братан.

— Давненько не виделись, — сказал Уланов. Улыбался неприятно, как будто знал что-то гадкое, что-то, что сам Илья пока не видел. Как будто у Ильи говном обмазан лоб.

Уланов вышел на огневой рубеж, шел уверенно, спокойно. Илья даже подумал — пронесло, молча отстреляемся, но нет.

— Эй, Каменев, — сказал Уланов не так громко, чтобы слышали остальные, но достаточно, чтобы капать ядом через наушники. — Тут про маму твою новость.

Бах, бах, две цели крутятся на штанге. Илья не ответил, кликнул секундомером, а внутри катилась жаркая волна, сминала органы, сжигала вены. До матери Уланов еще не опускался.

Уланов перешел на последнюю позицию, выбил три из трех. Илья кликнул секундомером, кнопка промялась под пальцем.

— Разрядить, показать, — сказал дежурное.

Уланов выщелкнул магазин, положил его на бочку. Показал пистолет Илье, а сам заглянул в глаза и улыбнулся довольно.

— Вчера я видел, как она сосала тренеру, прикинь? — сказал.

А дальше само собой как-то вышло, Илья тогда не думал. Он просто вставил магазин и прижал дуло к подбородку Уланова. Хорошо, с предохранителя не снял.

— Повтори.

Уланов больше не улыбался, косился куда-то вниз, будто пытался увидеть пистолет.

— Каменев. — Тренер появился откуда-то сбоку, но слышно было плохо, будто издалека.

— Давай, повтори, чё сказал, — сказал Илья.

— Каменев, опусти. — Тренер осторожно перехватил пистолет за ствол, опустил, разрядил. Жестом велел Илье следовать за ним.

Илья положил наушники и очки на бочку, вышел в раздевалку. Думал, тренер будет орать, но тот спокойно предложил Илье самому уйти из клуба, по-хорошему — кому нужны эти комиссии и уголовные дела? Илья кивал, еще не осознавая быстрой смены статуса.

Когда тренер вышел, зашли друзья. «Илюха, эй», — слышалось вокруг. Илью трепали по плечу: «Ты как, Илюха, ты чего вдруг? Это же Уланов, чего ты, Уланова не знаешь? Он же придурок». Илья быстро переоделся, как-то отшутился и ушел. Весь вечер просидел у Макса, друга из соседнего дома, играли в «червяков» на его компе, потом долго стояли в подъезде, Макс курил, а Илья смотрел в заоконную дождливую тьму.

Самое хреновое, что он Уланову поверил. На долю секунды, но как можно вот так сорваться?

В общем, Илью вышибли. Он и до этого думал бросить, мать рассчитывала, что помогут поступить как перспективному спортсмену, не попасть под осенний призыв. Но все равно же договорилась с дядей Юрой и считай уже отмазала. Зимой, конечно, на соревнования идти пришлось, она доклевала. Илья получил разряд, который она давно хотела, но теперь-то все, он больше не пойдет в клуб. Его и не пустят, после такого. Да и нахуй эту стрельбу, он и так каждый день в Москву мотается, а еще уроки делать.

Илья поступит, он уверен. Поступит сразу после выпуска, переедет в Москву, найдет подработку.

Скоро он свалит отсюда. Илья станет больше, чем Люберцы, больше, чем Москва. Он должен добиться успеха, иначе что? Иначе он — слабак? Чмо? Нет, он вытащит из говна себя, сестру и мать. Мир и свои цели Илья видел через прицел: один промах, и все схлопнется, он не доберет очков, скатится в турнирной таблице обратно в нищету, в люберецкую пятиэтажку, а там стареющие друганы, те, кто так и не поступил никуда, кто все просрал, и его медленно затянет в холодную трясину безнадеги. И мать будет орать: «Ну я же говорила, говорилажетебеяговорила...»

Совсем ты как папаша.

11

2000
АВГУСТ

Когда Даше исполнилось тринадцать, она впервые кончила.

Они с мамой приехали к бабушке на дачу, хоть мама и клялась, что в «той развалине» ноги ее не будет: ей не нравилось, что дом старый, холодный, и ночью по углам скребутся мыши. К тому же мама с бабушкой всегда ругались, и этот день не был исключением.

Началось все с того, что бабушка сказала маме посолить воду для макарон, а мама ответила, что солит макароны только после, когда они уже готовы. Все это скатилось к Дашиному папе и отцу Ильи, сплошь алкаши и наркоманы, ты никогда никого не слушала, кого только ни приводила к нам домой, боже, боже! Крольчиха — тетя Света — пыталась их помирить, а Даша устала это слушать и поднялась на второй этаж. Там пахло пылью, старым деревом, бумагой. Обои были разрисованы цветными карандашами — наверное, Женей. Наскальная живопись от пола до низкого скругленного потолка: солнца, девочки в платьях, дома, машины, полусодранные наклейки от жвачек.

Женя стояла к Даше боком, застегивала лифчик. Это завораживало — то, как косой синеватый свет касался ее кожи, полукружий тяжелых, совсем женских грудей, указывающих сосками вперед, узкой талии. Живота с большой родинкой у пупка. Живот чуть подрагивал от дыхания, и Даше вдруг захотелось влиться под Женину кожу. Она хотела быть с ней, а может, ею? Она не понимала.

Женя подняла взгляд и, заметив Дашу, повернулась к ней спиной. А Даша торопливо спустилась, будто увидела что-то стыдное и неприличное, хотя это было самым прекрасным из всего, что она помнила и знала.

Ночью Даша представила, как Женя склоняется над ней так, что ее груди покачиваются над Дашиным ртом, задевая губы сосками, а после ведет пальцами по животу — Даша это видела в одном из фильмов — и трогает ее внизу. И Даша трогала себя между ног, а после кончила.

Женя склонялась так к Илье, держала пакет с замороженным мясом на его глазу. Они не смотрели друг на друга, просто соприкасались телами — голое Женино плечо с рукавом его черной футболки. Но одно это — и тишина в сарае — дало Даше понять ее бесповоротный проигрыш. Сначала захотелось оттащить Женю, она же не для Ильи, он гадкий. Хотелось больно дернуть ее за руку, чтобы посмотрела и наконец увидела. Хотелось сказать: «Я слышала, как вы возвращались ночью. Ты знаешь, что у него девушка в школе есть? И не одна, а целых две, первую зовут Лена, вторую Лиза, блондинка и брюнетка, и обе не похожи на тебя».

«Дура малолетняя, — сказала мама про Женю, когда они ехали обратно в электричке. — Что из нее вырастет — не знаю». А Даша кивала, желая хотя бы так сделать им больно, — Жене, которая осталась за много километров ж/д путей, быстро удалялась, превращалась в незначительную, но все еще болезненную точку, и Илье, который дергался от каждого маминого слова, будто ему засаживали под ногти иглы. Щурил свои подбитые глаза.

Даше это нравилось. Да, мама, да, говорила она, чувствуя, как в груди распускается злой обжигающий цветок, как сладко становится от этой злости, а мама распалялась. Ей нравилось, когда ее слушали.

Вечером Даша отпрашивается к Ольке. Хватает две слойки в палатке с Винни-Пухом и рысцой бежит по Инициативной мимо рынка на Октябрьский проспект.

Оля живет в пятиэтажке напротив городского парка. Домофон не работает, но дверь кто-то уже отжал и подпер кирпичом, чтобы не закрывалась. Оля выглядывает после третьего звонка, в майке и трусах. Один глаз у нее с зеленым веком и густо прокрашенными ресницами, другой еще мал и бледен, короткие волосы взъерошены. На губах ярко-сливовая помада. Даше очень нравятся Олины губы — аккуратный, чуть брезгливый бантик.

— Я думала, ты через неделю вернешься. — Оля запускает Дашу внутрь.

Даша протягивает слойку, другую жует сама, стоя на коврике и не разуваясь, ждет.

— Мать, как обычно, поскандалила со всеми, — говорит.

Оля не удивлена. Она докрашивает глаз, мажет тональником прыщи на бледном, легко краснеющем и обгорающем лице, попутно шепчет: «Я тебе такое расскажу, ты просто охренеешь!» Откусывает слойку, влезает в джинсы, застегивает браслеты на плотных запястьях — руки у Оли большие, кость широкая, фигура спортивная. «Доска», как называет ее Дашина мать. «У вас компания досок, забор собрать можно».

Даша с Олей познакомились в первом классе. С тех пор они висят на телефоне каждый день, прочно соединенные проводами и невидимыми сигналами. Могут обсуждать что угодно, могут, не прерывая звонка, делать уроки, молчать. Они друг друга понимают и без слов.

Даша с Олей друг за друга горой. В том году Даша сцепилась с одной бабцой, та назвала Олю шалавой. Ну и получила, короче, Даша подкараулила ее у школы. Поговорила с ней, толкнула пару раз так, что бабца упала. Но до драки не дошло. С Дашей не связываются обычно.

Из кухни выглядывает Олина мама в халате в горох, в руке дымится сигарета.

— Дарья, привет. Суп с лапшой будешь?

— Мам, какой суп? Мы уже уходим. — Оля зашнуровывает кроссовки, резко затягивает узел. Курить хочет, это понятно. Даша тоже мнет в кармане сигарету — купила на рынке поштучно.

— Ну а вдруг Дарья голодная. — Олина мама выдыхает дым, указывает сигаретой на Дашины «камелоты». — Не запарилась в этих чоботах?

Все хорошо, отвечает Даша, хотя в «камелотах» и правда жарковато, носки промокли от пота. Но с сарафаном ботинки смотрятся круто. Чего не сделаешь во имя красоты.

«Камелоты» купила бабушка весной. Получив пенсию, она вызвонила маму. Мама ворчала, проклинала, но все же привезла Дашу в Москву. Бабушка отвела Дашу в Дом обуви, где та сама выбрала черные высокие ботинки на шнуровке, тяжелые, как гири, — модный восторг. Дома им с бабушкой, конечно, досталось: мама назвала Дашу «недоделанным скинхедом», все порывалась их выкинуть, кричала, чтобы «это говно» вернули в магазин, но бабушка устроила ответный скандал, совсем как встречный пал. Даша заревела, и маме пришлось отступить.

Теперь она просто фыркает при виде Даши в «камелотах». А Даша старается их не снимать и дома не оставлять. Один раз кошмар приснился: что вернулась из школы, а мать все-таки их выбросила, и остались только сиротливые растоптанные сапоги с солдатским плоским мысом.

— Муж твой будет большим человеком со связями, Даша. Я это видела сегодня, — говорит ей Олина мама напоследок. — Король Жезлов выпал. Может быть, военный.

Оля стонет и выталкивает Дашу из квартиры. Когда они выходят из подъезда, сразу закуривает, яростно чиркая дешевой зажигалкой, пытаясь высечь из нее язычок пламени и ругаясь, что потеряла «крикет».

Олина мама много ей разрешает: курить в подъезде (все равно будешь это делать, если захочешь, так она говорит), гулять допоздна, оставаться на ночь у друзей. Дашу пока вот так не отпускают, Дашина мама называет Олину маму ебанутой.

Еще Олина мама работает экстрасенсом: гадает на Таро и кофейной гуще, составляет натальные карты и говорит с душами умерших — недорого. В ее кухонный офис прокрадываются бабушки и девочки, дядьки в костюмах и женщины в слезах, они что-то шепчут, а Олина мама им спокойно отвечает, палит ладан и свечи, а иногда включает на стареньком кассетнике музыку монахов из Тибета. Что-то из этого срабатывает точно, потому что клиенты уходят довольными всегда. Это Даше нравится.

Папа у Оли воскресно-праздничный: у него своя семья. У Оли даже есть братья, один младше, другой старше, правда, они об Олином существовании не знают. И жена Олиного папы тоже не знает о ней. Оля говорит, что это хорошо, иначе жена бы его выгнала и папаша поселился бы у них. А он зануда, начал бы воспитывать.

Оля рассказывает, что замутила кое с кем, познакомились в бассейне. Ему восемнадцать, говорит она. Прикольный, с хорошим чувством юмора, звал погулять в центре Москвы. У него есть пирсинг в языке, так очень странно целоваться. Они два дня назад уже гуляли — с его друзьями, и Даша расстраивается. Тоже могла с ними поехать, но вместо этого сидела у бабушки на даче. Может, у того парня симпатичные друзья? Она сама еще ни с кем не встречалась, и ей ужасно завидно. Ей очень хочется кого-нибудь, просто чтобы выровнять ту разницу между собой и остальными. Она и так старше всех в классе, потому что пошла с семи лет и еще училась в четвертом, когда многие его перескакивали и отправлялись сразу в пятый.

На карусели на детской площадке за поликлиникой сидят Олины подруги. Круглолицая кудрявая Динара живет на полуподвальном этаже в Олином подъезде, она постарше Даши, после девятого ушла в путягу. Оля рассказывает ей о новом парне, все то же самое в подробностях, до пирсинга в языке. Динарка слушает, пьет алкоголь из черной банки, водит насмешливым взглядом между Дашей и Олей.

— Дашк, ты-то сосалась хоть раз? — спрашивает.

— А тебе что? — тут же встревает Оля, а Даша врет:

— Да.

— И как?

Даша пожимает плечами: мол, ничего особенного. Рассказывает то, что слышала от Ильи, — об их поездках в клуб и городке слепых. О ночном воздухе на шоссе и как в щеки больно ударяются мошки. Да, еще она пила «Казанову», ее угощали, но он какой-то приторный, водка гораздо лучше.

— Мне водку с апельсиновым соком мешали. И с «Буратино», но с газировкой мне не очень нравится. Хуйня какая-то, — говорит она, смакуя слово «хуйня».

— Да ладно. — Динарка поднимает брови. — Хочешь?

Она протягивает Даше банку коктейля, пахнущего колой. Даша берет банку, вытирает с края Динарину помаду. От трех глотков мир немного зыбится, делается мягче, золотистей. Потом Даша выкуривает сигарету. Девчонки решают найти ей парня — «пора бы уже», покровительственно отпускает Динара. Оля говорит, что он должен быть спортсмен и обязательно высокий, и Даша видит в этом замечании какой-то знак, что скоро она встретит этого кого-то. Парня, девушку — не важно, кого-то, кто совпадет с ней телом и интересами.

Перед возвращением домой Даша съедает упаковку «Рондо», горло и желудок холодит. Она дышит в ладонь, принюхивается — только мята, выпивкой не пахнет. Но когда дверь открывает мама (тяжелый взгляд, руки, скрещенные на груди), страшно все равно.

— Ты где была?

— У Оли во дворе сидели, — отвечает Даша, стараясь дышать в сторону. А лучше вовсе не дышать.

Мама кивает молча, уходит на кухню. Оттуда стрекочут новости, что-то тревожное про Пушкинскую площадь. Показывают обгоревший переход и дым, из него выводят и выносят пострадавших. Теракт, говорят они.

— Чурок надо пиздить, — хмуро говорит Илья.

А Даша не вслушивается, Даше очень хорошо, она хочет танцевать, нет, летать и хохотать, до того легко и классно. Она даже хочет рассказать Илье об этом ощущении, но он не поймет же, он пристально смотрит на экран телевизора. А ей самой не хочется вникать, что там бурчат тревожно. Взрывы, митинги и прочая жесть происходят в Москве, а не у них в Люберцах. У люберецких своих проблем хватает.

— Недавно Валькиного сына порезали у рынка, — говорит мама, отрезая кружок колбасы и снимая с него ленточку шкурки. — Ночью от друзей шел. Ну ясно, кто его так. Эти, — мама кивает на телевизор, хотя в телевизоре совсем не чурки, а симпатичная журналистка с микрофоном, — как у себя дома. Творят что хотят.

В дверь звонят. Илья смотрит в глазок и уходит в комнату, бросив тихо:

— Меня нет, не открывайте вообще.

Но Даша открывает все равно, ей весело и любопытно — кто там? За дверью мнется симпатичная блондинка в мини — Лена — краснеет пятнами, спрашивает, дома ли Илья.

— Он дома, сейчас выйдет, — сообщает Даша и орет через плечо: — Илья! К тебе пришли!

12

2000
АВГУСТ

Женя расшнуровывает кроссовки, встает в одних носках на гнутую картонку. Вокруг нее крепостная стена из тряпья, кубы, стянутые веревкой и пластиковой пленкой. Они навалены друг на дружку, пахнут сыростью и растворимым кофе. От торгового ряда Женю закрывает старая занавеска, за занавеской ходят люди, спрашивают, почем вон то и это.

— Такое устроила, кошмар, — говорит мама своей подруге, тете Кате. Они тоже стоят за занавеской, ждут, когда же Женя втиснется в джинсу. Мама и тетя Катя торгуют рядом: мама — колготками, а тетя Катя — турецкими джинсами всех мастей. — Я пожалела, что ее пригласила. И перед соседями неудобно, мы даже раньше уехали. Как же она орала!

— А мать как? — спрашивает тетя Катя.

— Расстроилась, конечно. Ну представь, первый раз за пять лет нормально увиделись, можно же было без скандала. Милка все отца поминает, что он ее ремнем лупил.

— Раз лупил, значит, за дело, — хмыкает тетя Катя.

Новые джинсы тесные, приходится постараться, чтобы влезть. Женя скачет на одной ноге и едва не выпадает в проход. Застегивает молнию сбоку.

— Да он всех лупил. Милка что, особенная? Она еще чуть ли не после выпускного залетела, ну представь. Старшего от какого-то наркомана принесла.

— Бедовая.

— Не то слово. Стыд-то какой был... Пьет всю жизнь, иная загнулась бы давно, а этой хоть бы хны...

Женя выходит из-за занавески. Ей самой джинсы нравятся, но мама удивленно поднимает брови и смеется:

— Женечка, ну, может, поприличнее что-то? Весь живот голый. Ну посмотри...

Она тянет джинсы вверх, и шов больно врезается в промежность. Женя терпит, нитки трещат.

— Светуль, они сейчас все так ходят. — Тетя Катя машет рукой, подмигивает Жене.

Тетя Катя Жене нравится, иногда она дарит футболки и непроданные джинсы, а один раз отдала целую куртку с напылением розовых блесток на нагрудных карманах.

— Ну не в школу же! — Мама опять смеется, и у Жени полыхают уши.

— И в школу тоже. Жень, смотри, — говорит тетя Катя, — у меня есть такие же, тоже с поясом, но со стразами. И еще черного цвета.

— Мне эти нравятся, — сдавленно говорит Женя, смотрит на маму умоляюще.

Тетя Катя отвлекается на мужчину в серой футболке с темными кругами под мышками и на спине, ищет ему *XL* мужской, темно-синий, поплотнее. Мужик придирчиво перетирает ткань пальцами-сардельками, протискивается мимо Жени к занавеске — запах пота, табака, — наступает на сброшенные Женей кроссовки. Мама пользуется моментом и шепчет на ухо:

— Нет, это никуда не годится. Ты зимой в них все себе застудишь...

— Ну пожалуйста!

— Почки! Поясница! Придатки! Пойдем еще поищем.

— Мам, у нас в классе все так ходят, ну пожалуйста!

— Папе не понравится.

На этом Женя умолкает.

Домой они возвращаются с парой обычных джинсов в пакетике — приличных, как сказала мама, без рванья и голого пупка. Такие папа в мусорку не выбросит, в таких на Женю лишний раз никто не взглянет.

Так некстати вспоминается Илья, его футболка с «КиШ», прилипшая к лопаткам. Жене хочется его увидеть. Ей хочется верить, что она понравилась ему *всерьез*.

От «Рижской» тянет черным паровозным дымом. Мимо в центр едут скорые, воют призраками, разгоняют пробку — одна, другая, третья. За ними красно-белые пожарные машины. От сирен тревожно звенит воздух, и Жене тут же вспоминается авария, которая случилась один раз недалеко от поворота к их деревне. Вывернутые кузова машин, стекло и вперемешку кровь, очень густая, похожая на плюхи смородинового варенья.

Восьмого августа, за пять минут до восемнадцати часов, когда Женя с мамой только подъезжали к своей станции метро, переход на Пушкинской взорвали. Взрывная волна вывернула наизнанку застекленные киоски, смешав их внутренности с битым стеклом, железом, прохожими и продавцами. Разветвленная подземная кишка полыхнула, поперхнулась черной сажей, выдохнула бетонную крошку и дым.

По тому переходу в то самое время шел мамин двоюродный дядька, лысоватый дед, всю жизнь проживший недалеко от улицы Тверской. Он как-то приезжал под Новый год, когда Жене было восемь. Он подарил ей шоколадку с балериной на обертке и у него ужасно пахло изо рта.

Она даже не может вспомнить его лицо: хоронят дядьку в закрытом гробу, обитом кумачом. Похолодало, накрапывает дождь. Жена умершего рыдает, стащив с седых волос косынку, рядом мрачно бледнеют сыновья. И мама плачет в носовой платок, хотя видела того дядьку, наверное, три раза за всю жизнь. Папы нет, он стоит на точке.

Женя кутается в джинсовку, рассматривает памятники, мрачные укоризненные лица. На одном фотографии нет, даты рождения и смерти совсем близкие, могильный холмик свежий. Оттуда тянет совсем несправедливой смертью, и Женя отодвигается подальше, под куст мокрой сирени. Маминого двоюродного дядьку ей не очень жаль: он умер старым, успел пожить свое.

По тропинке между оградками идет тетя Мила с Ильей и Дашей. Тетя Мила берет маму за руку, как будто и не ссорились. На Женю она не смотрит, ни она, ни Даша. Илья только молча кивает и встает поодаль. Женя старается поймать его взгляд, но он все время направлен куда-то по касательной и мимо.

Женя к нему тоже не подходит. Все ее фантазии вдруг делаются чушью, горчат и оседают где-то в районе живота. Сердце у Жени вырастает, заполняет собою грудь, больно давит на ребра изнутри. У гроба завывает вдова, вой бьет в лицо, мечется под кронами сосен, и Жене хочется поскорей уйти.

Когда Илья поцеловал ее на поле, она даже испугалась, с какой легкостью ответила, как будто знала и ждала. Ей казалось, что между ними связь, что он — стена, за которой можно спрятаться, настоящий друг, принц, бог знает кто еще, что он давно в нее влюблен. А он просто напился и, наверное, хотел потрогать сиськи, как и все они. «Козел он», — так сказала бы Дианка, но она не скажет и даже не узнает.

Дома по телевизору снова показывают дым, оцепление, толпу за ним, ошпаренные ноги, спасатели выносят раненых. Из перехода выбираются посеревшие люди в разорванной одежде, по тротуару ходит парень — босиком, в одних трусах. Он говорит с кем-то по мобильному телефону и все время вытирает посеченный лоб, размазывая кровь. Лежит без движения женщина, обесцвеченные волосы, наполовину черные, сгоревшие, налипли на лицо. «Явно чеченский след», — говорит Лужков. Как будто какой-то фильм. Или продолжение бесконечных новостей о Чечне, репортажи с далекой незатухающей войны.

Что было бы, окажись в том переходе Женя? Не в эпицентре взрыва, а где-нибудь с краю. С тихим и горьким торжеством она представляет, как поднимается по лестнице, джинсы (те самые, купленные мамой) разорваны, колени в кровь, но (разумеется) серьезных повреждений нет. На середине лестницы ее подхватывают под руки спасатели, здоровые мужчины в касках, масках, они несут ее и бережно сажают на траву. Ее осматривают врачи, и приезжают мама с папой, мама рыдает, папа тоже весь на нервах, говорит Жене, как она им дорога. Женю везут в больницу, в чистую палату, и там ее навещает Илья, он очень сожалеет, что так с ней поступил. Говорит, что он козел и трус, что она ему правда очень нравится. Что он тоже скучает. А Женя скорбно молчит и только вздыхает, и слеза красноречиво стекает по щеке.

Она стала бы ценной, как бабушкин фарфор в серванте, обрела бы вес и плотность. И мама говорила бы: «Обратите внимание на нашу девочку. Она у нас лучше всех».

Жизнь бы переменилась сразу, окажись Женя в том переходе.

13

Яблоко невыносимо кислое, до слез. Но Женя тщательно его пережевывает, разглядывая Юлечку.

Юлечка — девушка Ильи, и, похоже, у них все серьезно, раз он привез ее на бабушкин юбилей. У Юлечки узкое лицо с остреньким подбородком и красивые, чуть вытянутые к вискам глаза. Она дорого, но сдержанно одета: джинсы, рубашка, кеды. Волосы убраны в хвост. Она учится с Ильей в Финансовой академии. Родители Юлечки юристы, у них своя фирма в Екатеринбурге. Юлечка часто бывает в Париже, рассказывает об осеннем Монмартре, о жареных каштанах, о грядущей стажировке во Франции. Она не курит и не пьет. Она отлично учится — *перспективная* студентка, как говорит о ней тетя Мила, — доброжелательна и весела, и, когда она улыбается, видны ее идеально ровные зубы. А улыбается Юлечка часто, и вместе с ней постоянно улыбается Илья. Не так, как раньше, —

открыто и спокойно, — а так, будто ему слегка неловко.

Он стал еще выше и шире в плечах, стрижется все так же коротко, но бреется редко, оставляет щетину на подбородке и щеках. Подрабатывает в компании у родителей друга и уже скопил на первую машину. На ней они все и приехали, на белой свадебной «девятке» с тонированными стеклами и нелепыми квадратными обвесами — будто вставная челюсть. Теперь он нас катает, гордо заявляет тетя Мила, и Илья снова сдержанно улыбается в ответ, глядит на Юлю, на ее реакцию. Юлечка о «жигулях» и Илье не говорит, она вовсю расхваливает бабушкин салат.

Юлечка и Илья хорошо смотрятся вместе. Идеально, будто их с рождения прилаживали друг к дружке. Бабушка, мама, папа и тетя Мила очень за них рады.

Женя кусает яблоко.

На кухне она смотрит на себя в зеркало над раковиной, трогает лицо (бледное, как тесто, прыщ на лбу горит огнем), пальцами сжимает кончик носа (слишком мясистый), приподнимает уголки глаз, слегка оттягивая их к вискам (редкие ресницы, прозаическая форма), перебрасывает волосы на одно плечо, затем на другое. Волосы Женя недавно красила оттенком «Шоколад», на упаковке волосы красивые, но у Жени они вьются в беспорядке, пушатся — один сплошной колтун. Все не то. Все не такое.

Из большой комнаты доносится золотистый смех Юлечки.

Не понимаю, чего Илья за ней бегает. Она глупая.

Женя набирает эсэмэс, быстро перебирая кнопки на мобильном. Долго ждет, чтобы отправилось, — связь на участке плохая, черно-белый конвертик бесконечно тыркается в край экрана.

дурак у тебя брательник :) — приходит от Дианки. Смайлик Женю бесит. Конечно же, Дианка не понимает, откуда ей знать, что было между Женей и Ильей, но Женя злится все равно.

Она возвращается за стол, к куску невкусного торта с толстыми прожилками мерзлого крема. Втыкает в него ложку, разламывает на половины, рушит, как земляную насыпь.

— У вас чудесный сад, — говорит Юлечка бабушке.

Бабушка цветет от комплиментов и велит Илье все Юлечке показать. Илья вдруг оборачивается к Жене, хотя с самого приезда он ей и слова не сказал.

— Пошли? — спрашивает, кивает в сторону веранды.

Ему Женя отказать не может и встает. Когда она протискивается к выходу, бабушка хватает ее за локоть. Притягивает к себе, целует и шепчет на ухо:

— Тобой я тоже очень горжусь.

Женя улыбается в ответ. Ясное дело, эта похвала ничего не значит. Бабушка хвалит ее, потому что любит, а не за реальные заслуги.

В саду Илья и Юлечка осматривают яблони и клумбы, говорят между собой как будто не на русском: о вкладах и патентах, пифах, займах, инвестициях. Женя плетется рядом, чувствуя себя какой-то дурой.

— А ты? Ты где учишься? — Юлечка оборачивается к ней.

— Второй пед, — отвечает Женя. — Переводческое, — поспешно добавляет она. Юлечке не нужно думать, что Женя — какая-то там училка.

— О! А какой язык?

— Английский. Я на вечернем.

— Понятно.

Юлечке не очень интересно, судя по всему. Она поворачивается к Илье, они говорят о грядущем отдыхе в Сочи.

И ничего ей не понятно. Жене хочется развернуть ее лицом к себе и объяснить, что она — лучшая на курсе. Что отец нашел ей этот институт, потому что там работает его знакомый. «А в иняз все равно не поступишь, только год потеряешь», — так он сказал, а Женя, дура, послушалась и теперь жалеет. Что она хочет переводиться на журфак. Что вечернее потому, что она работает днем секретарем и снимает вдвоем с Дианкой однушку на «Рижской». Что к ним в эту однушку все время без предупреждения заявляется бабка-хозяйка, проверяет, не привели ли мужиков. Но откуда Юлечке знать, разумеется, ей-то не нужно работать.

Вот Илья бы Женю понял, но он занят.

— Видишь дуб? — говорит он. Они с Юлей идут к дубу у калитки, Женя ступает позади. — Я лазил на него, когда был маленьким. Мне нравилось на нем сидеть.

Юлечка ахает с восхищением мхатовского уровня.

— Еще с пацанами катались на байках, ночью гоняли по полям.

Слово «байк» Юлю заворожило. А Женя каталась на мотоцикле? Как, Илья тебя катал? Юлечка хохочет, пихает Илью в бок: младшую сестру плохому учил? Вот негодяй!

Она даже не представляет себе насколько.

Устав от этого всего, Женя возвращается в дом. Ее исчезновения никто не замечает: ни Илья, ни Юлечка; в доме вовсю обсуждают Юлину богатую семью (как же повезло Илюхе-то, и правильно, видный же парень вырос). Потом Юлечка уезжает на трехчасовой электричке, Илья и тетя Мила с Дашей остаются. Все прощаются бесконечно. «Да вы задержитесь, Юля, у нас будут шашлыки, переночуете и утром...» — «Ах нет, извините, я бы с радостью, но обещала маме быть дома, она завтра улетает в Брюссель». — «В Брюссель?!» — «Да, по работе...» — «Юлечка, ну вы заезжайте к нам еще, с Ильей, мы будем очень рады». — «Конечно же заедем, да, медвежонок?»

Она так и говорит — медвежонок. Мерзость.

Спустя два года Юлечка тоже улетит в Брюссель, потом переберется в Париж, на стажировку в офисе *LVMH*, все по большому блату. В две тысячи пятнадцатом Юлечка созвонится с подружками, договорится о встрече на улице Шаронн. Они сядут на открытой террасе кафе «Ла Белль Экип» за маленький круглый столик, на котором едва уместятся четыре чашки кофе. Мимо будут прогуливаться туристы и футбольные болельщики, по тротуару ветер будет гнать сухие листья. Потом раздадутся глухие щелчки, в окне соседнего суши-бара провалятся ровные небольшие дырки, как если бы стекло проткнули пальцем в нескольких местах. Мужчина, сидящий рядом с Юлечкой, завалится на столик, заливая чашки кровью. Сама Юлечка упадет под стол. Последним, что она увидит, будет смуглый парень, его широко раскрытые, уже остекленевшие глаза.

Но Женя не узнает этого.

Наглая и тупая, набирает она Дианке. Эсэмэс не отправляется — деньги кончились.

Ехать на карьер предложил папа. Жара, духота, ему хотелось купаться. Везти всех предстояло Илье, в два захода: сперва папу с мамой и тетей Милой, потом бабушку, Женю и Дашу. Папа влезает на переднее сиденье, комментирует все, что делает Илья, — ты выкручивай, давай левее, а теперь правее, мягче, резче, но не торопись, — и Жене вспоминается, как она делала домашку к школе. Ей до сих пор, даже в занюханной съемной однушке кажется, что сейчас кто-нибудь ворвется в комнату и скажет: а что это ты делаешь, чем занята?

Илья молчит, крутит руль, куда ему велят, белая «девятка» уезжает. Каменная пыль оседает на дорогу.

Женя закрывает ворота, влезает в купальник, проводит ладонью по животу, втайне радуясь, что не поела. Теперь ее тело — это карта тренировок, нерегулярных, но тем не менее давших свои плоды. Иногда, если съедает слишком много, она уходит в туалет, сует два пальца в рот и отправляет еду рыбам. Поэтому даже срывы в диете ей не страшны, есть универсальное решение.

Поверх купальника Женя набрасывает платье, ждет Илью у калитки — в тени, отмахиваясь от редких, утомленных жарой комаров. Садится за водительским креслом. В салоне душно, несмотря на полностью опущенные стекла. Даша пристраивается рядом, сложила худые руки на коленях. Бабушка садится вперед.

— Дашенька, ты искупнешься? — спрашивает она.

— Ба, я говорила же, что нет.

— А погода-то какая хорошая, неужели не хочется ополоснуться?.. Если нужен купальник, у Женечки есть...

— Там грязь одна, ба, — огрызается Даша и отворачивается к окну.

Женя ловит взгляд Ильи в зеркале заднего вида, и в животе что-то делает кульбит.

— А ты, Жень? — спрашивает Илья.

— Я буду.

Дашка фыркает, и Жене хочется ущипнуть ее за бок как следует, до синяка. Ей кажется, что она сама в семнадцать не была такой противной и ершистой.

Женя разглядывает пальцы Ильи, сжимающие руль. Они длинные, а ладони узкие, красивые. Совсем не похожи на широкие ладони Семенова с короткими, сероватыми, будто вспухшими пальцами.

Семенов был первым Жениным мужчиной. Он любил «Спартак» и пиво, от которого живот уже собирался над поясом его джинсов кожаным валиком. Семенов называл женщин телочками, много писал Жене в аське, присылал смешные фотки, каждое утро спрашивал, как у нее дела. Секс у них случился торопливый, когда его родители уехали в «Ашан». Он затащил Женю минут на двадцать «попить чай», они трахнулись на диване в большой комнате, под картиной с лесом и оленем. Женя половины даже не запомнила, просто было больно и стеснительно, и еще диван скрипел.

Потом, когда она переехала с Дианкой на съемную квартиру и Семенов стал оставаться у нее, она узнала, что он храпит. Что бесится, если будишь его пораньше и просишь закрыть входную дверь. Что у него много друзей в аське, особенно подруг. Все старые знакомые, он так сказал, да ничего и не было, даже по дружбе, и Женя верила, хотя писал он им примерно то же, что и ей.

Они недавно поругались и расстались. Когда Женя заходила к Семенову в последний раз, он почему-то суетился, поглядывал на телефон, рявкнул на Женю за какую-то мелочь, после чего она собралась и ушла.

Илья ставит машину в тени разлапистой сосны, растущей на берегу. Папа уже разложил мангал, тот вовсю дымит. Тетя Мила лежит на покрывале, лицо ее под панамой. Мама стоит в воде по пояс и смотрит куда-то на другой берег, где верещат и плещутся дети.

Илья раздевается, одежду кладет на заднее сиденье. Женя смотрит на изгиб его спины, на гребень позвоночника и мышцы. На длинные, покрытые волосами ноги, на крепкий зад. Ей очень интересно, как любит трахаться Илья. При свете или только в темноте? Как он стонет, как дышит? В какие позы ставит Юлечку? Какой у него член: мясистый и короткий? Длинный и худой? Почему-то кажется, что у Ильи там в самый раз, красиво и гармонично, как и остальное тело.

Папа вручает Жене пакет, и она выкладывает на походный стол овощи и фрукты, хлеб, колбасу, термосы, ставит бутылки пива охлаждаться — у берега, в том же полиэтиленовом пакете, ручки привязала к торчащей ветке. Затем раздевается, бросает платье на джинсы и футболку Ильи, идет к воде, заходит, медленно привыкая к холоду, и плывет на другой берег — не туда, где дети, а левее, за камыши, откуда ее будет не видно. Лезет наверх и садится; песок, белый и горячий, обжигает после холода воды. Что-то прыскает в камышах, ныряет, распуская круги. Слышно папу, включается радио в машине, играет русская попса. Солнце садится, окрашивает Женю горьким желтым. Пахнет смолой и дымом.

За камышами плеск, из-за них выплывает Илья, рубит руками воду. Женя ликует, и ей одновременно страшно. О чем с ним говорить сейчас?

Увидев ее, Илья сплевывает, улыбается. Он выбирается, тяжело ступая, истекая водой, ложится животом на песок, у самых ног Жени, кладет подбородок на ладони. Разглядывает ее, щурясь. Педикюр у Жени облупленный, и она зарывает ступни в песок.

— Вода хорошая, прогрелась, — говорит Илья. — Помнишь, мы ездили сюда?

Женя молча кивает. Она отлично это помнит, до покалывания в пальцах. Она тогда все ждала чего-то, цепенела в этом ожидании, как будто от нее совсем ничего не зависело. Как будто она была лишь объектом, который можно подхватить или пройти мимо. Сейчас ей неприятно это вспоминать. Она ждала, а кто-то просто взял, что ей хотелось.

— Поздравляю с поступлением, — говорит Илья.

— Ты тоже молодец. Столько всего сделал. Как и мечтал, да? — Женя склоняет голову набок. С мокрых волос капает на поясницу и песок, вдавливает лунки. — Но почему «девятка», а не мотик?

Улыбка исчезает с его лица. Он смотрит на Женю снизу вверх, и от этого в животе медленно затягивается горячий узел. С другого берега кричит папа, зовет Илью, наверное, что-то с машиной — музыка затихла. Но Илья лежит и не торопится вставать.

— А ты изменилась, — говорит он.

— Тебя зовут, — отвечает Женя.

Запах шашлыков слышен еще с дороги — с озера остался таз свинины, которую нужно приготовить, так сказал папа. Он сам в готовке не участвует и говорит с кем-то по мобильному, расхаживая перед домом взад-вперед, точек на рынке теперь три, бизнес растет, сжирая время. Мама насаживает скользкие куски на шампуры, бабушка выплескивает оставшийся маринад в темноту за кустами, на сверчков, и уносит опустевший таз. Даша куда-то делась, до сих пор не вернулась, да ее никто и не ищет, впрочем.

Илья сидит на лавочке, ворошит угли палкой. Женя садится рядом, и он тут же встает, будто подброшенный пружиной. Он начинает хлопотать вокруг мангала, творить языческий обряд: ворошить, обмахивать, потом опрыскивать водой, ломать мелкие веточки, затыкать их под толстые бревна. Наверное, Женя ему противна, раз он не хочет рядом с ней сидеть. Кажется странной, до сих пор влюбленной по уши.

Илья ловит ее взгляд.

— У тебя хорошо получается. — Женя кивает на костер.

И правда хорошо: влажные ветки шипят, но огонь разгорается. Дым валит плотными клубами, упрямо лезет Илье в лицо, куда бы он ни отошел. Потеки света на его щеках и подбородке, на пластыре на указательном пальце — неудачно открыл консерву. Сама Женя сидит в сумраке под веткой липы, она и есть часть дышащей многоглазой тьмы, поросли сныти и крапивы, влажной зелени, беззвучной и невидимой.

После шашлыков спать не хочется. Столько всего жужжит в голове, не унимается, и телу тоже беспокойно — на простыне все время будто что-то перекатывается, колет бедра и бока. Поворочавшись, Женя одевается, выходит на веранду.

На веранде пахнет табачным дымом. У выхода на ступенях курит Илья, сидит, широко расставив ноги в тренировочных штанах и сланцах.

— Ты куришь? — удивляется Женя. — Как же спорт?

— Да я давно бросил, — отмахивается он.

— Понятно.

Молчание. Женя явно лишняя в прокуренном сумраке рядом с Ильей, ей необходимо выйти, чтобы не смущать его и не нащупывать каких-то безопасных тем для разговора. Она пробирается мимо, осторожно, стараясь не задеть его колени, идет по тропинке к дубу, забирается наверх. Родные выступы и впадины сами ложатся под пальцы и мыски кроссовок, и дуб будто помогает ей.

В прошлом году одну из ветвей спилили, и теперь вид открывается не только на дорогу, но и на сонный тихий дом, похожий на коробок с треугольной крышей, доверху наполненный мебелью, тряпками и людьми. От него отделяется тень, идет к калитке, сворачивает к дубу. Шорох травы все ближе.

— Можно? — Илья спрашивает снизу.

Женя пожимает плечом, потом, сообразив, что он не видит, тихо отвечает: «Да».

Он забирается, садится рядом, прижавшись боком, — места на развилке мало, Илья с Женей слишком большие для нее.

— Я думала, ты уедешь с Юлей. Вам же через три дня вылетать?

Илья говорит, что да, он завтра вернется в Москву, нужно еще собрать вещи. Они с Юлей забронировали домик недалеко от берега, Юля сама выбирала, две комнаты: кухня и спальня. Их будут кормить три раза в день — хозяева готовят. Еще Юля планирует бегать по утрам.

«Как хомячок», — думает Женя, может быть, даже вслух.

Был у Жени Тёма, милейший Тёма-хомяк, которого подарила бабушка на день рождения. Сперва совсем кроха, одни глаза и белый мех, потом подрос, ночами бегал в колесе, вкусно ел, его любили и даже иногда чесали, меняли опилки в клетке, а после он стал старым и вонючим, на руки его уже никто не брал, он пошуршал под лесенкой и помер. Зачем он был? Зачем прошел весь этот цикл, каждый день одно и то же? И люди так же: рождение, школа, институт, хорошая работа, брак, дети, отпуска раз в год, внуки, смерть.

Женя считает себя немного Тёмой. Иногда к маме в гости приходят подруги, в обязательном порядке зовут Женю посидеть и с пристрастием расспрашивают, чего и как она добилась за те полгода, что ее не видели. Как учеба? И работаешь еще? Хорошо, что на вечернем, хорошо, что повысили, а парень-то есть? Ну пора бы завести уже, вот у меня Марина... И дальше разговоры про Марину или Альбину, которые уже невесты, видные девки, на свадьбу собирать уж надо, дружный смех.

Когда отец возвращается с работы не в духе, мать и ее подруги притихают. Мать суетится, накладывает ему поесть, обходит острые углы и острые слова, которые отец бросает в ее адрес, а подруги, слыша это, шепчут Жене: твоя мама — мудрая женщина, смотри, как она себя ведет. С мужчиной не надо спорить, к нему нужно с пониманием и лаской, с терпением, нужно быть хорошей, хорошей, ХОРОШЕЙ, и тогда все сложится как надо.

Илья теперь говорит об успехе — успешном успехе, к которому он мчится на всех парах, он горит им, нет, он просто сияет, разгоняя Женин тухлый сумрак. Затем молчит, глядит через листву на пустую дорогу и сонную деревню. У поля заходятся лаем собаки: сперва одна, за ней вторая, уже с другого края, где-то вдали еще одна. Зудит комар, но в темноте не видно где, никак не достать его и не прихлопнуть.

— Мне кажется, что я все время делаю слишком мало, — говорит Илья. — Недостаточно. И не вписываюсь, что ли...

Женя вспоминает о Юлечке и белой свадебной «девятке», совсем Илье не подходящей.

— Девушка много просит?

— Нет. Не только. Это... — Он качает головой, подыскивая слова. — Вот я купил машину. Но какую бы я ни взял, в моем институте есть круче, всегда будут. Я не могу повести Юлю в дорогой ресторан. Или взять и поехать...

— В Париж, — подсказывает Женя.

— Ну например. По крайней мере, не сейчас. Я заработаю потом, я это знаю. Но сейчас я как будто не на своем месте. Меня как будто вот-вот выгонят, скажут: иди отсюда, мальчик.

Илья поворачивается к Жене, его дыхание пахнет сладкой мятой, жвачкой. Еще он пахнет табаком и почему-то мхом.

— У тебя было такое? — спрашивает он.

Женя качает головой.

— Знаешь, а я всегда хотела быть как ты, — говорит она.

— Да ладно?

Глаза Ильи очень близко, и сам он слишком близко, Жене хочется скорее спуститься с дерева.

— Мне нравилось, как легко ты находишь друзей, как к тебе все относятся. И вообще ты очень многого добился, я так никогда бы не смогла.

— А я завидовал тебе, — говорит Илья.

Женя ему не верит, он просто хочет ей польстить.

— Это чему же?

— Ну, мама, папа, бабушка — семья короче. Английский этот мне никак не давался, а ты схватывала в момент.

Мобильный в кармане Ильи пищит два раза: новое эсэмэс от Юли, она спрашивает, где Илья и как он. Снова называет его медвежонком, и у Жени ощущение, будто она подсмотрела что-то чересчур интимное. Она ненавидит эти буквы на экране, они звучат Юлиным голосом, пахнут ее свежими духами.

Я все еще на даче, набирает Илья, *утром буду в Мск.*

Класс, Юля пишет в ответ. *Передавай привет маме и Даше.*

О Жене, ее родителях и бабушке, салаты и пирог которой она так нахваливала, она и не вспоминает. Такие, как она, вообще редко помнят о людях, им не выгодных.

14

2004
АВГУСТ

Бабушка у себя в комнате шуршит пакетами в пакетах, которые еще в одном пакете, что-то ищет на дне. Когда Даша окликает ее, бабушка оборачивается, и свет из коридора проскальзывает по толстым мутноватым линзам ее очков.

— Бабуль, — шепчет Даша. — Тебе ничего не надо в магазине взять? Я схожу, куплю.

Бабушка расплывается в улыбке — конечно, она все понимает, — лезет в сумку и вытаскивает из кошелька купюры.

— Макарон каких-нибудь, да и все, — говорит она. — Сдачу себе оставь, на шоколадку.

Денег она дает в три раза больше, чем стоят макароны.

Даша идет не в ближний магазин, а мимо кладбища и пруда к четырем палаткам: «Мясо», «Напитки», «Сладости» и «Бакалея». В «Бакалее» Даша берет макароны и мятное драже, в «Напитках» —

«Балтику» семерку, кладет деньги на телефон. На обратном пути, после кладбища, она сворачивает в лес, идет за сосны и кусты, чтобы ее не было видно со стороны дороги, садится на пенек посуше и повыше и открывает об него бутылку. Из лифчика достает мятую пачку сигарет, закуривает.

Свет уходит. Мимо гудит шмель, заглядывает в устьица цветков, что-то ищет под травой — может, вход в собственную норку. Трава и листья темные, налившиеся августовским соком. Комары кусают ноги под платьем, тоже мучаются жаждой, совсем озверели к ночи. Даша задумчиво шлепает их ладонью, размазывая кровь.

Днем она так и не купалась — стеснялась открывать взглядам худые бедра и бока без намека на талию, с тенью от ребер. Доска же. Она ненавидит эти бока и бедра и в школе бассейн прогуливала — говорила, что у нее критические дни. На озере Даша забилась под единственную сосну, невысокую и кривую, будто изувеченную, и наблюдала, как Илья выпутывается из джинсов, прыгая на одной ноге, посматривая на Женю. Как Женя стягивает сарафан, обнажая золотой живот, оборачивается на Илью.

Даше захотелось провести по ее животу ладонью. Наверняка он покрыт нежным, едва заметным пушком. Или оказаться между ее ног, чтобы Женя кончила ей прямо на язык, чувствовать пульсацию ее оргазма губами. Или стать ею — успешной и хорошей девочкой, работящей спелой умницей, которая всегда знает, что делать. В отличие от Даши, которая так и не знает, куда будет поступать — и надо ли, — а впереди одиннадцатый класс. Высшее образование ей в принципе не нужно: у матери же нет, живет нормально без него. А лезть из кожи вон ради поступления на бюджет, как Илья, она не хочет. Да и не сможет. Но вот поцеловать Женю она могла бы.

С девочкой Даша целовалась лишь раз — с подругой, на спор. Они сидели компанией на лестнице в подъезде, подруга хотела покрасоваться перед парнями, а Даша согласилась лишь для того, чтобы сравнить. Женский рот оказался меньше и нежнее, Даша бы продолжила, но подруга отстранилась и бросила быстрый взгляд на парня, который ей нравился. Тот наблюдал завороженно. Даша выполнила свое назначение и больше не была нужна, как тренажер для обучения искусственному дыханию, как сексуальное белье.

Ей нравилось, как Надя, соседка по парте, кусает колпачок от ручки, оставляя на нем мазки дешевого блеска. Как Игнат, сидящий впереди, потирает обнаженную шею — хотелось привстать и лизнуть ее, прямо под ровной линией волос. Ей интересно, а как это было бы втроем? Например, она, Надя и Игнат. Кто был бы сверху, они с Надей? Даша думает об этом часто, перебирает позы, как будто крутит кубик Рубика. Даша на члене, Надя у Игната на лице. Игнат сзади, Даша раком, у Нади между ног. Игнат сверху, Надя снизу, Даша у Нади на лице.

Мама говорит, Даше нужен мужик. Работящий, чтоб знал свое место, Дашиного уровня. Не красавец, эти гуляют все время, а тебе, Дарья, зачем такое, надо простого. Чтоб не хватал звезд с неба, но любил и не отсвечивал.

Зачем он тогда вообще сдался, думает Даша, не мужик, а мебель. Но ничего не отвечает — смысл? Только бросает: ага. Это «ага» как подушка безопасности в машине — если врежешься, то будет не так больно. Да, мама, ты, конечно же, права.

Мама потрясающе красива, даже теперь, после всего, что она пережила и выпила. Гибкая, длинноногая, всегда с макияжем и укладкой и почти всегда на каблуках. В то же время Даша никак не может понять: правда ли она хочет быть вот такой? По часу краситься и красить волосы, когда-нибудь сделать грудь третьего размера, натирать ноги туфлями. Ведь Даша совсем другой породы. У нее не дела, а делишки, не фигура, а доска, не лицо, а морда, не учеба, а одно название. Не Эвелина и не Ангелина — Да-а-аша. Дарья. Доярка из деревни, символ масла и любой молочки в принципе.

Походи Даша на мать, не будь она беспросветно унылой доской, Женя обратила бы на нее внимание. Женя стала бы с ней дружить, звать с собой прогуляться к пруду и в магазин. Женя нашептывала бы Даше на ухо свои секреты, и ее дыхание наверняка бы пахло золотистым лесным медом. Даше кажется, что именно таким должно быть Женино дыхание.

Походи Даша на мать, Гарик не писал бы после каждой ссоры «сука», «дура», «тварь».

Так после третьего глотка Даша снова вспоминает Гарика.

Они познакомились в гостях у Олькиного парня. Гарик сидел в углу, расставив длинные крепкие ноги, хрустел сбитыми костяшками и шеей, чесал бритую голову, мало разговаривал, но много пил. Занимался боксом, учился на повара в путяге. У них с Дашей как-то сразу в тот же вечер закрутилось. Гарик не был у Даши первым — до него было несколько раз с разными парнями, но все не очень. А с Гариком совпало, первые три месяца они вообще не разлеплялись. Потом он начал пропадать, что-то плел и отговаривался, не хотел встречаться, в общем.

Один раз сказал, что уезжает в гости. Даша с Олькой решили проверить, уехал он реально или нет. Сели на лавочку у его подъезда, обдирая фольгу с горлышка пивной бутылки. Минут через двадцать мимо прошла девчонка в обтягивающих джинсах и на каблах, набрала на домофоне номер квартиры Гарика и сказала: «Котик, я пришла». Даша с Олькой подождали еще немного, набрали Гарика по громкой связи и хором назвали козлом. Гарик в ответ назвал их шмарами и бросил трубку.

Через месяц Даша с ним опять сошлась. Встретились на дне рождения общего друга, выпили, поговорили по душам в подъезде за сигареткой. Гарик сказал: так и так, ну виноват, ну слишком серьезно все было, типа испугался. Стали встречаться, но там Гарик начал вести себя странно: постоянно спрашивал, куда Даша пошла, кому звонила, телефон проверял. Мог написать, что больше не придет, — без пояснений, и Даша маялась, психовала, пыталась понять, в чем же дело. Хотя раз на пятый она не очень расстроилась и написала Гарику в ответ: *Окей, у меня новый парень есть.* Потому что достал уходить и возвращаться, слинял бы навсегда уже.

То, что она сказала насчет парня, отчасти было правдой. К тому времени Даша целовалась с кладовщиком продуктового магазина напротив, симпатичным, но тощим, с длинными, вечно нечесаными волосами, прилипшими к вискам и лбу. Даша позволяла ему лазить себе в трусы и лазила в трусы ему, но в них оказалось не очень густо. Она гадала на него, раскладывала Таро Олиной мамы, но выпадал только тринадцатый аркан — Смерть с косой стояла в поле. И сколько Даша ни тасовала колоду, Смерть ложилась на стол среди прочих.

У тебя впереди выбор, объяснила Оля после долгого изучения книги «Таро для продвинутых». Свобода, побег, перемены. Может, вы убежите вместе, а?

Она заговорщически улыбалась Даше, Смерть с косой ей тоже костляво улыбалась с карты, и что-то распускалось в животе. Налей еще, Даша сказала, и Олька подлила пива. Оно шипело, держалось пеной за стенки стакана.

Гарик подкараулил Дашу с новым парнем у подъезда вечером. Вышел из кустов, как маньяк какой-нибудь, выбил кладовщику передние зубы. Потом толкнул Дашу обеими руками так, что она не удержалась на ногах и села в грязь. Навис над ней (Даша думала, сейчас с ноги в живот ударит) и сказал: «Убью суку». Развернулся и ушел.

«Появишься опять — в ментовку заявлю», — крикнула Даша ему вслед.

Теперь Даша ночует по вписками, спит на прокуренных диванах с кем-нибудь вдвоем или втроем. Это даже весело — кто-то приходит в дым и духоту, кто-то уходит, неиссякающий многоголовый поток приносит выпивку и сигареты, ползает по серым от пепла коврам, врубает музыку, тренькает на гитаре, спит где придется. В этих берлогах тесно, но безопасно.

Когда Даша идет по темной улице, она следит, чтобы за ней никто не шел, дергается постоянно. Боится, что Гарик плеснет в лицо кислотой или отмочит что-то подобное — по телику показывали девушку с месивом вместо лица, один поклонник изуродовал. Иногда Гарик пишет ей, спрашивает, как дела. Иногда Даша отвечает, и тогда он рассказывает ей, что у него с учебой и работой, что все заколебали, что всё плохо, что он соскучился. Но сам не объявляется, и слава богу.

Мудак он, вот он кто. А кладовщик — ссыкло, после того случая пропал.

На телефоне всплывает эсэмэс, черные буквы на сером: *соскучился*. Гарик будто услышал ее мысли, пролез в лесную тишину и ухватил Дашу за руку, чтобы не забывала, чтобы сидела рядом.

Даша глядит на сообщение. Знает, что отвечать не надо, но очень хочется.

Но не надо.

Она вспоминает грязь, размазанную по ладоням, кровь на лице кладовщика. Стирает эсэмэс, блокирует номер. Допив «Балтику», закусывает мятным драже. Пустая бутылка летит в кусты, а Даша идет домой с долгожданной пьяной легкостью в теле и мыслях.

15

2004
АВГУСТ

После того как Илья уехал, случилась гроза. Из-за леса наползла низкая наэлектризованная темень, бахнул гром, так что стекла в окнах вздрогнули и тонко зазвенели. Шишки стучали по крыше, потом во всей деревне отключили свет, и бабушка с Женей искали в чердачных дождливых потемках связку свечей.

Женя села на крыльцо, на место, где сидел Илья. Она сняла тапки, вытянула босые ноги под дождь и думала о морском побережье и Юлиных ночах с Ильей. И это недосягаемое было таким прекрасным, что становилось отвратительным. Жене хотелось сломать домик, который они сняли, испортить погоду в Сочи, отменить авиарейс. Чтобы еда была невкусной, вода — грязной, а в ванной пахло плесенью и тухлым из трубы.

Свет дали. Бабушка, мама, Даша, тетя Мила уже спали. Птицы спали, спали даже мухи, жужжавшие на кухне днем, не спалось только Жене. Она смотрела телик: в Москве взорвали остановку, самодельное взрывное устройство было заложено у столба, сильное шипение, затем хлопок, мощность устройства не превышала ста грамм тротила, пострадали трое, осколочные ранения, баротравма, стеклянная пыль возле остановки, скорые, автобус, кинологи с собакой. Затем Женя переключила на Первый, на летние Олимпийские игры, телеканалы лопались от бегунов и прыгунов, показали повтор сериала «Клон»: заставка с золотым обнаженным мужчиной, Латиффа переживает из-за возможной женитьбы Мохаммеда и падает в обморок, Жади собирается разводиться. Женя понятия не имела, кто все эти люди. Потом унылая мелодрама про российских ведьм, новости — снова с бегунами, прыгунами, остановкой. Женя переключила бы куда-нибудь еще, но с недавних пор с антенной что-то сделалось, осталось только три канала, а другие, угрожающе шурша, еле пробивались сквозь серую рябь. Она погасила свет и телик и ушла наверх, спать, слушать, как лес мечется, плещет на крышу ветками и мокрым вороньем.

...Утром после завтрака Женя греется под пледом. Она не хочет никуда идти — снаружи серо. Она снова смотрит в телевизор, а там все та же скукота.

Кто-то, подслушав ее мысли, выводит ей полуденные новости про Сочи.

Крупные авиакатастрофы в российском небе, говорит ведущая. Накануне поздно вечером разбились два самолета: один следовал из Москвы в Волгоград, другой — из столицы в Сочи. По последним данным погибли девяносто человек...

Услышав слово «Сочи», Женя цепенеет. Смотрит на карту с нарисованными на ней самолетами и красными линиями их маршрутов. Все это выглядит ненастоящим — одни рисунки и слова, но ощущение игры, нелепого прикола исчезает, когда показывают поле, а в нем обломки самолета. Красные буханки пожарных машин, белые милицейские «девятки» с синей полосой, вертолет, трава, туман, снова обломки.

Женя берет в руки телефон, пролистывает номера до одного: ИЛЬЯ, обменялись перед его отъездом. Каким рейсом он летел? Какой авиакомпанией? Он говорил, просто она забыла.

«...из-за темноты и тумана поиски были осложнены, и лишь под утро с вертолета удалось установить место, а точнее, места падения фрагментов пассажирского лайнера...»

Что, если никто ей не ответит? Что, если на том конце только пепел и оплавленный корпус мобильного?

«...место катастрофы оцеплено. Здесь работают следователи прокуратуры, все тела пассажиров обнаружены, специалисты проводят работу по их идентификации...»

Что, если он в Сочи с Юлей? Тогда эта эсэмэс будет жалкой, от безнадежно влюбленной двоюродной сестры. Странной. Прилипчивой. Женя не хочет быть такой.

«...специалисты уверены, что все остальные тела находятся именно здесь, под обломками фюзеляжа...»

Уже Тульская область, снова поле, будто бы то же, мигалки, милиционеры, оцепление, спасатели, деревенский дом и очевидец — «еще потом два удара», говорит он, — крик петуха на фоне, и все это льется и льется из экрана, не давая сделать вдох.

Тряхнув головой, Женя решается и пишет.

привет. ты долетел?

Слова распадаются на сигналы, улетают, прыгают от вышки к вышке. Телефон молчит, он будто затаился. Женя держит его на колене, греет ладонью, пытается смотреть телевизор, но взгляд то и дело возвращается к черно-белому экрану размером со спичечный коробок.

Наконец телефон вспыхивает изнутри, ерзает по колену, затем еще раз.

нет, остался в Мск. ты как?

Будто разжимаются тиски, и Женя снова дышит. Все в порядке. Если он жив, то все в порядке.

нормально, пишет она. *ты видел в новостях? самолет летел в Сочи и упал*

да. сам в шоке, пишет он.

думаешь теракт? — спрашивает Женя.

скорее всего, одновременно два упали. могу позвонить?

Женя разрешает. Когда телефон звонит и из него звучит знакомый голос, сердце выгорает. Лопается лампочкой.

Илья говорит, что они все равно летели бы не «Сибирью». И все сорвалось, потому что они с Юлечкой поругались и расстались, отменили поездку. Позавчера она собрала вещи и съехала с квартиры, которую они снимали. Когда он говорит о Юле, в его голосе нет сожаления. Просто поссорились, поняли, что не созданы друг для друга, все к этому шло.

— Жаль. — Жене совсем не жаль, конечно. — Я имею в виду, жаль, что вы расстались, а не то, что...

— Я понял, — говорит Илья. — Ты что делаешь двадцать восьмого или, там, девятого? Если в Москве будешь, пойдем в кино?

Вот так вот просто. И Женя совершенно забывает о недавних страхах, о том, что выглядит влюбленной дурой, которая бежит по первому свистку. Это всего лишь кино, ничего такого. Всего лишь встретятся, посмотрят фильм.

Да, отвечает Женя. Да.

Фильм Женя выбирала с помощью Дианки, сказала, что познакомилась с парнем в институте. Мелодрамы и драмы они отбросили сразу — получился бы слишком откровенный намек. «Переполох в общаге» тоже показался неподходящим, голый мужик на афише сразу навевал всякое, оставался только «Евротур». Глупая комедия про студентов и путешествия, почему бы нет?

Илья согласился.

Наверное, он тоже не знал, что по экрану побегут нудисты и будет секс в туалете.

Женя и сама сбежала бы, но стыд-и-срам вдавливает ее в кресло в самом центре предпоследнего ряда, стыд держит ее голову прямо, не дает отвернуться, напоминает, что нельзя его показывать, нельзя. Опять все испортила, только и умеешь, что портить, говорит он папиным голосом.

Дура же, дура, повторяет Женя про себя. Какая дура.

За спиной на последнем ряду хихикают девчонки. Сочно хрустит попкорн, шуршит в ведре. Кто-то бьет ногой Женино кресло. Женя с Ильей соприкасаются плечами, и она чуть отодвигается. Место соприкосновения теперь горит.

А начиналось все не так уж плохо, они даже поболтали минут двадцать в кафе на втором этаже. Женя заказала чай, Илья что-то рассказывал ей об институте, она ему — про свою вечерку и работу секретарем. Все было довольно невинно, и неловкость почти прошла, а потом случились эти жопы на экране.

— Слишком много задниц, не? — Илья шепчет на ухо. Его дыхание согревает шею.

Женя смеется — больше на нервах, боится шевельнуться, ждет, когда Илья отвернется. Ей хочется обратно в безопасность.

Но он не отворачивается, она видит это краем глаза.

Он касается губами ее шеи, и мир растекается, дрожит. Уже нет кинотеатра, нет фильма на экране, нет хихикающих девушек за спиной и щелчков попкорна. Есть только масляный и плотный жар.

Женя находит его губы, целует их в ответ.

«Братислава, — говорят с экрана. — Столица Словакии. Занимательный факт — здесь Джимми поцеловал сестру!»

«Заткнись, заткнись, заткнись!»

16

2005
АПРЕЛЬ

Уже на подходе к станции метро, похожей на белую кнопку, Женя всматривается в хмурых мужчин кавказской национальности, в слишком округлых женщин, под куртками которых может таиться гексоген. Последние шаги до вращающихся дверей она пройти не в силах, разворачивается и идет к проспекту Мира ловить машину.

— За двести до «Павелецкой» подвезете?

Водитель морщится, как будто от Жени воняет. Хотя на самом деле воняет из салона: табачный дым, три ароматизированные елочки висят на зеркале заднего вида, от этой смеси Женю подташнивает. На пассажирском сиденье обрезок ковра вместо чехла. Играет «Русское радио».

— Триста пятьдесят, — говорит водитель.

Делать нечего, надо ехать, иначе Женя опоздает. На нее и так уже косится начальство, делали выговор недавно. Женя на работе вкалывает, остается сверхурочно иногда, прогуливая институт, и переводит инструкции и договоры, хотя не обязана совсем, ей за это не доплачивают. Но каждый раз, когда Женя заглядывает в кабинет директора, желая попросить доплату, она теряет всю свою решимость.

Женя садится на обрезок ковра, закрывает дверь, которая издает несерьезный жестяной хлопок. Смотрит на свою руку. Из-под рукава выглядывает шрам на запястье. Он, этот шрам, гладкий, немного морщится, как будто кожу залили воском, а по краям пропустили нитку и присборили.

Водитель включает радио погромче, Свиридова поет о никто и никогда.

2004
АВГУСТ—СЕНТЯБРЬ

Тридцать первого августа две тысячи четвертого стыд-и-срам наказал Женю впервые. Она заехала на «Рижскую» к Алине, Дианкиной сестре, одолжила у нее платье. Хотела в нем встретиться с Ильей — он пригласил ее погулять в центре.

Дианкина сестра жила с родителями в сталинской извилистой трешке, укутанной в старые обои и книжные шкафы: Алина в одной комнате, которую раньше они делили с Дианой, мать в другой, отец ютился в третьей, не разведены лишь формально, все вместе собирались только на унылый вечерний чай. Недавно тетку какую-то приводил, сказала Алинка с пустыми грустными глазами, пока Женя примеряла платье. Скандал был такой, что пришлось валить из дома на ночь.

Жене было Алинку жалко, но сочувствовать по-настоящему она не могла. Потому что платье отлично сидело и обтягивало зад. Потому что Илья должен был заехать на следующий день, все-таки позвонил, сказал: «Давай гулять по Москве, пока не отвалятся ноги, а потом забежим в какую-нибудь кафешку, первую попавшуюся». И Женя уже чувствовала его губы на своих, его горячий локоть пальцами, свет фонарей и московский вечерний шум в лицо, прокуренный ветер на набережной.

Еще нужно было зайти к родителям, мама попросила.

И столько было в ней энергии, что до «Алексеевской» Женя решила идти пешком — зачем тратить поездку ради одной станции? Она вышла из перехода со стороны метро, миновала «мужика в юбке» — позеленевший от времени памятник создателям первого спутника Земли. Вдруг что-то бахнуло, сбило с ног. Раз — и Женя на асфальте, лежит на осколках у перевернутой мусорки. Непрерывно гудели машины, выла сигнализация, не понять, близко или далеко, — звуки еле прорывались через плотную пелену в ушах. Пахло гарью, люди куда-то побежали — прочь от метро, от Жени. Она попыталась встать, но

голова кружилась. Кто-то поднял ее за локоть, про-
вел пару шагов и усадил на траву у торгового дома
«Крестовский». Тебе скорую надо, сказал, но Женя
отмахнулась.

Дымились припаркованные за палатками тачки,
от метро тоже шел дым. Там, на асфальте, лежал человек, были видны ноги в разодранных штанах. Женину руку пекло, она была ободрана и кровоточила.
Звуки постепенно возвращались, какой-то зауныв-
ный кошачий вой ввинчивался Жене в голову, казалось, еще немного — и стошнит. Спустя время
Женя поняла: кто-то стонал неподалеку, лежа на
траве.

Приехали скорые, пожарные, менты. Женя ждала, что к ней кто-нибудь подойдет, но все бежали
мимо, и она просто пошла, забыв пакет с Алинкиным
платьем на траве. Все было как в тумане. Через Крестовский мост над поездами, по проспекту, дома не
раздеваясь легла спать. Диана звонила на мобильный,
а Жене в это время снился вой машин и почему-то
танки. Они ползли к ней по проспекту, за ними ги-
гантской спичкой горела Останкинская башня, кру-
жил над ней погибший дядька, выла сигнализация
машины, дымил вход в метро, оповещение кричало,
что все это — за грехи наши, за прелюбодеяние, за
нарушение структуры мира.

С работы Женя отпросилась, в институт тоже
не пошла, Илье написала, что заболела. С шести утра
рвало, и отец не разговаривал: думал, что она накану-

не пьяная пришла. Женя сказала ему правду — его злой спине, — новости эту правду повторили, и папа совсем в себе закрылся. Непрерывно курил на балконе, говорил про «этих с Кавказа», которых гнать надо, нахуй они вообще сдались в Москве, нахуй вообще эта Чечня сдалась всем нам.

Смотри, что делается, услышала Женя бабушкин голос. Смотри, смотри, что делается, но Женя была не в силах разлепить глаза, ей хотелось оставаться в темноте. Бабушка сделала телик погромче, и оттуда встревоженный голос сказал: захват заложников в Северной Осетии в городе Беслан, в тридцати километрах от Владикавказа. Сегодня утром группа вооруженных людей ворвалась во двор городской школы номер один. В это время там заканчивалась торжественная линейка. Угрожая оружием, террористы загнали учеников, их родителей и преподавателей в здание...

Женя чуяла дым, вонь горелой резины, горелого мяса — въелось в ноздри. Чужой вой вибрировал в пустом измученном желудке, поднимался в горле. И постепенно ей стало ясно, всё вокруг сложилось в странную, одной ей понятную логическую связь, в структуру, в центре которой была она с Ильей. Из темной тесноты воспоминаний вдруг всплыл двухтысячный, когда случился взрыв на Пушкинской. Казалось бы, еще тогда, на похоронах двоюродного дядьки она должна была понять предупреждение, но нет.

2005
АПРЕЛЬ

В етровое стекло полосует дождь, смывает дорожную пыль. Жене хочется опустить стекло, набрать в ладонь дождя и протереть лицо. Но это будет выглядеть странно, поэтому она сидит и терпит.

Их с Ильей наказывают за нарушение порядка, снова думает она. Наказывают Женю, ведь Женя не для счастья, а счастье не для Жени, оно для милых добрых девочек, для тех, кто учится на дневном и стажируется в Париже. Для обыкновенных, совсем не странных, не смешных. Для тех, кого не возбуждают двоюродные братья.

Как жить в этом — вот вопрос. Как жить спокойно, зная, что тебя вот-вот могут взорвать и отравить, избить и расчленить, сжечь в вагоне метро, удушить дымом, размазать по стенам вагона, когда ты будешь ехать на работу? Нельзя быть счастливой, особенно сейчас, когда в обычной школе могут три дня мучить и убивать детей. Нельзя ездить на метро, ведь каждый с рюкзаком или чемоданом может быть шахидом. Нельзя летать на самолетах — порой они не долетают. Вокруг все заминировано, и струн, которых нельзя касаться, становится больше, когда-нибудь Женя точно одну заденет.

При виде милиции Женя съеживается, старается выглядеть как можно безобиднее, ждет: сейчас к ней подойдут, сейчас обыщут. Иногда расстегивает куртку: вот она я, под курткой нет ничего, и сумка небольшая, не надо на меня смотреть вот так. Ее мучит иррациональный страх: вдруг на нее подумают, что она тоже шахидка? Хотя у нее вполне славянская внешность.

Теперь она тратит много денег на такси. Иногда ее довозит Илья, но он не знает про «Рижскую», что Женя там была. Она ему так до сих пор и не сказала, боится, что он поймет предупреждение, и уйдет. А она пока не хочет расставаться. Это закончится, Женя знает, чувствует теменем, как сжимается структура, как звучно потрескивает воздух, и она молит ее: пожалуйста, еще хоть день или неделю, я знаю, я все знаю, но так же хорошо, так не было никогда еще.

Через месяц, два, три, десять им все равно придется разойтись, потому что никто их не одобрит. Между ними тонкий радужный туман, мираж, обманка. Помешательство, которое само исчезнет. Женя обещает, что справится с ним. Потом.

А пока пусть будет.

Она плачет над «Моей прекрасной няней» и прочим мылом — какое милое семейство, у нее-то так не будет никогда, не с Ильей, а без Ильи не надо ничего. У родителей она отвечает на его звонки, прикрыв дверь в комнату, — бабушка недавно поняла, что Женя с кем-то видится, с «женихом», говорит она и улыбается. Выведывает, сколько ему лет да как он выглядит, где учится и где живет.

Я не могу тебе сказать, бабуля, думает Женя. Вот это точно не могу.

Она бы хотела, чтобы Илья мог просто подняться на этаж, позвонить в дверь и спросить: «А Женя дома?»

Она бы хотела пригласить его на чай, показать всем — посмотрите, какой он, и он *мой*, ничей больше. Но это невозможно. Хотя Дианка в итоге все узнала. Вы ебнулись, сказала с восхищением. Вообще это же законом не запрещено, сказала. «В Средние века все короли на сестрах и родственницах женились, и ничего. Батя твой немного поговнится и перестанет».

Она убеждена, что у Жени с Ильей все серьезно, просто нужно время.

А Женя не знает. Дурное предчувствие покалывает и пузырится газировкой. Илью нужно принимать гомеопатически, постепенно увеличивая дозу, иначе будет отравление. Его нужно пить понемногу, как крепкий напиток, но Женя выпивает залпом.

Когда она ночует у родителей, Илья ждет ее на другой стороне проспекта Мира. Женя набрасывает куртку, влезает в туфли на тонких и красивых каблуках — те больно давят на пятки, через пару часов натрут до мяса, но у Жени в сумке есть пластырь. Я пошла, кричит, сегодня больше не зайду, и быстро ковыляет по лестнице вниз. Белая свадебная «девятка» стоит на парковке у остановки. Увидев Женю, Илья выходит, хочет обнять, но Женя прыгает в машину. Целует Илью там, под прикрытием тонированных стекол, долго, пока желание не становится болезненным.

Когда она ночует на съемной квартире, Илья поднимается наверх, съедает только что нанесенную помаду, сминает укладку и одежду. Женя садится к нему в машину, в бардачке которой уже лежат ее расческа, духи, гигиеничка, начатая упаковка мятных леденцов. Она ничего не ждет, и каждый раз последний. Они едут в Сокольники, или за МКАД гулять, или в кино, или к кому-то на квартиру, или в квартиру к самому Илье. Они пьют вино из горла, передавая друг другу бутылку. Они занимаются английским на столе на кухне, а после любовью — на том же столе, в ванной, в спальне, на ковре и на балконе днем, когда соседка вытрясала пыль, и с каждым разом от Жени остается меньше, так тает во рту леденец.

Когда-нибудь она исчезнет. Когда-нибудь она оступится, и стыд-и-срам ее сожрет.

Когда таксист высаживает Женю на «Павелецкой», звонит мобильный. Мама. Звонок настойчивый, тревожный, брать трубку неохота. Честно говоря, Жене хочется убрать телефон в сумку и забыть, не знать, пойти в офис.

Женя делает глубокий вдох. Женя жмет «Ответить».

— Привет, мам, — отвечает голосом чуть выше своего обычного, специальным голосом взрослого ребенка.

Мама в панике – бабушке вдруг стало плохо, забрали ее в больницу. Опять желчный, воспаленные протоки, камни и песок, сама-то мама еще на работе, до папы не дозвониться, она, конечно, попробует еще, но нужно ехать срочно, срочно, СРОЧНО.

Женя отпрашивается по семейным обстоятельствам. Денег на такси больше нет, зарплата только через два дня, в метро она не сможет спуститься — даже ради бабушки, никак, простите. Она набирает Илье. Он находит ее через полчаса, и они едут обратно через всю Москву на ВДНХ. Рабочий и колхозница неодобрительно следят за ними из-под металлических век. Илья следит за дорогой, сжимает крепко руль. Женя следит за натянутыми над тротуаром струнами неизбежного, которые дрожат опасно. Что если все узнают?

Может быть, и бабушка в больнице тоже из-за них? Горечь подступает, собирается во рту, опять тошнит, и ощущения от своего тела немного иные. Женино нутро как будто перестраивается, смещается, давая место новому. Последние дни ее часто укачивает, наверное, это усталость или плохое питание.

Больница старая, нужный корпус они ищут долго, спрашивая у охранников и гардеробщиц корпусов ненужных. На входе заносят паспортные данные в журнал, пишут, к кому явились.

— Мы к бабушке, — объясняет Женя. — Ее только привезли.

— Ты иди первой, — говорит Илья. — Я поднимусь потом.

Женя понимает, что он прав, — будет подозрительно, если они вдруг придут вдвоем. Все родные думают, что Женя и Илья не общаются друг с другом.

Женя хочет спросить его: зачем тогда все это?

И еще: дальше будет так же? Сколько? Еще месяц? Год?

И: нам нужно прекратить.

Но она молчит, кивает, поднимается в отделение, куда положили бабушку. Там пахнет постным супом, лекарствами, линолеумом, нагретым солнцем. Палата у бабушки светлая, но небольшая, места всего на одну кровать изголовьем к батарее и окну, и два прохода по обе стороны, протискиваться в них можно лишь боком.

Женя протискивается, не решается взять бабушку за руку — от ее предплечья вьется пластиковый червь капельницы. Игла закреплена пластырем, он кажется Жене ненадежным, будто вот-вот отлепится, и игла вывернет вену.

— О, Женька уже здесь, — слышен папин голос. У папы в каждой руке по сумке, из одной виден край рулона туалетной бумаги. Мама вынимает его и ставит на тумбочку, как белый мягкий приз. — Смотри, кого мы привели.

За ними заходит Илья, прячет взгляд, встает рядом с мамой, у выхода. Ни дотянуться, ни обнять.

— Илья тоже приехал бабушку проведать, — говорит папа. — Мы встретились внизу. Тебе мать передала? — спрашивает он. — Я ей звонил.

Помедлив, Илья кивает.

«Привет», — говорит ему Женя третий раз за день. Первое *привет* было еще в постели, пришло в сообщении.

«Привет», — эхом отвечает ей Илья. Он касается своих ребер, слева, чуть выше сердца, и, кажется, прислушивается к чему-то, что Жене не услышать.

Женя касается того же места у себя. Нет, ничего не отзывается, просто горечь снова растекается под языком. Она пробует эту горечь, утешающе знакомый вкус.

Струна касается ее плеча.

17

2005
АПРЕЛЬ

Илья ждет Женю у Павелецкого вокзала, еле отыскав место и пободавшись с местными таксистами. Они договорились встретиться после работы и поехать сперва в стрелковый клуб, куда он время от времени заглядывает, потом в Царицыно. Женя садится в машину, смотрится в зеркало, поправляет волосы. Илья глядит на шрам на ее руке, нежно-розовое пятно тонкой кожи.

Каждый раз, когда он видит этот шрам, он вспоминает второе сентября. Он позвонил на домашний бабушке — хотел тайком узнать, как Женя, действительно ли она болеет. Она перенесла встречу, голос у нее был странный, и у Ильи возникло ощущение, что происходит нечто большее, чем просто сопли и простуда. Что он не замечает что-то важное, никак не может ухватить. Еще был страх, что Женя морочит ему голову, не хочет больше видеться после кино. Что он зашел слишком далеко. Он сам не хочет видеться, наверное, но его нестерпимо тянет к ней, как будто они связаны. Всегда были, он понял это еще на даче.

Дело и правда оказалось не в простуде. И то, *как* бабушка это сказала: сиповато, слабо, будто сама вот-вот сломается от новостей, — Илью изрядно напугало. И он с ума сходил от того, что не мог приехать.

В две тысячи втором к Илье в общагу — тогда он жил в общаге — завалился Макс, он бухал на «Электрозаводской» в компании еще трех люберецких. Они расселись, заняв обе кровати, надышали до запотевших стекол, сунули Илье баклажку пива. «Слышал про "Норд-Ост"?» — спросил Макс. Илья не слышал и охренел от новостей.

Допив, собрались, поехали на Мельникова. Илья до сих пор не знает зачем. Шел дождь, было темно, ничего не видно, везде люди, вспышки света, к театру не подойти — менты. Журналисты носились с камерами, Макс даже пытался дать им интервью. Он был на взводе, дурачился и нарывался, а Илье просто было страшно. Он думал: а если бы Дашка туда пошла с классом? Им предлагали «мюзикл с настоящим самолетом» на Новый год. Если бы Дашка вот там сейчас лежала в проходе между рядами? Москва стала неверной, как отражение, трясина, готовая вывернуть из каждого проулка, как из кармана, вооруженную группу чеченцев, выплюнуть любым вокзалом сумку с гексогеном, мужика, который эту сумку пропустит, тетку, которая ее взорвет в метро.

От Мельникова пошли пешком. Чесали бритые головы, Генка повторял все время про войну, что мужику без войны никуда, что скины — солдаты, заколебали эти черные, заколебали. Набрели на запертую сетку, полную поддонов с фруктами. С криком «хачи уроды!» Макс с Генкой стали ломать замок, отогнули прутья, раскидали по проезжей части хурму, хурма разбилась, вывалила в лужи нежное нутро.

Купили водки.

Ближе к набережной им повстречался хач. Кто первый налетел, Илья уже не помнил, в памяти осталось только «мочи эту блядь!», прерывистый вой и то, как хач прикрывал голову руками, пальцы в крови, башка в крови, потом перестал кричать и двигаться. Руки Ильи тоже были в крови — чужой, но удовлетворения он не почувствовал. Внутри разверзлась пустота. Осталось только хачевское жалобное «ребята, хватит», его вой и хруст зубов, противно было вспоминать.

Илья заряжает пистолет.

— Точно не устала? — спрашивает.

Женя мотает головой.

— Давай еще раз. Левой нужно держать вот так. — Илья встает у Жени за спиной. — Правую расслабь, левой держи крепче. Плавно продави крючок до упора и потом стреляй. Плавно. На первом выстреле крючок тяжело продавится, но потом очень легко пойдет.

Илья водил в стрелковый клуб и Юлю, а до нее Надю. Но они боялись брать оружие, держали его осторожно, как опасную тварюгу. Пистолет же нужно подчинять себе, делать продолжением своей руки. У Жени это получается. Она отстреливает магазин, пробоины на 6, 8 и 9. Когда думает, что Илья не видит, сжимает-разжимает пальцы правой руки — ну точно болит.

На этом Илья все быстро закругляет и везет Женю в Царицыно. В парке полно народа, две свадебные отары гуляют по дорожкам, фотографируются там и здесь, хотя уже темнеет и вроде будний день. Купив мороженое, Илья и Женя карабкаются по петлям дорожки, Илья держит руку на Женином бедре, чувствуя под пальцами и тканью юбки тонкий контур стрингов. Хочется ухватить их и потянуть наверх. Много чего хочется.

Будущее с фирмой и тачками все еще ждет Илью, но отдалилось, мнется на пороге, готовясь уходить. Женя и его Будущее несовместимы, и Илья мечется между ними. Думал много раз объяснить все Жене, что ей без него будет лучше (вранье), а ему — без нее (вдвойне вранье: когда он рядом с Женей, он дышит ей, он пьет ее, он связан с ней незримо, он задыхается, когда не видит ее долго, а долго — это два-три дня). Если она уйдет, то заберет воздух с собой.

Догуляв совсем далеко, туда, где нет людей, а на дорожке нет асфальта, они находят лавочку под разбитым фонарем, погруженную в кустовую тень. Женя садится, Илья встает над ней, пытается доесть хвостик рожка. Но все растаяло, и белая сладкая капля падает на голое Женино колено.

— Вытирай теперь, — говорит Женя со смехом.

Она перестает смеяться, когда Илья приседает, опершись на лавку, и слизывает каплю. Она приоткрывает рот, и это ему нравится. Нравится, как она разводит ноги, когда он ведет губами, языком по ее бедру, под юбку. Стринги здесь лишние, лучше без них. Он их сдвигает в сторону.

В отдалении слышны голоса и смех, кто-то гуляет за кустами, в освещенной части парка.

Женя кладет руки Илье на затылок, подается ближе.

18

2005
МАЙ

В деревне у бабушки делать совершенно нечего. Но Даше делать нечего и дома. На работе — она устроилась консультантом в парфюмерный магазин — ей дали неделю отпуска. Пару дней посидев в одной квартире с матерью и почувствовав растущее напряжение, грозившее разлиться кислотой (работает Даша не там, где надо бы, учиться не хочет, съезжать тоже не собирается, бестолочь), Даша умотала к бабушке на дачу. Там обосновалась в комнате Жени. Бабушка ее не беспокоила — целыми днями лежала, отходила после больницы. Сама Женя приехала днем позже и без лишних вопросов перебралась на чердак. Виделись они лишь по утрам, скупое «привет-пока». Женя одобрила Дашину стрижку: не так давно Даша по пьяни и злости отрезала себе каре. Каре вышло кривое, и в парикмахерской потом ее обкорнали покороче. Даша одобрила сарафан, обтягивающий Женин зад. Установился негласный режим прекращения огня.

Даша общается с двумя девчонками, но у них разговоры только о парнях: если конкретно, то о Котове, до омерзения смазливом и уверенном в собственной неотразимости. Котов то, Котов это, сегодня видела его у магазина, он сказал, что едет в Губино, вчера он был в клубе, сегодня тоже будет, как ты думаешь? Даша-то видит Котова насквозь, он любит только свой мотоцикл, на котором гоняет с ночи до утра. Днем он работает в отцовской автомастерской, вымазанный маслом, копается в автомобильном и мотоциклетном нутре.

Зато Дашу замечает друг Котова Вова, которого все называют Борщом. Он сперва подкатывал к одной из Дашиных подруг, предлагал покататься, но подруга его отшила. А Дашка отказываться не стала, ей было смертельно скучно.

Борщ плотный, раскачанный, отчего одежда на нем — явно не его размера — натягивается тугими складками. Он курит и плюет себе под ноги, при этом еле слышно цыкая. Он называет Дашу «кисой», угощает ее пивом, сигаретами и каждый раз приобнимает на прощание, слегка толкая животом, будто отлитым из резины.

Вечером они собираются у пруда, за кладбищем. Еще светло, хоть уже десять, сумрак прозрачен, словно его разбавили водой. От сосен потянулись комары. Пахнет цветами, влагой и травой.

Парни разводят костер, они говорят о мотиках и бабах. Дашины подруги взяли Котова в захват.

Одна закинула на него ногу и жалуется, что кто-то укусил ее в колено, вот, смотри, как покраснело, это точно не комар. Вторая перебрасывает длинные волосы через плечо, подставляя Котову голую шею и декольте. Борщ уселся рядом с Дашей, вытянул к костру побитые кроссовки с жесткими от грязи мысками. Даша выпивает вермута, и в алкогольном мареве черты Борща чуть выправляются, приобретают мужественность и сок. Таким он Даше больше нравится, она еще немного выпивает.

Борщ посасывает пиво, смотрит на разворот журнала.

— Жирная.

На фото стройная девушка в коротком топе и кепке, стоит полубоком, улыбаясь.

— Почему? — спрашивает Даша. — Почему жирная-то?

Борщ тычет пальцем в тощий девушкин бок, на котором при повороте корпуса заломилась складка кожи.

— Вишь? Жирная.

Он глотает еще пива, а Даша тайком щупает свой бок.

Борщ тем временем кладет руку ей на колено, растопырив пальцы паучком.

Даша сидит и смотрит на костер. Ветки в нем потрескивают, проседают под собственным обугленным весом. Хочет ли она с ним переспать? Даша не знает. В принципе, можно, почему нет. Борщ ей не противен, секса не было месяц, вермут булькает внутри, жаждет движухи. Ну хотя бы возвратно-поступательной.

Борщ кивает на непроглядную стену леса, пойдем прогуляемся, говорит тихо, но Котов и остальные все равно догадываются. Даша чувствует спиной их взгляды и улыбки, следует за Борщом по тропинке между соснами в мшистую влажную слепоту. Когда от костра остаются лишь блики на стволах, Борщ оборачивается и целует ее, напористо сует язык ей в рот. Еще немного, и Даша задохнется, целоваться Борщ не умеет. Она чувствует руки под своей футболкой, они ощупывают ее сзади, потом спереди, как на осмотре у врача, сжимают грудь, живот прижимается к животу, одежда бугрится, будто набита муравьями, лягушками и жуками, распределена под тканью неровными кусками. Руки расстегивают Даше джинсы, руки лезут ей в трусы.

Ты чего зажимаешься, не зажимайся ты, хрипло говорит ей Борщ, хотя Даша-то не зажимается совсем, она просто ждет. Он поворачивает Дашу лицом к сосне, нагибает и оказывается внутри. Он сильно выше нее и все время выскальзывает, вставляет член обратно, а Даша понимает, нет, точно не Михаил Боярский ее романа, и терпеливо ждет, когда все кончится.

Оно кончается ровно на десятый счет, на спину выливается липкое. Борщ, судя по звукам, застегивает ширинку. Даша снимает липкое ладонью, вытирает о сосну. Поправив одежду, прощается с Борщом (не будешь дальше сидеть, нет? ну ладно, давай) и идет через кладбище домой.

Пахнет близким дождем. Из-за стволов и кустов пульсирует неживым зеленым, шепчут тени, шепчут огоньки в траве, следуют за Дашей, за ее сладковатым духом вермута и плоти. Даша укрывается волосами от них и от себя. Разочарование точит изнутри. С ней это уже не в первый раз, когда она не понимает: и вот об этом поют песни? За этим люди летят на край света? Да, да, говорят ей огоньки, так надо, именно за этим. Да, да, ухает сова, это наслаждение и радость, ты просто не поняла пока. Будет один мужик, другой, и на десятом ты поймешь, Дарья, ты скажешь: о чудо, как я счастлива. Ты это скажешь, Дарья, говорят ей огоньки. Конечно, если постараешься и мужику не будет с тобой скучно. Ведь нужно не только его найти, но и удержать, Дарья, вспомни мамины слова.

Даша тихо открывает калитку, погружается в дурманящую жасмином садовую тень. В доме темно, все спят. Перед гаражом стоит белая «девятка». А в гараже свет, он пробивается сквозь щель приоткрытой двери, световая граница сбегает по траве и режет ночь. В гараже какой-то шорох, смех.

Даша подходит, заглядывает в щель.

Сначала она видит Женину спину, обнаженную, похожую на крест, со скошенным разлетом плеч и узкой талией. Женю обнимает кто-то здоровыми руками, кажется, вот-вот переломит, вдавит ребра внутрь. Но Женя не отбивается и не кричит, она целует этого кого-то. Обнявшись, они слепились в целое. Даша почти слышит беззвучную музыку, под которую они двигаются: что-то неспешное, глубокое, как ночь, как лесной омут. Вперед и вверх, чуть вбок и вниз — и поворот.

Кто-то походит на Илью. Он натянул на себя лицо Ильи, примерил его руки. Кто-то целует Женю жадно, потом кусает шею, будто ест, и Даше омерзительно. Он будет целовать и золотистый живот с едва заметным пушком. Будет тыкать в Женю своим членом, грязно и быстро кончит, замажет ее спину липкой спермой.

Даша вынимает телефон, делает фото. Медленно, стараясь не шуметь, отходит на дорожку, идет в дом. Она тихо раздевается, вешает на стул испачканную прозрачным белым кофту, джинсы, идет на кухню и обтирает себя водой из чайника — душа и туалета в доме нет. Потом ложится. Держит телефон. По потолку изломанными пальцами елозят тени.

Спертый воздух в детской, стук в дверь и голос папы. Воробей на посиневшей руке.

Она включает телефон. Снято издалека, но все равно можно разобрать, кто кого целует. Кто держит ладони у кого на бедрах, кто эта мразь, кто, кто. Даша довольна, чувствует себя пауком над дрыгающейся, насмерть прилипшей мухой.

Она хотела навредить только Илье — будет это повторять все годы после, словно от повторения ложь может стать правдой и что-либо исправить.

Только Илье. Чтобы он просто убрался вон.

Но все пойдет наискосок и под уклон.

GB

[O-изопропилметилфторфосфонат]

он наползает ласково
болотный морок душный и дурной
хмель под мягкой крышкой черепной
который нужно бесконечно пополнять
иначе видно мир вокруг
иначе проступают контуры себя

1

2013
МАРТ

Никто в семействе Смирновых и не думал, что приключится такое несчастье. Как же такое выросло, как получилась эта Женя с жуками-тараканами в голове, клеймо, позор, волчий билет. Стыд-и-срам прогнал ее из Москвы, летел следом, поклевывая в затылок, и Женя убегала, закрываясь от него руками. Она бежала и бежала много лет, сперва в Воронеж, потом в Екатеринбург — куда понесут ноги, — пока в 2010-м не достигла береговой линии Владивостока, а дальше — только море. Разрытые к саммиту АТЭС улицы, строящиеся мосты, длинный отросток Эгершельда, похожий на аппендикс, низкое небо, цепляющееся за остров Русский, сопки, с которых сползают дома и можно заглядывать в окна квартир на любом этаже, воздух, полный азиатской теплой влаги, и постоянный ветер, который, как Жене кажется, вот-вот сорвет ее с земли и унесет к Японии.

Стыд-и-срам нашел ее и там. Он научился пользоваться скайпом и сочился из телефона и ноутбука, смотрел на нее глазами мамы, говорил скупыми закадровыми фразами отца. «Скажи ей, что на даче ветром яблоню свалило». Или: «Гараж продаем, спроси, старые тетрадки ее выкинуть или она их заберет?» Или: «Мы уезжаем в Анталью через месяц, звонить не сможем». И мать послушно передавала, слово в слово, а после сухо и бесцветно улыбалась, и повисала неловкая тишина.

Примерно так.

— Скажи, Дашка выходит замуж, — раздается за кадром. Отец чем-то раздражен. Слышны его шаги, хлопают дверцы шкафа. В Москве светло, обед, а за Жениным окном уже сгущается соленая дальневосточная ночь.

— Дашенька замуж выходит, — переводит мама, сложив руки перед собой, как диктор новостей. Бабушкино черно-белое фото на стене приходится точно на правый верхний угол экрана и похоже на значок телеканала.

— Здорово, — кивает Женя, не зная, что еще сказать. — Поздравьте ее от меня.

— Сама пускай поздравит, если надо ей, — доносится из-за монитора. Мамина улыбка чуть кренится вбок.

— Они тебя приглашают. В начале августа. Они не знали, будут отмечать или нет, только сейчас решили.

Мама не хочет, чтобы Женя приезжала. Наверняка и тетя Мила с Дашей не хотят, пригласили просто из вежливости. Женя все понимает, да и сама не уверена — каково ей будет там? Наверняка кто-нибудь спросит, когда же она выйдет замуж, ей же исполняется двадцать девять, тридцать через год, страшная дата, лови, лови же Дашенькин букет, дави туфлями туфли конкуренток, ищи глазами мужиков. Хотя смотреть Женя сможет лишь на одного. Да и что такое двадцать девять? Разве это возраст старой девы? И есть ли этот возраст в принципе?

— Не знаю, поеду ли, — говорит.

Мама оживляется:

— Я им тоже так сказала. Захочешь ли ты, далеко все-таки, билеты покупать, они же дорогие.

Еще самолеты падают, как, например, в двухтысячном.

Женя летает только в крайних случаях. Она ненавидит ожидание в аэропорту, эту систему отстойников и рамок. Ненавидит ожидание взлета в самолете, когда стюардесса показывает, как надувать жилет, разве жилет поможет, если кабина разломится пополам и люди и их скарб посыплются на землю. Или если будет взрыв и все просто сгорят, приварятся к обивке кресел. Чтобы не бояться, Женя пытается напиться, глотает антигистаминное и снотворное, но это не помогает никогда, сон не идет. А во время турбулентности ее тошнит, всерьез, в пакет, поэтому в день вылета она не ест.

— Даша торопится, — продолжает мама. — Они так решили быстро, четыре месяца осталось. Мне кажется, она беременна. Может, хочет успеть до родов? Если брак не зарегистрирован, будут проблемы с документами, больше справок собирать для детсада и прочего.

Жене снова бьют под дых, но уже не больно, просто саднит набитое место глубоко под ребрами, там, где они срастаются. Это раньше перехватывало дыхание, теперь же просто очень грустно.

— Поедешь? — спрашивает Амин.
Он стоит у окна, ерошит влажные волосы, на бедрах полотенце. Он хорошо выглядит и знает это. В отличие от Жени он любит демонстрировать тело: плотный живот, покрытый темной кудрявой порослью, широкие плечи. Выбритая эспаньолка. Амин за собой следит: аминокислоты *ВСАА*, изолят белка с утра и после тренировки, омлет без желтков — Женя готовит ему, когда он остается на ночь.

Амин следит и за Жениным весом, взглядом отмечает каждый лишний сантиметр. Он часто напоминает ей, что любит подтянутых девушек, показывает фото. Женя не реагировала поначалу, мало ли кто и что любит, да и мнение Амина не было ей важно. Но со временем выработался рефлекс, как у собаки Павлова: подбираться, когда Амин смотрит.

Меньше есть или вообще не есть в редкие дни, когда они встречаются. Вставать на весы. Просто чтобы лишний раз не дергаться, не слышать замечаний.

Раньше Амин говорил, что у Жени чудесные глаза. Он мог о них писать ночь напролет, как он желает их увидеть, как Женя ему снилась, как он следил за ней, когда она пошла сегодня на обед, как пришла с обеда, как говорила с кем-то, это твое платье было шикарно, и ты сама чудесна, ты идеальна, Женя. После долгой жизни в одиночку, после пресного общения с родителями это освежало.

— Так что, поедешь?

— Не знаю еще, — отвечает она, глядя в монитор на договор, который переводит.

— Столько денег тратить ради пары дней. Ты даже с ней не общаешься, с той сестрой.

Амин наблюдает за ней, Женя чувствует его взгляд ухом, и ухо начинает полыхать. Она не отвечает. Это ее деньги на самом деле. Она потратит свои, если поедет, не нужно их считать.

Но Женя молчит, не хочет ссориться. Ничего, решит сама.

Амин просто о ней заботится, хочет как лучше.

— Если я соглашусь, составишь мне компанию?

— Это же знакомиться с твоими родителями, — говорит Амин. — Не хочу ставить тебя в неудобное положение, чтобы они думали... Ну, ты понимаешь.

Да, Женя понимает всё и давить не будет. Хотя давлением, по сути, можно назвать что угодно, любую просьбу, любое замечание, которое не хочется выслушивать. Да и в компании Амина ей было бы немного легче на Дашиной свадьбе. Как с костылем.

Он обнимает сзади, накрывает большим телом, греет. Звучно целует в затылок.

— Обезья-а-а-анка моя, — шепчет на ухо. Господи, зачем она рассказала ему про папу и обезьяньи уши...

— Не надо так, — просит Женя.

— Ну извини, извини, больше не буду. — Амин целует ее шею, забирается под майку, гладит живот. — Не капризничай.

Звонит мобильный, Амин выходит в другую комнату. Ответив на звонок, он начинает собираться. Сегодня на ночь не останусь, у меня дела, насчет проекта надо встретиться, так он говорит.

У Жени работы тоже хватает, ее она набирает с запасом, чтобы занять себя, не видеть мир вокруг. Не то чтобы за это хорошо платили. Возможно, мир в принципе держится именно на таких, как Женя: гиперответственных и нервных одиноких женщинах, у которых из-за аллергии даже нет кота.

Она глядит на полку за холодильником, укромный уголок с бутылками, банками с соленьями, надорванными пакетиками с приправами и пачками чая, которые она купила, но не пьет. Там же стоит бутылка красного, в ней есть на полстакана, но вчера Женя решила завязать — хотя бы недели на две.

А рот увлажнился, будто вино в него уже попало.

Женя снимает однокомнатную квартиру на Эгершельде, на последнем этаже рыжей кирпичной пятиэтажки. Квартира хорошая и теплая, со свежим ремонтом и недорого — подобных вариантов в городе не было, тем более с видом на залив. Хозяйка переезжала в Москву и срочно искала приличных жильцов на долгий срок. Москвичка Женя ей приглянулась: Женя на всех производила впечатление девушки умной, рассудительной, и на следующий же день они заполнили договор аренды, расписались в двух углах листа, как в загсе.

Живут в той пятиэтажке в основном старики, вокруг — сплошь здания Морского университета. После обеда по улицам гуляют курсанты обоих полов, жуют булки, хохочут, курят, целуются, проходят мимо, спешат на тренировку к берегу. Иногда идут сине-белым строем к свежеоблицованным квадратной плиткой корпусам, и эхо их слитного шага бьется о стены домов.

На первом этаже Жениной пятиэтажки находится детский сад, и по утрам с улицы всегда влетает запах запеканки. В обед пахнет солянкой или котлетами. Площадка детского сада у Жени под окном, одна из трех, обнесена забором, сейчас же, вечером, освещена водянистым светом фонаря. Детей уже нет, всех разобрали по домам. Через дорогу еще один забор, за ним деревья куцыми тенями, а дальше — уже не видно — студенческий яхт-клуб, правее гаражи, сиреневая зыбкая тьма залива, в которой тлеют светлячками огни балкеров и контейнеровозов. Женя тонет взглядом в этой тьме, в воде, что в ней сокрыта.

Будь она птицей, она бы пролетела над поверхностью, пробиваясь через водяную взвесь.

Будь она рыбой, она бы уплыла как можно дальше с косяком, рассекая носом морскую плоть.

Мимо площадки детсада идет мамочка с коляской. Она оборачивается, машет рукой. Ее нагоняет долговязый парень, порывисто обнимает и целует, как будто все минуты, пока шел, он не мог дышать и вдруг сумел. Ребенок начинает хныкать, втроем они уходят.

Структура над заливом напрягается, дрожит.

Опустив жалюзи, Женя выливает красное в стакан и выпивает залпом. Доедает тушеную свинину — прямо со сковороды, чтобы не пачкать лишний раз тарелку. Потом в туалете сует два пальца в рот, извергает съеденное и выпитое в унитаз, встает на весы, сверяет цифры.

Напряжение структуры отступает.

— Поедешь? — спрашивает Дианка из телефона и сразу отвечает: — Не езжай. Ну их всех.

— Да я и не собиралась так-то... — Женя отвечает неуверенно.

Дианка сразу чувствует эту неуверенность, смыкает на ней челюсти.

— Жень, ну вот тебе оно зачем? Ты уже съездила один раз, вспомни.

Женя помнит об этом каждый день и каждый час. Все эти трехэтажные торты, румяную тетю Милу, «горько» под фальшивой лепниной ресторана, Илью, целующего невесту, а теперь счастливую жену, внешне так похожую на Женю. И снова «горько», «горько», «горько», как будто когда-либо бывает сладко. Женя пила шампанское, коньяк, потом какой-то парень налил ей водки, она выпила и это, чтобы не замечать взглядов Ильи и остальных, чтобы не чувствовать, как саднит внутри, как будто стерто в кровь, до мяса. Они ее осуждали, точно же. Ждали, когда она что-нибудь выкинет.

Поэтому она тоже хлопала и кричала «горько» — просто чтобы не казаться странной. С ней все хорошо, она здорова, она в порядке, ей все равно. Этим она, конечно, предала себя, причем много-много раз.

Из ресторана она куда-то уехала с парнем, который подливал. Была квартира в потемках, полосатые обои, бугры дивана. Сам секс она и не запомнила. Потом еще какой-то ресторан на окраине Москвы — даже не ресторан, просто бар, и Женя уже пила одна. К ней подсел мужчина. Он был седой, бородатый, в джинсовой жилетке на манер восьмидесятых. Все звал Женю к себе, но когда ее начало тошнить, куда-то делся.

По возвращении домой Женю тоже рвало, но легче не становилось. Будто вся жизнь извергалась в унитаз, смывалась, снова извергалась. Женя отпаивалась чем-то лекарственным, а вечером закидывалась дешевым коньяком из продуктового внизу — вино уже не помогало, и было больно, больно невыносимо, несовместимо с жизнью.

— А Амин что? — спрашивает Дианка. В трубке что-то шуршит, как оберточная бумага.

— У него все хорошо, — отвечает Женя.

— В этом не сомневаюсь. Поедет с тобой?

— Нет.

— Ты что, его послала наконец?

Женя молчит. Нет, не послала, хотя не единожды собиралась.

За стеной что-то визжит истошно, какой-то инструмент вгрызается в бетон. Дианка торжествует:

— Вот видишь, это знак! Надо послать!

— Это не знак, это соседский ремонт, — ей отвечает Женя.

Диане легко советовать «послать», Диана счастливо и безвозвратно занята после того, как она встретила Колю. Рыжий и здоровый, он приметил ее в компании друзей и добивался месяца два: веселил и гулял как мог по паркам, кинотеатрам, набережным Москвы, на одной из которых Дианка наконец сдалась и ни разу с тех пор не пожалела. Через три месяца они уже снимали квартиру в пределах Третьего кольца, рядом с «Бауманской», через четыре — завели кота, через пять Коля сделал Дианке предложение. Свадьбу решили праздновать в следующем году на Украине, в родном городе Коли, — куда торопиться, когда все время их, когда весь мир у ног, крохотный и незначительный в сравнении с огромным чувством.

А Женя что? Женя редко куда-нибудь выходит. На работе кроме Амина все женаты. Да все вокруг либо заняты, либо с ними невозможно иметь дело.

Постоянных отношений у Жени не было с института (который она все-таки окончила после годового академа). На журфак она так и не перевелась, кому она нужна там, и спокойно доучивалась на вечернем, днем работая в компании по продаже кондиционеров. Ходила в кино с младшим айтишником, худющим конопатым парнем, который ей рассказывал про пауков — он разводил дома птицеедов, мохнатых, любящих влажность, регулярно линяющих и поедающих мотыль.

Подобием интима на последнем курсе был эксгибиционист, который повадился ходить к окнам их аудитории на первом этаже. Окна располагались на уровне земли, были в человеческий рост, чем извращенец пользовался. Когда темнело, институт стоял пустой и занималась только их вечерка, он появлялся — и в снег, и в дождь, и в ураган, ничто не мешало, — распахивал пальто и вставал к стеклу вплотную. Преподша продолжала рассказывать об особенностях древнеанглийского языка, подслеповато щурясь на собственные записи, а Женя и остальные девочки — педагогический, сплошь женский коллектив — старались не смотреть в ту сторону. Но краем глаза Женя все равно видела белое пятно на фоне тьмы, чувствовала чужое тоскливое ожидание, что посмотрят и оценят подмерзлое (снег, ветер) хозяйство. Женя однажды указала преподше на это все. Преподша поднялась, все так же щурясь, пошла смотреть, оценивать, но ее внимание извращенцу почему-то нужно не было, и он убежал. «Просто не смотрите туда, девочки, продолжаем», — сказала она. Женя ожидала, что она пойдет к охране, предупредит их, но нет, никому не было дела, и на следующей неделе все продолжилось по старой схеме: им читали лекции, а снаружи по стеклу елозил член.

Окончив институт, Женя уехала в Воронеж, устроилась в конторку, занимающуюся сотовой связью. В небольшом и аккуратном, своей неспешностью похожем на курортный город Воронеже, в центре которого между многоэтажных новостроек врастали в землю избы, ей было спокойно. Она даже обзавелась друзьями. Был спокойный милый парень, очень симпатичный, который время от времени ненавязчиво звал ее на свидание, но Жене казалось, что тут лучше и не начинать — где она и где он? После первой же встречи он поймет, что слишком крут для Жени, и исчезнет. Поэтому она отказывала.

Спустя год дела в конторке стали совсем плохи, и после третьей невыплаты зарплаты Жене пришлось уволиться. Денег с руководства она так и не получила, а обращаться в суд посчитала бесполезным.

Она переехала в Екатеринбург. Работала то тут, то там, убежала из-за последнего парня, с которым успела сходить на два свидания, прежде чем поняла, что он совсем того. Ревновал ее к каждому коллеге, скандалил, когда она долго не отвечала на сообщения. Женя попросила больше ей не звонить, но просьбы не подействовали. Не подействовал и блок — парень стал писать с разных номеров, грозил наглотаться феназепама, если она не ответит взаимностью, выл, что страдает, бродил под окнами. Дианка поражалась: где ты таких находишь? Женя сменила район, но он нашел ее и там. Она уточнила в полиции, что против такого можно сделать. Ей ответили, что ничего, договоритесь как-то сами.

Поэтому Женя снова услышала зов дороги и укатила во Владивосток.

Во Владивостоке Женя нашла работу в фирме по продаже холодильников всех видов — за три копейки переводит и редактирует сотни типовых договоров, инструкций, бессмысленных бумаг. Она со своим английским здесь не очень-то нужна, надо было учить китайский или корейский, но у нее так всё в жизни — не к месту и не вовремя. В Москве в гостях у Дианки и Коли она тоже слегка не к месту, как выросший ребенок, который упорно не хочет съезжать в свою квартиру. Дианка усаживает ее и Колю на кухне, кормит их обоих, выслушивает добросовестно. Потом они смотрят вечерние новости, а Женя с сожалением следит, как ползет минутная стрелка.

Так же она следит за стрелками офисных часов. Когда рабочий день заканчивается, она сидит еще немного, после выходит, и ветер подхватывает ее, выносит на Светланскую, тащит мимо ГУМов, набережной, вокзала, к остановке у «Серой лошади», а дальше ее везет автобус, похожий на буханку черного. Потом Женя бежит от остановки мимо общаги и университетской столовой, мимо опустевших детских площадок и приколоченного к дереву знака «Тупик» к своему гнезду на семи ветрах. К виду на станцию курсантов, танкеры, детсад, черный залив, над которым напрягается структура, дрожит стальная сетчатая глубь.

Женя опускает жалюзи.

Ей холодно. Ей все время холодно, и даже выпивка не согревает.

— К Коле друг приезжает в августе как раз. Давай вас познакомлю, — говорит Дианка.

Женя думает. Познакомиться можно — если не знакомиться ни с кем, так и останешься одна. С другой стороны — а что нового там будет? Что выйдет?

Жене не хочется узнавать кого-то, улыбаться, флиртовать, для этого нужны силы, а сил нет. Она вообще не для любви, сердце ее давно не с ней. Оно осталось на конце иглы, игла в яйце, яйцо в утке, утка в зайце, а заяц убежал.

У странненькой Жени не осталось сердца, и ей не нужен корвалол.

— Это Наташе. У нее день рождения сегодня, верно? Тоня Голощапова из бухгалтерии смотрит на куклу, потом на Женю, с неловкостью улыбается:

— Ой, ну ты что, не стоило...

— Стоило, стоило, — заверяет ее Женя и все-таки вручает Голощаповой подарок.

У Тони дочка, сегодня ей исполнилось пять лет, и Женя подготовилась заранее. Узнала, что Наташа любит, обошла три детских магазина, прежде чем нашла то, что ей нужно.

— Будете отмечать? — спрашивает она.

Тоня качает головой.

— Куплю ей торт и всё, дома посидим. — Она запинается, что-то обдумывает. — Если хочешь, приходи. Мы не хотели отмечать, но гостям рады всегда.

Женя с радостью соглашается. Она ценит каждую минуту, проведенную не дома и не на работе.

Голощапова устроилась в бухгалтерию не так давно. Милая, неловкая, с раненым выражением лица, всегда будто готова разрыдаться, и хочется ее утешить.

В первую рабочую неделю у нее были проблемы с компьютером. Пока айтишники заказывали новый и тот ехал до офиса, Женя поделилась с Голощаповой своим рабочим местом — выкроила время, решив, что переводы можно добить и дома. На Женин комп установили какие-то бухгалтерские программы, а сама Женя отправилась бродить по офису, пить чай.

Голощаповой двадцать пять, она не замужем и парня нет. С отцом дочки пожили вместе и разбежались года полтора назад. Когда Голощапова говорит о бывшем, она грустнеет еще больше. Козел он, так она сказала. Он изменял ей много раз.

Раз в неделю после работы Голощапова и Женя пьют пиво на веранде кафешки на набережной, под шум прибоя обсуждают все на свете, от моды до политики. Летом на Спортивной было не протолкнуться от туристов, кругом торговцы ненужной мелочью, сахарной ватой, файер-шоу и музыка, и они на время перебрались в чифаньку на отшибе. Им нравятся одни и те же певцы, сериалы, книги. С Тоней они, конечно, не так близки, как с Дианой: Женя пока молчит об Амине и тем более о своем прошлом. Рассказывает в общих чертах. Но их посиделки высветляют мазохистский день сурка, в котором Женя пребывает. Одно дело звонки и переписка, совсем другое — личное общение.

Приезжает Амин и обходит территорию, всё помещение на тридцать столов, разделенное перегородкой надвое. В офисе они с Женей не общаются.

Амин не ограничивает Женину свободу, он так сказал. Хотя иногда он спрашивает, кто подарил Жене цветы или позвал в кафе. Болезненно дергается. *А я тебе их так и не купил*, пишет он с грустью, ждет, чтобы Женя ему ответила: нет, что ты, ты меня и без цветов устраиваешь, и без кафе, и без подарков, без кино, внимания, просто приезжай. Если она промолчит или не так ответит, он пропадет дня на четыре. А после, также без предупреждения, объявится.

Женя не любит, когда он так делает. Проще сказать ему, что он хочет услышать.

С другой стороны, она как будто ждет, когда же это все случится. Когда она глотнет еще немного боли и вновь провалится в тишину — зыбучую, утешающе знакомую. Приятную отчасти. Повод отвлечься, пожалеть себя. Повод поплакаться в переписке.

Дианка в пятисотый раз напишет, что нечего полагаться на мужиков, что нужно быть самостоятельной, знать, чего хочешь, думать о карьере, потому что плакать *лучше* в «порше».

Голощапова пришлет плачущий смайлик, обнимет виртуально, скажет: ну, может, все наладится, мужчины такие *сложные* иногда, судя по твоим рассказам, этот парень к тебе привязан, он одумается, ты не волнуйся.

А Женя и так все знает про себя, вот в чем ужас. Все знает и ничего не делает.

Она будто сидит и ложкой неохотно жрет говно, потому что лучше жрать его, чем голодать. Возможно, ждет, когда пойдет варенье, но варенья нет. Возможно, ей просто скучно. Она попала в Зазеркалье, в фантомный мир собственных страхов, надежд, проекций и выбраться не может.

Сейчас вина бы. Белого.

Она берет контейнер с гречкой и тушеным мясом, свою подругу Голощапову и идет обедать. Неуловимо пахнет «Пуазоном», им кто-то постоянно душится, оставляет след на лестнице и исчезает.

Столовая находится на первом этаже, общая для всех арендаторов. По правую руку от входа — витрина с салатами и сладким, по левую — ряды столов, совсем как в институте. Окна выходят на торец соседнего здания, из-за чего в столовой вечно полумрак.

— Можно к вам? — спрашивает Амин, уже подсаживаясь к ним, ставя поднос с супом и винегретом. — У твоей дочки сегодня день рождения? — Он улыбается Голощаповой. — Поздравляю!

— Спасибо. — Голощапова улыбается в ответ.

— А как ее зовут?

— Наташа.

— О, Наталья! Ты знаешь, что это имя пришло к нам из Византии?

Амин уводит разговор к латыни, которую он изучал когда-то (просто захотелось расширить кругозор), рассказывает про фонетику и грамматический строй, переходит к Риму — историю он тоже изучал, он любит Древний Рим, был сериал такой, ты видела? Потом речь перетекает почему-то к родителям, которые говорят Амину, что пора жениться, а он не хочет, понимает, что пока ему нечего предложить, он же ответственный мужик.

Женя заедает его рассказы гречкой, молчит. На ее памяти Амин ничего и никому не предлагал, кроме разговоров о себе любимом. Она привычно злится на эту болтовню, но возражать не возражает. Не хочет и не должна показывать, что знает больше положенного.

привет, приходит ей на телефон. *как насчет ужина завтра?*

Женя вспоминает круглые, слегка навыкате глаза и выражение лица — встревоженное, почти голощаповское. Тот парень приносил ей домой мед и лимоны, когда она болела в декабре. Такой милый. Бесконечно хороший, но Женю совершенно не цепляющий.

Она пишет: *не могу, извини*.

Рыба фугу, выхватывает она из речи Амина. Токсин парализует мышцы, противоядия нет. Сначала подаются менее ядовитые части, затем более ядовитые, те, что рядом с брюхом. Немеют руки, ноги, челюсти, наступает легкая эйфория.

Тоня забыла про еду и, раскрыв беззащитные глаза, слушает, кивая и изредка вставляя свои пять копеек. До этого они с Амином не общались в принципе, он всегда смотрел сквозь нее, будто она — часть весеннего тумана.

ты замечала, что Голощапова на Монро похожа? — приходит сообщение, когда после обеда Женя возвращается на рабочее место.

думаешь? — отвечает она.

круто, что она японский знает, да?

очень) она классная

Женя представляет того-кто-понял-бы, его объятия, в которых тонет. Ночной ветер, затекающий в окно машины, крупные белые мотыльки, луна над полем горчично-алого оттенка, как пузырь, наполненный жидкостью с примесью крови. Долгие и жадные поцелуи, вкус которых она уже забыла. Близкое, слитое с ней телесное тепло. Близкое ровное дыхание во сне.

Как он сейчас? Уже забыл о ней? Ломает ли его так же, физически, до сих пор?

Она мысленно пишет ему, тому-кто-понял-бы.

как перестать чувствовать совсем? как наконец забыть? как у тебя вот это получилось?

А другой, тот-кто-понял-бы, молчит. Не знает, что сказать.

2

«Cледующая остановка "Академический колледж"», — сообщает троллейбус, когда Илья влезает внутрь и продавливается к окну. Двери закрываются, троллейбус едет дальше по Качинцев, вдоль тротуара, который покрыт асфальтом лишь местами: вот есть асфальт, а вот и нет его, только смерзшаяся за зиму земля, мокрый песок.

К Илье бочком пробирается кондуктор, отщипывает билетик. Илья прячет билетик в карман, к другим таким же, смятым и слежавшимся в бумажный грязноватый ком, и смотрит, как бронированные серой плиткой пятиэтажки сменяются рынком, потом военным госпиталем на проспекте Жукова, затем начинается частный сектор, некоторые дома — как шесть квартир Ильи. Илья надеется когда-нибудь купить такой. Тогда они с Машей заведут еще одного ребенка. Он смотрит на панельные многоэтажки, будто проржавевшие в ветреном, резко континентальном климате, — от крыш по стенам спускаются рыжие потеки. Ближе к набережной становится почище, покрасивей, но неуют все равно сквозит промозгло: много закрытых магазинов, ветер перекатывает мусор, волочит его по тротуарам, витрины пыльные. Илья открывает «ВКонтакте», добавляет всех постучавшихся в друзья. Одна, блондинка модельной внешности, судя по профилю, нейробиолог (что вряд ли является правдой), сразу отправляет ему стикер — кот с сердечком. Илья просматривает ее страницу — вроде не бот и не эскорт. Решает ответить что-нибудь потом, пока не до нее.

Он часто ездит на троллейбусе — машина ломается. Илья взял ее за удобство, мог спокойно разместиться в ней, с его-то ростом. В багажник многое влезало, и детское кресло вставало на заднем сиденье с запасом на Анькины длинные ноги. И внешне красивая, спортивного вида. Сперва, почти сразу после покупки, скончались датчики заднего парктроника. Начался стук, оказалось, рулевая рейка, пришлось менять. Сейчас вышли из строя катушки зажигания, машина снова в сервисе. А на троллейбусе удобно, конечная остановка прямо у работы. Это если не надо Аню забросить на рисование или ехать за продуктами на рынок и отвозить часть теще, которая живет в Волжском. Раз в неделю у Ильи такое приключение — стоять в пробке на мосту у ГЭС. Там вечно либо все перекопают, либо кто-нибудь столкнется, и привет.

Троллейбус успокаивает, особенно когда с утра настроение дерьмо, когда Илья вылетает из квартиры, не чувствуя себя, до конца не проснувшись, с невнятным тоскливым болотом, которое проваливается в груди. Троллейбус тихо и спокойно тащит Илью мимо администрации города за Волгоградской городской думой, мимо Волгоградской областной думы, мимо администрации Центрального района и коричневого, как кусок глины, здания областного суда. Мимо памятника морякам-североморцам, за которым высятся колонны элеватора — кусок промышленного Рима с надписью: «Город-солдат, город-герой на вахте мира и труда». А потом снова к многоэтажкам в плитке и гаражам, где у Ильи стрелковый клуб.

Клуб, по сути, принадлежит богатому приятелю, который когда-то заметил Илью на соревнованиях. Он дал деньги и уехал, а Илья все делает с тех пор один, отчитывается по расходам и доходам. Каждый день доказывает, что ему поверили не зря. Прибыль пока небольшая, аренду площади и зарплаты Илья закрывает, и ему самому остается немного — нормально. Не шиканешь, конечно, и на дом пока не хватает, но жить можно. Илья сам работает инструктором, зарплату себе поставил, как у уборщицы, ровно столько, чтобы выплачивать ипотеку. По итогам месяца он получает больше.

В Волгограде стрельба не особо популярна. Сегодня три ученика, это неплохо. Два ходят регулярно, более-менее знают, что делать. Третий в первый раз пришел, и Илья предчувствует геморрой. Объясняет технику безопасности, как целиться, что «глок» — это тебе не карабин, правая рука должна быть расслаблена, левой, наоборот, надо держать сильнее, не то будет уводить прицел. Раз — ученик ухватил неправильно, во время стрельбы большим пальцем правой руки сбросил магазин. Стандартная ошибка. И опять по новой: показываем, как правильно держать, чтобы не нажимать пальцем ничего, зажмуривать один глаз лучше не надо, второй устанет быстро, зрение сядет, лучше привыкать смотреть обоими или цеплять на очки бумажку.

Один магазин отстреляли. Пахнет пороховым дымом, Илья собирает упавшие гильзы, кричит:

— Сереж, мишени!

И так целый день.

— Опять натекло сегодня! — кричит Маша с кухни, стоит Илье переступить порог.

Все умиротворение, созданное мерным покачиванием троллейбуса, сходит на нет. Не разуваясь, Илья топает в спальню, глядит на люстру. Вокруг нее по свежей побелке расползлось влажное пятно, которое — о, Илья знает! — скоро высохнет и станет желтым, как моча.

Илья сбегает по лестнице, идет к соседней пятиэтажке, в управляющую контору, но та давно закрыта, работает только с тринадцати до семнадцати часов, к двери приклеена бумажка, что в следующие три дня приема населения не будет. Илья возвращается домой, попутно дозваниваясь до аварийной службы, — да, крыша протекла, нет, они закрыты, да, надо составить акт, они еще три дня работать не будут, вы мне что предлагаете, в суд обращаться, мы один выиграли уже, спасибо, жду. Затем он наконец ест — Маша ставит перед ним борщ, мясо тушеное, корзинку с нарезанным хлебом, чай, сама молча уходит в большую комнату. Слышно, как включился телевизор. Илья ест, глядит в окно.

Когда он доедает, в дверь звонят. Но это не из жилищной компании, это Екатерина Павловна, соседка по этажу. Свет из подъездных окон подсвечивает похожие на пух седые волоски, выбившиеся из пучка. Ее голова будто сама источает свет.

— Течет крыша-то!

— Значит, надо подавать в суд еще раз, — терпеливо отвечает ей Илья. — Заставить жилищников выполнить предыдущее решение.

— Долго-то как. А на бошки нам каплет все время, и никто не чинит, сволочи... — выговаривает Екатерина Павловна Илье, как будто именно он виновен в том, что крыша протекает. — И что теперь делать?

— Еще раз в суд идти, — устало повторяет ей Илья.

— Дурдом. Дур-дом!

Высказав все, Екатерина Павловна удаляется, оставив Илью с тягостным ощущением, будто его только что отчитали.

Приходит из аварийной службы какой-то хач, по-русски еле говорит, ни хрена не знает и делать не хочет (а я что сейчас могу?). Илья с трудом заставляет его составить акт, фотографирует мокрый потолок. Моет за собой посуду, чувствуя, как темным слепым ворочается внутри злость, слушая, как орут в «Пусть говорят». Когда орать перестают и «Пусть говорят» сменяется мультиками, Маша приходит на кухню, наливает чай, глядит на Илью усталыми глазами цвета темного шоколада.

Илья опять заводит разговор об отпуске. Оформлять шенген и ехать в Европу Маша отказывается, слишком дорого, долго, «да и зачем?». И сколько Илья ее ни убеждает, что визу сделают быстро, что в Европе интересно, как же здорово будет посетить Париж и Рим, воспоминания на всю жизнь, Маша лишь пожимает плечами. Ей не нужны воспоминания, потратим черт-те сколько, а потом что? У нас кровать старая, заменить давно пора, и вон — с потолка опять течет.

В Астрахань, предлагает Маша. Давай поедем на машине в Астрахань, а на оставшиеся деньги поставим маме новую баню на участке. Летом мы же туда все время ездить будем, сами пользоваться.

В итоге они решают поехать в конце мая, потому что другого времени для отпуска Маше не дают. Ни туда и ни сюда — ни посмотреть ничего, были там пять раз, ни покупаться: вода в дельте Волги грязная, холодная. Илья не понимает, зачем тогда все это.

Зачем тогда вообще куда-то ехать? Но оставаться в квартире в Волгограде он уже не может.

Нет, винить только Машу нельзя, это по-детски. Он же мужик, он должен разобраться. Раз денег не хватает, значит, надо заработать больше, чтобы хватило и на Европу, и на ипотеку, и на баню теще. Вот только спину ломит постоянно, боль терпимая, но противная, неотступная. Илья ходил и на массаж, и к мануальщику — все бесполезно.

— Как в садике? — Он спрашивает у Аньки.

Аня на мгновение отвлекается от телевизора, улыбается:

— Все хорошо, папа.

— Что делали сегодня?

— Ничего. Гуля-а-али, — медленно, будто во сне отвечает Аня, растягивая «я» и «а». — Рисова-а-али. Игра-али в...

Тут медвежонок на экране делает кульбит, и Анька забывает, что хотела сказать. В принципе забывает о существовании Ильи. Илья, конечно, может вырубить телевизор и настоять на какой-нибудь совместной игре, но сил нет, спина болит, и вместо этого Илья пишет знакомому юристу насчет текущей крыши.

Так заканчивается день.

Они познакомились, когда Илье было двадцать три, через полтора года после того, как... Через полтора года, короче. Маше было двадцать четыре, она приехала из Волгограда в Москву работать в маникюрном салоне, снимала комнату с подружками в одном с Ильей подъезде. Илья встретил ее у мусоропровода — увидел со спины и замер, узнав рост, комплекцию, цвет волос, низкий хвост, в который Маша их убирала. Сердце екнуло больно, его будто защемило между ребер.

Маша отправила содержимое ведра в трубу, бахнув дверцей клапана, обернулась — и оказалась странным воспоминанием, отраженным эхом. Лицо похоже, но не то: нос чуть длиннее, губы — у́же, раскосые глаза цвета горького шоколада. Не фото — дагерротип.

Спустя год они поженились. Илья как раз уволился с работы, решив открыть собственный бизнес, и они уехали в Волгоград — Маша была беременна, хотела, чтобы мама была рядом, помогала с Анькой первое время. Первое время зацепилось за второе, год — еще за год, взяли в ипотеку квартиру в панельном доме на улице Качинцев, последний этаж, вид на гудрон на крыше длинной пятиэтажки и рынок вдалеке, и вот Илья уже шестой год в Волгограде.

Когда-нибудь они переедут в другую квартиру или в отдельный дом, заведут еще ребенка. Маша сказала, родить второго жилплощадь не позволяет, надо расширяться. Илья старается расшириться, но уже не понимает: нужен ли ему второй? Хочет ли он его или движется по инерции, потому что так положено: дом, жена, машина, дочка, сын? Сад, огород с петрушкой, баня, Астрахань, придорожные кафе, «Ашан». «Ашан», Волжский, ученики в стрелковом клубе, налоговая, сад, огород, инфаркт.

Илья ложится. Маша уже спит, ее зад, укрытый одеялом, похож на мягкую линию холма на горизонте. К Илье сон не идет. Илья все смотрит в потолок, а желтые разводы возле люстры притягивают взгляд и, кажется, растут. Тогда он смыкает веки и, чувствуя, как медленно сгнивает заживо, засыпает.

Ему вновь снится яблоневая тень, за ней стоит кто-то, размытый полуденным янтарным солнцем. Жарко. Над ухом басит шмель.

— Мне кажется, я все просрал, — говорит Илья, обращаясь к этому кому-то. — Мне кажется, что я — кусок говна. Как думаешь, я прав?

3

2013
ФЕВРАЛЬ

Д аша выходит с работы в шесть, торопится через дворы по скользкой колее, укатанной машинами, — дорогу не чистили, тяжело идти, — к детсаду. Там она жмет кнопку домофона, ждет, когда охрана ей откроет. Таким же быстрым шагом взлетает на второй этаж, где потеет давно одетый Глеб с плотным листом А3 в руках, протягивает его Даше. На листе карандашный красный дом с одним окном и остроконечной крышей, зеленый мальчик и фиолетовая мама с волосами-вениками, приделанными к квадратной голове. Сверху что-то налеплено пластилином, нужно будет выбросить, думается Даше, измажем всё же этими поделками, не ототрешь потом.

Воспитательница, пигалица немногим старше Даши, смотрит с укоризной.

— У нас группа до шести вообще-то.

На часах над дверью шесть пятнадцать. Шея болит. Башка болит.

Даша откашливается.

— На работе задержали, вы извините...

— Теперь я тоже на работе задержалась, вам спасибо, — отвечает воспитательница, набрасывает шарф на меховые плечи шубы и уходит.

Следом в морозный сумрак выходит Даша с Глебом. Глеб молча берет Дашу за руку, подстраивается под ее шаг. Они забегают в метро, успевают в последний вагон до «Выхино». Чудо чудесное: он не битком набит (это вечером-то), и на скамье есть три свободных места. Даша стремительно идет к ним (в метро в час пик нужно всё делать стремительно), на ближайшее бросает Глеба. Рядом с Глебом, на среднее место, садится тетка в сиреневом берете из ангоры. Место справа свободно.

— Вы не могли бы подвинуться? — просит тетку Даша. — Я рядом с сыном сяду.

Тетка нехотя двигается, Даша садится.

— Нормально нельзя было попросить, — говорит тетка не то чтобы громко и не то чтобы Даше — просто бросает в воздух.

Даша подачу принимает, лениво переспрашивает:

— А я как попросила?

— С претензией! — отвечает тетка, поджимает губы куриным гузнышком.

Вот тебе и на. Даша вздыхает. Как же она устала. Она и в магазине-то наслушалась — одна покупательница сломала молнию у платья, померила, сдала, ушла, а Дашке потом пришлось бежать в ателье, менять за свой счет.

Шея болит, башка болит.

Даша придвигается к теткиному уху, к морщинистой мочке под беретом из ангоры.

— С претензией я только уебать могу, тебе понятно?

Тетка замирает, глядит перед собой. И правильно, и пусть молчит, по Дашке видно же — и правда уебет. У каждого бывают плохие дни и плохое настроение, но это же не повод вываливать его на окружающих.

Не повод, блядь.

Живет Даша в Котельниках, снимает двушку рядом с Белой Дачей, в нескольких остановках от маминого дома. Вообще, к ним тянут метро, планируют открыть в две тысячи пятнадцатом, у Новорязанки, но пешком идти все равно далековато. А пока Даша с Глебом ездят домой на маршрутке от «Выхино», платят за одно место — Глеб всегда сидит у Даши на коленях.

Дом, где они живут, новый, квартира с просторной кухней и удобной планировкой выходит окнами на тыл Первомайского комбината, на территории которого склады, ремонтные услуги, еще кому-то помещения сдают, лают собаки по ночам. Между Дашиными окнами и комбинатом проходит ЛЭП, линует небо похожими на струны проводами, которые уходят в перспективу. Стальные вышки напоминают Даше тотемные столбы.

Иногда ей кажется, что провода гудят и нагревают стену дома.

Иногда ей кажется, что можно на них запрыгнуть и побежать со всех ног по прямой, к точке, где они слипаются в одно. Врезаются в белесый зимний сумрак.

Иногда ей это даже снится.

Родила Даша в восемнадцать, от кого — сама не поняла. В то время она ни с кем особо не встречалась, так, трахнулась с двумя, один вообще из клуба, имени она не помнила, да и лицо осталось смутным пятном. Был еще мужик лет тридцати, прибился к их компании, пили на лавочке в парке после майских. Дашу тогда повело сильно, обычно не вело так от пары пива. Часов в двенадцать тот мужик вызвался проводить ее до дома. У подъезда вдруг ухватил за руку и утащил в кусты, полез целоваться и под юбку. Слюнявый был очень. «Красивая, какая ты красивая», всё говорил. Даша сперва его отталкивала, но сла́бо — мир кружился и кренился, — потом сдалась. Мужик ее трахнул без защиты, помог встать, одернул юбку, проводил до двери. Даша легла спать не раздеваясь, едва справляясь с вертолетом. О сексе в кустах никому не говорила, а смысл? Что, разве стали бы того мужика искать?

В общем, через месяц она заметила, что месячных нет, сперва забила — у нее часто бывали сбои цикла. Олька сказала — ты чего, купи тест. Даша забегалась, забыла, затем купила все-таки, попи́сала, а там две полоски. Пошла в поликлинику. Просила аборт по ОМС, но врачиха сказала строго: с матерью чтоб пришла, до восемнадцати не имею права без родителей, и ты вообще подумай, он же живое существо. Как Даша узнала через много лет, ей не имели права отказывать, должны были все сделать, и бесплатно.

Денег на платный аборт взять было неоткуда. А внутри Даши быстро текло время, творилось что-то неправильное, нежеланное, что-то ломалось, срасталось неправильными углами. Как будто рос тринадцатый аркан, костлявая смерть заполнила Дашу изнутри. Даша чего только ни делала: ванны горячие принимала, в бане парилась, тяжести таскала, пила молоко с йодом — без толку. Даже прыгнули с Олькой со второго этажа. Ногу потянула, а Глеб остался. Железной вешалкой для одежды решила себя не протыкать, рассказала матери. Мать отнеслась на удивление спокойно, сказала: да чё ты, помогу, конечно, ты рожай. Ну, Даша и родила.

После родов Оля пропала, стала тусить с другими девчонками. А Даша тусила у песочницы с коляской, развлекалась журналами и картами Таро, смотрела, как весна во дворе сменяется летом, лето — осенью, маленькие подгузники сменяются на бо́льшие размером, грудное молоко — на смесь и баночки с пюре. Прогулки вокруг дома, как по тюремному двору. Как будто жизнь отняли. Первый год она к Глебу почти не подходила. Он орал постоянно, качай не качай его, никак не затыкался, не закрывал алый беззубый рот. Как его успокоить, как приструнить? Даша не знала, не хотела знать, иногда просто запиралась на кухне и накрывала ладонями уши, чтобы не слышать этот визг. Нет Глеба, его не слышно, в квартире нету никого.

Лучше бы его не было, не было, не было.

Лучше бы он не рождался.

Два-три раза в неделю в гостях у Даши с Глебом остается Саша. Саше двадцать девять, он капитан полиции, веселый парень, любит погулять. Дашка его встретила в общей компании, когда Глеб наконец подрос и стал оставаться у матери на ночь. С друзьями пила пиво на Кирова, сразу Саню заметила, когда он подошел пожать кому-то руку: здоровый, классный, громкий. Потом пошла в туалет мимо стола, где Саня сидел, Саня ее окликнул, познакомились. Ну и закрутилось, уже полтора года вместе. Между ними бывает всякое, конечно. И очень хорошо: Саша заботливый, всегда откроет дверь, сумки дотащит, всегда спросит, не голодна ли Даша, не холодно ли ей, чем она занималась днем. Всегда приедет, если надо, и трахается как бог.

Даше нравится, как на него оборачиваются женщины в торговом центре, как он оттирает плечом людей в метро, чтобы ей было посвободнее. Приятно, когда он сам выбирает ей блюдо в кафешке. Через месяц после того, как они замутили, Сашка пошел к матери с цветами и вином, хотя Даша не собиралась их знакомить, рано. Они посидели, мама быстро настругала салат, мясо потушила, расспросила Сашку о семье (мама и сестры живут в Бийске, папа умер), о работе (в полиции в Москве на Юго-Западе), об увлечениях (охота). Мама осталась в восторге, что с ней бывало редко. Похвалила Дашу, будто та нашла не мужика, а нефтяное месторождение на шести сотках.

Но бывают дни совсем хреновые.

У Раевского, владельца магазина, где Даша работает, день рождения, который он решил отметить с персоналом. Привез шампанского, коньяка, торт «Прага», три штуки, расставили все на витрине у кассы. Дашка позвонила матери, попросила съездить забрать Глеба из сада, сама сбегала за пластиковой посудой в продуктовый. Раевский — мужик хороший, отгулы, если Глеб болеет, дает без вопросов, девочкам на Восьмое марта цветы дарил, а Дашке — отдельно, пока никто не видел, — подвеску серебряную на цепочке. Может просто так на точку заехать и шоколадку привезти к чаю.

И вот они отмечают, быстро выпивают все, Алина откуда-то притащила семгу копченую ломтиками, ее тоже уминают с белым хлебом. Под шумок

Даша приобнимает Лену, Лена отстраняется. Жаль. После они закрывают точку и все вместе идут по уже пустому тихому ТЦ на выход. Кто-то включает музыку, Даша, приплясывая, выходит первая в морозную черноту, под фонари, и тут видит белую Сашкину «мазду».

Саня выходит из машины, смотрит на Дашу хмуро, потом на Раевского. Дашка сразу понимает — выпил. Хорошо хоть, одет по гражданке.

Он хлопает дверью, идет к Раевскому, вынимает ксиву.

— Документы ваши покажите, — говорит.

Раевский удивленно улыбается, заглядывает в ксиву, читает, что написано, и уже лезет в карман за документами, но Даша успевает его остановить. Она очень извиняется, сгорая от стыда, представляет Сашу, говорит, это у него такие шутки, — да, Саш? — вы извините, и уводит Сашу прочь, к машине, попутно прощается со всеми. Улыбка Раевского делается странной, печальной, но он машет Даше в ответ, желает хорошего вечера обоим.

— Этот тебе лайки ставил? — спрашивает Саня, гонит машину к дому, еле успевает затормозить на светофоре, они едва не въезжают в зад едущему впереди «гольфу». — Под фоткой в купальнике.

Иногда Дашке нравится, что он вот так ее ревнует, но вот сейчас — бесит. Сам подписан на кучу полуголых телок, это для него в порядке вещей — сидеть и лайкать жопы. Так какие к ней претензии?

— Да я не знаю, кто там мне что ставит. Мне вообще все равно.

Саня качает головой, ухмыляется.

— Ну конечно. Ну да, конечно.

Машину он бросает в сугробе у вышки ЛЭП, под забором комбината. Там парковать нельзя, но Саня много раз так делал, его никто не трогал. Он шагает к подъезду, чавкая ботинками в подтаявшем сероватом снегу.

— Товарищ капита-а-ан, — зовут веселым голосом с детской площадки. Там сидят три Сашкиных приятеля и две девушки с голыми ногами в одинаковых блестящих колготках. И как только не холодно.

— Товарищ капитан! — Девушки машут Сашке. — Давай к нам.

Саша сворачивает на площадку, Даша плетется следом. Домой она сама не хочет, наверное, и время еще есть, а у Санькиных друзей коньяк. Стаканчики закончились, Даша отпивает из бутылки, закусывает лимонной долькой.

— Чё хмурые такие? — спрашивают у Саньки. Тот смотрит на Дашу, нехорошо улыбается.

— А чё хмурые? Мы не хмурые. Дашка вон веселая, да, зай? Дашка сегодня с мужиками танцевала. Чё бухали? Расскажи хоть.

Даша его игнорирует. Тут что ни ответь, все против тебя обернется. Ничего, побесится и успокоится.

— Бабы распоясались, Дим, — тем временем вещает Санька. Прикуривает, щурится от дыма. —

Они же для чего так себя ведут? Чтоб их на место поставили, чтобы себя слабыми почувствовать. Мужик же чё, мужик должен быть сильным, иначе на нем ездить будут, в хуй не ставить...

У меня такая особенность — кулак летит быстрее мысли, он так обычно говорит. Понтуется. Дашка знает: ничего он ей не сделает, пустой пьяный базар.

— ...И эта вон... — Саня машет рукой на Дашку, едва не попадает зажженной сигаретой ей по куртке.

— Саньк, Саньк, ну ты спокойно, Саньк. — Его пытаются унять, девушки хихикают, а Даша идет домой, ее достало все. И Санька пьяный — опозорил перед Раевским, девчонки поняли бы еще, а этот и уволить может. Опять ищи работу. И друзья Санькины — из пустого в порожнее переливают то про футбол, то про политику, то про баб, достали. Она заходит в квартиру, отпускает маму — та ворчит, что Дашка долго не являлась, полночь уже — и быстро исчезает, будто ее и не было в квартире. Из маленькой комнаты выглядывает Глеб.

— Ты в комнате убрал? — орет Даша, потому что тоже достал ужасно. Глеб кивает. — Ложись спать тогда. Сейчас приду, проверю, что там у тебя.

Глеб исчезает, закрывает дверь.

Появляется Саня. На пороге его заносит, он ударяется плечом о дверь шкафа-купе, качается в обратную сторону, ловит равновесие.

— Ну чё, зай, — спрашивает, не раздеваясь, — нормально погуляла?

— Сань, прекрати.

— Вообще, он староват. У него стоит вообще?

— У нас с ним нет ничего, он мой начальник, Саша! Я на него работаю!

— Одно другому не мешает, зай, днем поработала в палатке, ночью — ртом, да?

Ну это уже за гранью, конечно. Тут у Даши у самой вскипает.

— Да кто ты такой вообще? Ты кто такой, чтобы меня контролировать? Да ты мне не муж даже!

— А-а-а. Если не муж, так все, можно блядовать? — Саня сжимает кулак, подносит его к Дашиному носу. Кулак пахнет табаком. — Только попробуй, убью суку!

Убийством он ей еще не угрожал. Совсем допился.

Из маленькой комнаты выглядывает Глеб, Даша жестом загоняет его обратно. Открывает входную дверь, сама прислоняется к шкафу и ждет.

— И чё ты ее раскрыла? Закрывай, надует.

— Пиздуй отсюда.

Саня подходит к Даше, нависает, по-звериному жарко дышит ей в лицо.

— Давай, иди, — говорит Даша уже миролюбивей. Сколько раз она вот так его выпроваживала. Тут нужно мягко, но уверенно, как с ребенком. Сейчас придут соседи — мысль пробивается через коньяк.

Придет мужик из сто пятьдесят второй. Или тетка снизу, все время ругалась, когда Глеб был помладше и топал. Разборки, крики, ну зачем это? Нажалуются хозяйке квартиры.

Саня склоняется к ее лицу ниже. Спиртом пасет — жуть.

— Хуй тебе, — говорит. — Поняла?

— Я сейчас ментов вызову, если ты не успокоишься.

— Да вызывай! — орет Саня, и крик его вырывается из квартиры, мечется меж этажей. — Я сам кто, по-твоему? Пушкин, бля? Вызывай, хули, побазарю с братанами.

Летит кулак — Даше кажется, что прямо в лицо ей. Но бахает не по лицу, кулак бьет по двери шкафа рядом с Дашиным виском. Сердце пропускает удар. Дверь оглушительно трещит, и мир трещит, делается смазанным и медленным, будто погруженный в масло.

— Вызовет она ментов, ебаный в рот... — ворчит Саня, но уходит. Капает кровью с кулака. — Дура, блядь! — кричит уже в подъезде, спускаясь по лестнице.

В ДСП шкафа вмятина, дверь теперь не сдвигается — внизу ролики выбиты из направляющей. Даша выглядывает в подъезд — тихо, Саня ушел, — запирается. Никто из соседей так и не явился, и она не знает, хорошо это или плохо.

Наверное, хорошо.

Час ночи, но Даше не спится, она вся на адреналине. Вытирает след из подсохших капель крови, который ведет из коридора вон. Допивает текилу — стояли остатки в холодильнике, ест из вазочки печенье. Смахивает на пол крошки и, чтобы успокоиться, занимает руки картами Таро, раскладывает их на кухонном столе. Чувствует кожей, как снаружи гудит ЛЭП.

Семерка чаш, четверка жезлов, десятка мечей и Смерть, тринадцатый аркан. Какое-то новое начало, веселье даже, потом расставание и смерть. Возможно, перерождение. Смерть, старая знакомая, глядит на Дашу с карты, подмигивает: вот и я.

Жужжит мобильный — «Любимый» и Санькино фото: Саня в форме, щурится, улыбаясь. Даша сбрасывает звонок. Хватит с нее на сегодня скандалов, пускай трезвеет. Ей бы самой пойти проспаться, но всю трясет, тут не уснешь никак.

Телефон жужжит опять, Даша снова жмет отбой.

Минут через двадцать Саша звонит в дверь.

— Зай, открой. — Голос уже ласковый и виноватый. — Ну открой, Даш. Прости дурака, погорячился. Бывает у меня.

Даша раскладывает Таро еще раз, но уже не смотрит на то, что выпадает. Она вся там, у двери, слушает, что Сашка говорит, хочет поверить. А он делает перерыв и снова звонит, стучит, просится внутрь. Твердит, что был не прав, ну вот такой ревнивый, это потому что ты красивая, зай, я тя люблю, слышь? Люблю.

— Мам, — зовет из комнаты Глеб.

— Ложись спать, — велит ему Даша, заглянув в теплый, пахнущий ребенком сумрак. В ногу впивается чертова деталька лего, разбросаны везде, как мины.

Глаза Глеба поблескивают над одеялом, широко раскрыты. Два ночи, а спать не собирается.

— Это Саша там? Мам, не открывай ему.

— Ложись.

Подумав, Даша впускает Сашу: не успокоится ведь, будет на весь подъезд концерт устраивать. Саша, переступив порог, тут же бухается на колени — любит каяться с размахом. Обнимает Дашины ноги, шепчет извинения, обещает починить шкаф. Нет, отвечает ему Даша, нет, хватит с меня твоих пьянок, мне утром ребенка в сад вести и самой на работу. Иди домой.

Саня утихает, дышит Дашке в живот, о чем-то думает. Потом поднимает голову и смотрит снизу вверх. Глаза стеклянные, как дверцы у серванта.

— Даш, а Даш, — шепчет. — Выходи за меня.

4

2013
АПРЕЛЬ

Бухать Женя начинала тихо, в гомеопатических дозах. Сперва глушила тоску после переезда во Владивосток, пока искала работу, красиво пила винишко вечерами. Потом пошли бокалы после работы — по пятницам один. По понедельникам, средам и пятницам один. По будням, когда поссорится с Амином, — два, в гордом одиночестве. По выходным, когда никто не звонит, — три, закусывая рыбой. В декабре, когда ужасная погода. Когда дети под окном кричат особенно громко. Жить легче, если есть чем прибухнуть. К тому же это всего лишь вино, что с него будет?

Часто, если погода ясная — что во Владивостоке чаще, чем в Москве, — Женя спускается к маяку на Токаревской кошке или расстилает плед прямо на пляже за Станюковича и сама с собой, сама себе говоря тосты, неспешно распивает бутылку, глядя на воду, слушая прибой. Зимой она наливает вино в поллитровую бутылку и пьет на ходу. Один раз у маяка из воды меж разломов льда показалась пятнистая голова нерпы. Женя думала — всё, снова обострение, но по крикам туристов поняла: это и правда нерпы. Приплыли за косяком корюшки, как оказалось. Женя присела на опору ЛЭП — вышка будто держала остров Русский кабелями-струнами, чтобы его не унесло в открытый океан, — и смотрела, как все суетятся, по очереди фотографируются на фоне темной воды и выглядывающих из нее голов, хвостов и пятнистых животов. Хорошая была прогулка.

При Амине Женя не пьет: ему пьяные женщины не нравятся. Обычно она ждет, когда он уснет или уедет. Тогда она откупоривает бутылку, наливает полбокала, и туманы за окном окрашиваются танинно-розовым.

В апреле, накануне Жениного дня рождения, офис закрывают после обеда, что-то сверлят, устанавливают, и Амин предлагает встретиться с его друзьями. Женя, понятное дело, за, и они идут в северокорейский ресторан за зданием администрации. Там за длинным столом, сжатым с двух сторон красными диванами с высокими спинками, создающими подобие кабинки, их ждет семейная пара с тремя сыновьями: старшему шесть, младшему нет и полугода. Дети очаровательны, Женя быстро находит с ними общий язык. В зале пахнет жареной лапшой и мясом. Друзья больше говорят с Амином, Дианка пишет Жене: *я с тобой, держись, подруга*.

— А ты когда рожать планируешь? — спрашивает мать семейства между глотками чая. — Чем дольше ждешь, тем тяжелее будет.

Женя рассказывает о своем бесплодии легко, будто выворачивает карманы: что да, в 2007-м поставили, в 2010-м подтвердили, да, там инфекция была, и дальше про инфекцию, оперативное вмешательство, столько таблеток пришлось пить и еще уколы делать. Мать семейства кивает все медленней, глаза ее немного стекленеют, видно, что ее мысли уплывают из северокорейского ресторана прочь, вниз по Океанскому проспекту к набережной.

Ребенок на ее руках просыпается — резко, будто его включили, — и плачет, кривит покрасневшее лицо. Мать семейства его успокаивает, оставив Женю на полуслове про диагнозы одиннадцатого года. С одной стороны, стало чуть легче: так всегда, когда Женя с кем-то откровенна. С другой — подкрадывается стыд-и-срам, и Женя выходит в туалет. После выскальзывает на улицу подышать. Рядом с ней курит девушка, высасывает ментоловую сигарету-зубочистку, и дым втекает в Женю, в полости в ее груди, и без препятствий покидает их. Выглядывает солнце, но совсем не греет, только оглаживает скулы холодными лучами. Женя выцветает изнутри, сливается с миром вокруг, который тоже выцветает, сереет многими оттенками.

Такой же полупрозрачной, потерявшей цвет она возвращается в их красный закуток.

— Я пойду, ладно? — Она говорит Амину на ухо.
Он хмурится.

— Почему? Мы же собирались на набережную
потом.

— Нехорошо себя чувствую, — врет Женя, хотя
очень хочется сказать правду про разговоры о детях,
о том, как невыносимо это все. Сказать, что они вообще должны были вдвоем обедать. Но держит все
в себе привычно, и невысказанное преет внутри,
расслаивается на пряную тоску, спирт и лесной мед.

Амин хмурится больше.

— Тебя проводить? — спрашивает (явно без
особого желания), и Женя (не будет же она навязы-
ваться) отказывается. Идет домой пешком, по мосту
над железнодорожными путями, вдоль залива, об-
щаг, столовой, пробует мед и пряную тоску.

Закат лезет в квартиру, окрашивает стены теплой
сепией, как много лет назад бабушкину дачу изнутри. Под окном орут дети, ходят морячки с девушками, вновь проявляется структура, мир натянут на
нее, звенит все громче, и Женя закрывается в ванной.

Там она сидит, пока ее не отпускает.

В день своего рождения она возвращается домой пораньше, она готовит азу и токмач. Она старается: хочет сгладить недовольство Амина, скрасить его едой
и сексом. Она выбривает все места и красится в не-

ярком свете лампы в ванной. Проходится тряпкой по мебели, глядит в окно, на двор, гаражи, залив. Машины Амина нет.

Часов в семь приходит сообщение.

сегодня не приеду, извини

Амин не поясняет, что случилось, почему он вдруг обиделся, — наверняка из-за того, как рано Женя ушла из ресторана, и переписка замирает. Женя вновь пробует пряную тоску и мед, ловит оттенки.

В полдевятого ей пишет Владислав, тридцатипятилетний отоларинголог в разводе, предлагает сходить в кино. Женя соглашается, ей скучно.

В девять ей звонит Дианка, они болтают полчаса, вдогонку она присылает глупые гифки с котиками.

В десять поздравляет мама, пишет: папа передает привет, у нас все хорошо. Если у них все хорошо, то хорошо у Жени тоже, по умолчанию, поэтому вопросов ей не задают.

В одиннадцать Женя съедает азу, потом токмач, потом кусок торта, запивает все вином, потом два пальца в рот над унитазом.

Они познакомились в автобусе. Влад сам к ней подошел, обменялись телефонами. Он плечистый, с крупными, совсем не докторскими ладонями. Округлое, немного женское лицо и небольшой подбородок он скрадывает бородой. Он в целом симпатичен и взял

Женю измором: несколько месяцев писал нон-стоп. Постоянная, ни к чему не обязывающая переписка сожрала половину личного времени, но был в ней и плюс — она выбила Женю из глубокой колеи воспоминаний, по которой та шла который год: бабушка, дача, психушка, врачи, стыд-и-срам, тот-кто-понял-бы, дети, орущие под окном, кадеты с девушками под руку, снова бабушка и дача, стыд-и-срам.

Раньше от встреч с Владом Женя отказывалась, но сейчас ей нужен кто-то, кто будет ходить по квартире вместе с ней, мыться, завтракать и греть постель. Ей хочется побыть нормальной хоть немного. Сперва они гуляют по набережной, и Женя проклинает новые полуботинки на каблуке — красивые, но совсем не для прогулок, они натёрли ноги в первые пять минут. Влад тоже смущён семью сантиметрами шпилек, несколько раз предлагает поехать до кинотеатра на такси, но Женя отказывается, она не хочет прерывать прогулку, планировали же гулять. Разговор заходит о семье, Влад рассказывает о бывшей жене, как они делят детей, сколько алиментов она хочет, но хрен ей — он об этом писал много раз в сообщениях. Жене на это нечего сказать, она молчит, каждый шаг отзывается болью, и теперь становится понятно, каково было Русалочке из сказки.

На сеанс Влад берёт попкорн и колу, Женя — бутылку пива. Наверное, не надо было, после нее и сумрак в зале, и хруст попкорна, и спёртый, чуть наэлектризованный воздух напоминают о том-кто-понял-бы. И оттого Влад, сидящий в кресле слева, кажется еще неуместнее, неправильным совершенно, рука его по ощущениям не та, и запах от него не тот. Особенно это чувствуется, когда он целует Женю в губы.

— Тебе не понравился фильм? — он спрашивает после.

— Нет, все хорошо, — отвечает Женя тихо. Смотрит на залив и чаек, пытается отвлечь себя от рези в пятках, идти ровно. — Мне кажется, я все-таки натерла ноги.

Влад кивает, идет медленнее. Такси уже не предлагает, до Эгершельда едут на автобусе. Когда возле дома Влад целует ее снова, Женя чувствует запах из его рта сильнее. Изо рта, от шеи, от волос, запах туалетной воды, стирального порошка, автобуса. И ноющие ноги, хочется прилечь скорее.

К себе она его не приглашает.

А может, зря? В целом Влад неплох, похоже, надежный и ответственный. Может, жадноват немного, но она сама не молодеет. Как ей сказала гинеколог в поликлинике — вон сколько молодых на подходе, в тридцать ты уже старуха. За мужика нужно держаться.

Женя совсем не чувствует себя старухой. Однако мысли о старости и одиночестве сгущаются: о скромной пенсии и дешевом молоке в мягком пакете, которое она будет покупать, выстаивая очереди с такими же старухами, возвращаться в пустую квартиру, а после, когда она не сможет себе готовить, упадет, сломает шейку бедра и умрет от истощения, лежа на полу, глядя на диван или плиту, и ее найдут, когда в подъезде появится определенный запах, и все будут говорить: это странненькая баба Женя померла, которая, помните, одинокая, в молодости спала со своим братом и лежала в психушке в Москве.

Или же станет бродить по улицам в тапках на толстый носок, в мужском ободранном плаще, с отекшим коричневым лицом и перегаром, и люди в магазине будут расступаться, чтобы не стоять с ней рядом.

Но это вряд ли, вряд ли. Она пьет не так уж много, бокал-два, это же не водка, в самом деле.

Она влезает в растоптанные кеды, единственная обувь, которая не давит ей на пятки, спускается в круглосуточный. Поздно уже, людей нет, только скучает кассирша. Женя ставит бутылку «Шардоне» на ленту, рядом кладет овсянку, два огурца и помидор — еда на завтра. Она старается не покупать выпивку в одном и том же месте часто, не хочет, чтобы думали, что она бухает, что у нее с этим проблемы. У Жени нет проблем с алкоголем, разумеется.

Кассирша молча пробивает овсянку, овощи, вино. Глядит, как Жене кажется, с большим неодобрением. Женя показывает паспорт.

— Не надо, — говорит кассирша. — Я вас помню.

— ...Хорошего вам вечера! — кричит вслед, когда Женя, втянув голову в плечи, выходит в липкий влажный сумрак.

— Жень, Лика сегодня ушла пораньше. Подменишь ее? Нам надо чай в переговорную.

Самойлов, старший по продажам, склоняется к ней, смотрит внимательно. Жене вообще-то не до того, ей нужно доделать перевод договора и посмотреть инструкции к новым артикулам, что там переведено. Но однажды она сама предложила Лику подменить, ее потом благодарили очень и с тех пор обращаются по разным поводам. Отказать, когда смотрят так пристально, Женя не может и нехотя кивает. Она берет поднос с чайником и чашками («Шесть чая и три кофе, Жень», — кричит Самойлов вслед), идет через этаж на кухню. Наливает чай, кофе и осторожно, чтобы не разлить, — поднос тяжелый — частями таскает чашки в переговорную. Расставляет тоже осторожно, чтобы не расплескать из чашек на укрытые салфеткой блюдца и рафинад.

Когда она возвращается на место, мимо нее идет Амин, с ним Голощапова. Они здороваются с Женей и дальше продолжают о своем. Женя провожает их взглядом до дверей. Обедать вместе ее теперь зовут нечасто. Теперь Амин общается с Голощаповой сам. И даже когда Женя недавно встретилась с ней в чифаньке без Амина, все было по-другому, с неловкими паузами и отвлеченными темами разговора — о погоде, природе, истории Владивостока.

Обычная жизнь не для странненьких, говорит ей стыд-и-срам, не для тебя. Он берет ее за руку, ведет на Запретную Страницу того-кто-понял-бы, хотя это табу. Туда нельзя, Женя держалась два года. Но вот, здравствуйте, она уже «ВКонтакте», смотрит на знакомое лицо, и фото на аватаре то же, заходил двадцать девять минут назад.

Последний пост — детский утренник, девочка лет пяти, с бантами в волосах, каждый с воздушный шар размером, в голубом платье принцессы, стоит на фоне блестящей занавески. Она улыбается в пол-рта, смотрит как встревоженная птица. Ее зовут Аня, Женя это помнит, мама говорила. «У Ильи родилась дочка Анечка, привет тебе передают». И никакого привета, разумеется, никто не передавал, но маме очень важен внутрисемейный церемониал. И, согласно установленному порядку, Женя ответила: «Прекрасно, поздравляю их, им тоже передай привет».

Интересно, Аня любит Барби? Кокетничает, когда взрослые замечают ее платье, играет принцессу, потому что нравится или потому что дали такую роль? Любит сладкое, шоколад — «Баунти», например, как ее отец? Все дети любят сладкое, это Женя заметила, понаблюдав за ними. Она бы хотела с Аней познакомиться.

Чуть ниже на странице статья волгоградской газеты о суде жителей дома с управляющей компанией: многочисленные нарушения, протекающая крыша, что-то такое. Компании не удалось оспорить штраф, назначенный жилинспекцией.

Еще ниже реклама волгоградского стрелкового клуба: оружие в оружейной, фото на стенах, видео с турнира по стендовой стрельбе. Кубок победителю вручает сам тот-кто-понял-бы, он улыбается примерно так же, как и его дочь записью выше. Они похожи.

Когда Женя заходит на его страницу, абстрактный тот-кто-понял-бы превращается во вполне конкретного мужчину с семьей, работой, бытом, дачей, все как у людей. Между ним и Женей пропасть. Обидно, но она даже не может его за это ненавидеть, не способна произнести его настоящее имя, оно жжет язык, будит слишком много воспоминаний. Просто немного уменьшается сама, когда находит еще одно подтверждение, что вот, опять недотянула. Снова жалеет себя, ловит от этого запретный кайф. Снова плачется Дианке и презирает себя за это еще больше.

Перевод, который можно было закончить полчаса назад, стоит все на том же абзаце, а Женя думает, думает, представляет всякое. Она живет не здесь, а где-то там, в страшных догадках и фантазиях. В прошлом. Ей невыносимо хочется поговорить хоть с кем-то. Тут главное вовремя слезть. Какое-то время перетерпеть, не заглядывать, не думать, отвлекать себя работой, лучше физической, и Женя вернется в норму.

Анечка смотрит. У ее фото десять лайков, комментарий «Красавица!».

Женя берет сумку, идет в туалет. Запирается в кабинке, садится на унитаз, достает пол-литровую бутылку из-под минералки, в ней плещутся остатки шардоне. Женя делает глоток, смотрит в низкий потолок, на круглый вырез вытяжки. Кто-то заходит в туалет, цокает каблуками, хлопают двери других кабинок, шумит вода в унитазе, в раковине, воет сушка для рук. Кто-то чихает, голос Голощаповой, запах «Пуазона».

Женя молчит, делает еще глоток, закручивает крышку, зажевывает вино жвачкой. Она хотела выпить по дороге домой, но что страшного случится от двух глотков? Да ничего, никто и не поймет.

Ну о чем ты говоришь, она же страшная, заверяет Женю Амин вечером. Не так давно они возобновили переписку. *сейчас поржешь)*

Амин присылает скрин переписки с Голощаповой.

...я не думала, что тебя тоже интересует Япония... и что ты меня замечаешь)))0)

конечно! [пухлое сердечко] ты когда подошла ко мне на корпоративе, я сразу обратил на тебя внимание. вообще ты знаешь, что ты похожа на Монро?

[смайл-с-сердечками-вместо-глаз]

Спасибо) я все время переживаю что попа толстая, мне бы скинуть килограммов пять. глупо наверно, но мне кажется юбки слишком обтягивают

юбка, в которой ты была вчера, шикарно на тебе сидела! *[смайл-с-сердечками-вместо-глаз]*

На этом скрин обрывается, а Жене хочется забраться за край снимка, глянуть: что же они писали дальше? Писал ли Амин Голощаповой, что хочет взять ее в той юбке, как писал Жене? Спрашивала ли Голощапова, как именно он хочет: прямо на офисном столе или в подсобке, как отвечала Женя? Время отправки сообщений — два ночи.

Тут главное не показывать эмоций. Главное, чтобы Амин не чуял кровь, иначе разговоры о Голощаповой никогда не кончатся.

переживает что обтягивают, но все равно носит) вообще, ей правда похудеть бы, пишет он Жене. *ты гораздо лучше*

не говори так, отвечает Женя.

Пауза.

я не собираюсь ее трахать если что
весь день на тебя смотрел

От горла Жени, вниз по ребрам, изнутри спускается неприятный холодок, каплет в желудок ядовитой ледяной капелью. От этого подташнивает.

я спать, пишет она. *завтра рано вставать, нужно договор подготовить*

Амин присылает *[смайл-с-сердечками-вместо-глаз]*, Женя закрывает ватсап.

Открывает мысленный чат с тем-кто-понял-бы. Сегодня тот-кто-понял-бы в сети. Он пишет:

почему ты остаешься с ним? он ведь тебя добьет.

5

В Астрахани они останавливаются на левом берегу, в бело-голубом здании, напоминающем детский сад, а может, бывшем им когда-то. Через три этажа тянутся длинные, укрытые линолеумом коридоры; окнами в сад выходят номера: рыжеватые обои с рисунком в тон, благодаря которому не видно пятен, односпальные кровати, проложенные тумбочками, на каждой тумбочке пустой графин. Блестящие шторы, кондиционер, в углу комнаты стул, у входной двери напротив туалета притаился мини-холодильник. Однако расположение у гостиницы хорошее, недалеко от набережной, и стоимость за ночь не очень высока.

Илья отдергивает шторы и тюль, выпутывает из них окно, распахивает створки, впуская совсем летние плюс двадцать шесть. За окном покачивается густая дубовая крона, солнце просвечивает молодую зелень насквозь, будто растворяет. Птицы поют, так хорошо вокруг, но после руля спину ломит, и, чтобы как-то унять боль, Илья открывает коньяк, который взял по дороге. Хотя он давно не пил, последний раз на Новый год, наверное. Но двадцать четвертое мая, черный день.

Он делает глоток, другой, третий, облокачивается на подоконник. Солнце греет лицо, щекочет глаз. Он пролистывает ленту сообщений в телефоне — ничего интересного. Лайкает посты друзей «ВКонтакте», все подряд. Его записи тоже с лайками, большинство от людей, которых он никогда не видел, не общался с ними. Может быть, их вообще не существует. Взять хотя бы ту же Полину Как-ее-там, которой он забыл тогда ответить, вспомнил дня через три, и уже несолидно было что-то писать, он просто ее лайкает теперь.

— В ду́ше ржавая вода, ты представляешь? — кричит Маша из ванной. — И дверь не закрывается.

Она облокачивается рядом, высовывается в окно по пояс, осматривает дорожку снизу.

— Ну и гостиница, конечно... Наверняка пансионат раньше был. Выкупили, отремонтировали и сдают по номерам. Из чего угодно бизнес сделают.

Маша распускает пучок, освободив волну каштановых волос, затем скручивает их обратно. Оценивает коньяк, лицо Ильи, отворачивается. Коньяк она не одобряет, сама она не пьет, не курит, уважает ЗОЖ.

— Что случилось, чем недоволен?

Илья может сказать, что всем: отдыхом в Астрахани, собой, больной спиной. Что у Маши выражение лица не лучше. Но он решает промолчать, скандалить ведь себе дороже, виноватым окажется он сам. Коньяк пульсирует внутри, подогревает раздражение.

— Все в порядке.

Маша хмыкает, и в этом хмыке пятьсот оттенков недоверия.

— Ну конечно. А то я не вижу. Ты в зеркало глянь на себя.

— Просто устал.

— Все устали.

На этом пульсирующее прорывается наружу.

— Маш, ну я правда устал. Вы-то просто сидите, а я машину веду.

Маша выпрямляется, упирает кулак в бок — вызов принят.

— А я ребенка на заднем сиденье развлекаю. То кушать, то пописать, то ее тошнит. Мне, что ли, весело ехать?

На этом Илья может замолчать, обнять ее и помириться.

Но он не умолкает. Чертово двадцать четвертое мая.

— Анька спала всю дорогу.

— Не всю. И что ты ноешь-то постоянно? Как меня это нытье достало. Устал — иди поспи, не порть людям настроение.

— Я тебе мешаю, что ли?

Маша глядит на него со знакомым презрением, физически — снизу вверх, а фактически — сверху вниз, как смотрела мама каждый раз. Чего тебе,

Илья? Мама устала, иди с Дашей поиграй, согрей ей поесть, хорошо? И запах спирта тоже знаком, вот как сейчас пахнет изо рта Ильи.

— Ладно бы мешал, — отвечает Маша. — Тебя вообще не видно и не слышно. Я все решаю в доме постоянно, тебе как будто все равно.

Это правда. Илье и правда часто все равно, пусть делает что хочет.

— И денег не дождешься.

— У нас еще ипотека, если ты забыла.

— Ипотека сорок в месяц, это вообще ничто.

— Если тебе мало денег, выходи на работу. Анька в сад уже два года как ходит, спокойно можешь в салон вернуться.

— Ага-а-а, на работу. А ты мне тогда зачем сдался, если не можешь семью обеспечить? Кормить тебя...

Так они цепляются словами, поддевают друг другу кожу рыболовными крючками. Илья выпивает еще и вдруг ловит себя на том, что сжались кулаки, что уши заложило, как хочется ударить, потому что достучаться невозможно. Так сильно хочется, что он пугается себя, ведь он же не такой совсем, откуда это? Он торопится в ванную, запирается — замок все-таки работает, просто надо проворачивать сильнее, — сует голову в раковину, под ледяную воду.

Он все еще может выйти и обнять Машу. Но он стоит и смотрит на себя, заглядывает в покрасневшие глаза.

Когда он наконец выходит, Маша уже переодела Аню. Демонстративно не глядя на Илью, она сообщает, что они уходят погулять, а ты трезвей и отсыпайся.

Минут через двадцать уходит и Илья (ключи у Маши есть свои). Ноги несут его вдоль речки Кутум и ЛЭП, мимо палатки «Куры гриль» и стихийного многоголосного рынка на автостанции, выносят к Волге. Илья идет, долго-долго идет по прямой по набережной, оказывается на недоасфальтированной улице с деревянными домами, с испачканными белой краской заборами из профнастила, с грудами камней в проломах полуразрушенных домов; темнеет, фонарей тут нет, а потом Илья выходит к пустырю, за которым высится дорогой отель.

Илья идет дальше. Коньяк закончился.

Может, он псих? Может, он как Алик? Илья не хочет вспоминать, но и забыть не может, как чуть не замахнулся, не может отпустить это желание — ударить, чтобы замолчала и наконец ушла, чтобы оставила в покое.

Это гнилое что-то. Он сам — гниль, раз дошел до такого. Не мужик, нет. Мужик зарабатывает нормально, чтобы на все хватало. Мужик не бьет слабых, вообще даже не думает об этом. И не плачет, не плачет никогда, Илья украдкой вытирает лицо рукавом. Он не хотел стать вот таким. Он же старался. Ему вот-вот тридцатник стукнет, и что? Чего добился? Все однокурсники либо спились, либо уехали за границу, либо давно начальники отдела. А он кто? Инструктор по стрельбе? Сидит и ноет. Ведь все же хорошо, работа есть, жена-ребенок есть, чего вдруг не устраивает? Все так живут. Но сколько бы он ни старался, ему все мало, мало, все не то, он будто топчется на месте, и Маше тоже мало, и он вынужден тащить все это на себе, ныряет из одного дня в другой, такой же...

Он пробовал трахаться на стороне, завел девчонку. Она знала, что он женат, против ничего не имела, многого не просила. Пару раз Илья сводил ее в кино, подарил цветы, имел ее у нее же в квартире, на скрипучем диване, после они молча пили чай, и он уезжал. Все это было хоть и приятно, но бессмысленно, и Илья вскоре прекратил общение.

Маша все решает... Это он ей позволяет, потому что иначе невозможно, нет сил выяснять отношения по каждой мелочи, по каждой ерунде, Илья все время оправдывается, отшучивается, отстреливается из окопа. А с другой стороны, и правда, у друзей Ильи жены ведут себя совсем не так. Может, это он недомужик? Может, на нем и правда можно только ездить? И Маша тоже устает, он замечает тени под ее глазами, отсутствие прически — некогда укладывать, каблуки она давно сменила на кеды. Перестала обнимать его, перестала краситься, глядит как на прожорливую скотину.

В гостиницу он возвращается за полночь, когда черный день, двадцать четвертое мая, заканчивается. Маша уже спит, и слава богу, ни скандала, ни секса с ней Илье не хочется. Да и самой Маше, похоже, тоже секс уже не нужен, ей и без него нормально. Они как давние соседи по квартире, исполняют функции, следуют ненаписанной инструкции.

Илья закрывает глаза. Чувствуя, как медленно сгнивает заживо, он засыпает.

Илья ведет машину через поле. Выгоревшее небо растянулось над дорогой, пожирает горизонт, затекая за него. Туда же, за невидимый перевал, ныряют машины — одна, вторая, третья. Илья стремится к ним, тоже нырнуть в небытие, но оно его не принимает, убегает прочь.

По радио играет что-то про *«пучком, все пучком, там, где прямо не пролезем, мы пройдем бочком»*, но буйное веселье песни будто пролетает мимо, вытесняется мрачной тишиной в машине. Илья молчит. Маша молчит. Анька спит, запрокинув голову и приоткрыв рот.

Ты нам весь отдых портишь, так Маша сказала, отмучившись в Астрахани неделю. Скучно здесь. Когда Илья предлагал поехать на экскурсию или просто поколесить по окрестностям, она крутила пальцем у виска, поблизости ведь нет ничего, что стоило бы посмотреть, а ехать дальше — все устанут. Нет выхода, любой выход Маша закрывает и опечатывает. Нет выхода, нет счастья, никак не добыть его и не добиться ничего.

«Как дела? Да все пучком! Я встречаюсь с новым чувачком...»

Илья молчит. Маша молчит. Анька спит.

Илья выключает радио.

— Давай разведемся, — говорит он.

Маша долго смотрит на поля и придорожные столбы, будто их считает. Ковыряет заусенец. Илья ждет.

— Давай, — говорит она.

Маша переехала к маме стремительно, половина вещей и так была в Волжском. Илья хотел сам съехать, но Маша была категорична: ей надоел этот клоповник с текущей крышей, у нее от этой крыши скоро своя крыша потечет, честное слово. Она предлагает продать квартиру, погасив остаток ипотеки в счет сделки, а остальные деньги поделить. С Аней она разрешает видеться раз в неделю на выходных, а лучше через выходные, потому что в субботу и воскресенье она еще хочет отдыхать на маминой даче, что Ане делать у тебя в городе, когда есть сад, огород, деревня, свежий воздух. Все это она собирается прописать в мировом соглашении, еще соглашение по алиментам, Илья на все готов. Он просто хочет, чтобы все закончилось. Его как оглушили, он ничего не слышит и не чувствует, теперь он просто бродит по пустой тихой квартире от угла, где стояла дочкина кровать, к углу, где был стеллаж с игрушками. Мимо шкафа с тремя футболками на нижней полке, мимо пустого холодильника со скукоженной головкой чеснока на дверце.

Его будто ограбили. Он сам себя ограбил. Одна радость — спина перестала болеть.

А у него было что свое? Кто он сам по себе, без семьи, без того болота? Пустóты в его днях теперь заполнены сериалами, журналами, работой. Если учеников нет, он остается в клубе допоздна, отстреливая магазин за магазином на время, как раньше. И когда тело вспоминает, сознание сужается, из него выпадают прочие мысли и тревоги, остается только цель.

Он едет на пятнадцатом обратно, когда уже темно, на улицах никого. Многоэтажки в плитке, гаражи, памятник морякам-североморцам, Астраханский мост, все влажное после прошедшего ливня. У здания суда троллейбус подрезает гладкая новенькая «ауди». Водитель, судя по всему, считает, что это троллейбус его подрезал. Он обгоняет, оттормаживает, глушит двигатель, и, когда троллейбус послушно останавливается, водитель вылезает разбираться. Кто-то за задним сиденье приспускает окно, выталкивает в образовавшуюся щель бычок. Все пассажиры — Илья и еще двое — ждут окончания разборки (да ты понимаешь, ты понимаешь, блядь, кого подрезал, чмо?). Затем водитель «ауди» возвращается в машину и с ревом сворачивает куда-то вбок и в темноту.

Илья ждет. Смотрит, как дождь снова полосует стекло. Думает о сломанной машине — сказали, не готово, что-то еще отыскали, нужно дополнительно тыщ двадцать. Автоматически лайкает всех подряд в соцсети, думая, где эти двадцать тыщ достать.

Мобильный жужжит — мать звонит по ватсапу.

— Ты приедешь на свадьбу? — спрашивает она.

Конечно же, не Дашка приглашает, Дашка с ним давно не разговаривает. Илья, впрочем, тоже не горит желанием общаться с ней.

— Да, мам.

— Нужно будет дня на два раньше приехать, помочь нам.

Она не спрашивает, может ли Илья отпроситься, есть ли у него время, — по умолчанию он может все. Кара за прошлые грехи.

— Да, мам.

Илья едет дальше, мимо госпиталя, колледжа и рынка, выходит на своей остановке. Поднимается в гулкую от пустоты квартиру на последнем этаже, ложится в кровать.

Он смотрит на пятно на потолке. Оно снова набухло каплями, и на полу под ним влажно. Илья приносит из ванной тазик. В жилищную контору не звонит, они наверняка закрыты. Завтра, все завтра. Надо поменяться с Серегой, пусть подменит, пока Илья будет ждать мужика из управляющей компании. Пока будут писать акт о протечке — десятый? Двадцатый?

Он мог бы жить в другом месте. Он мог бы быть с другой. От несправедливости того, как все сложилось, хочется завыть, и Илья воет — сдавленно и в кулак.

Он думает о «глоке», который лежит в сейфе.

Он почему-то представляет, как заходит в офис жилищной компании. Сбивает грязь, которая налипла на ботинки, пока он шел по рытвинам и бездорожью, а дальше нужно лишь две серии по шесть секунд...

В дверь звонят. За дверью ждет Екатерина Павловна в махровом халате.

— Илья! — говорит она. — Крыша-то опять течет!

6

Женя не сразу понимает, на каком глубоком дне вдруг очутилась. Она ощущает это дно спиной, затылком и локтями, дно подступает снизу, когда в десятый раз в два ночи она проверяет страницу Ильи и сексапильной блондинки Полины Шумейко.

Все началось с того, что у того-кто-понял-бы сменился статус: с Запретной Страницы исчезла пометка «женат».

Что же произошло? Что бы это значило? Развод? Но почему?

Наверное, он нашел себе другую. Измена. Это же самая частая причина расставаний? Женя уверена, что да.

Поэтому в двенадцать ночи она решила вычислить, кого же Илья себе нашел. Она же наверняка у него в друзьях, лайкают друг друга постоянно.

В час ночи Женя ее обнаружила: Полина Шумейко, двадцать три года. Казалось бы, красивая пустышка, но нет — профессия нейробиолог, на странице сплошь научные статьи из *Scientific American*, училась в США, какое-то время жила в Швеции, фото оттуда прилагались. Господи, да как такие рождаются вообще? Как жить, когда существуют эти единороги?

Полина с марта месяца лайкает каждую запись Ильи, под фото дочери сегодня появился Полинин комментарий: сердце. Тот-кто-понял-бы тоже лайкает Полину регулярно.

И вот два ночи, Женя не спит, следит.

Вот он в сети.

Через три минуты в сеть выходит Полина Шумейко.

Полина Шумейко выходит из сети.

Тот-кто-понял-бы вышел из сети пять минут назад.

Вот он опять в сети.

Выходит Полина Шумейко.

Она выкладывает пост, стихи о любви.

Он первым лайкает их.

Уходит Полина Шумейко.

Тот-кто-понял-бы вышел из сети пять минут назад.

Он опять в сети.

Выходит Полина Шумейко.

Женя следит за ними, как судья на турнире в Уимблдоне, с беспомощной ненавистью отмечает каждую деталь. Будто ковыряет старую болячку. Она теряет землю под ногами. Она так сойдет с ума. Может быть, уже сошла, скатилась в обострение, ей не впервой.

Любовь — это бесконечный ужас. Можно убежать физически, но сердцем, мыслями не убежишь. Только если не зальешь все это коньяком.

Меня беспокоит твое состояние, сказала ей Елена Семеновна утром. Елена Семеновна, замдиректора, смотрела на Женю строго, как сова. Как классная руководительница в третьем классе. Расстроить ее было обидно.

Мне сказали, ты выпивала на работе, от тебя пахло алкоголем, сказала Елена Семеновна. У тебя что-то случилось?

С Женей случилась Женя, вот что. Она отделалась выговором, напоминанием, что распитие алкоголя на рабочем месте руководство не приветствует, и прочее, и прочее. Репутация у нее хорошая, работу сдает вовремя, это ее спасло. А стыд-и-срам ликовал и пировал, жрал по частям. Женя еле досидела до конца рабочего дня.

Вино закончилось, но есть коньяк. Женя бахает стопку — пьет его как водку, противный же и обжигает. Запивает соком. Мир подрагивает, структура отпускает. Женя закрывает ноутбук с чемпионатом, приваливается к окну.

Помигивают огни кораблей вдали. Они могут стоять на одном месте по нескольку дней, а после исчезнуть, куда-то уплыть — например, по вызову в порт на погрузку. Сегодня Женя недосчитывается двух.

Надо помыться.

Она идет в ванную, бросая одежду и белье под ноги. Включает свет, наполняет ванну и погружается в горячую зеленоватую воду по подбородок. Согревается. Глядит на запотевшее зеркало, на носик крана, над ним плитка с желтой трещиной наискось.

Ей представляется Илья, который подъезжает к дому прекрасной Полины Шумейко. Та спускается по лестнице в коротком летнем платье, открывающем длинные стройные ноги, какие Жене никогда не отрастить. Улыбается Илье своей ровнозубой улыбкой, целует пухлыми губами, и он так счастлив с ней, он от Полины без ума. Он везет ее в театр, например (есть ли в Волгограде театр?), и там они опять целуются в антракте, в нетерпении, когда же попадут домой и наконец займутся сексом. Полина рассказывает о строении мозга и прочем по своей специальности, и Илья в еще большем восхищении от ее ума.

Вода попадает в нос, стекает в горло, и, вздрогнув, Женя выпрямляется, кашляет. Почти уснула.

Зачем ты в этом варишься? — пишет ей по мысленному чату тот-кто-понял-бы. *Мы ведь давно расстались.*

На этот раз она не отвечает, на этот раз он не поймет. Его вообще здесь нет и рядом не было давно. Кто он такой, чтобы судить? Всего лишь фантом прошлого, засевший у Жени в голове.

Она встает, перебрасывает ногу через бортик, затем вторую. Какая-то из них скользит на мокрой плитке, и Женя падает лицом вперед, плашмя. Вспышка боли. Колени саднит, с руки капает кровь — кожа рассечена от локтя до запястья. Голова немного кружится, когда Женя поднимается, опирается на раковину, смотрит на себя. Лицо вроде цело, зубы целы.

Женя ревет, больше от обиды. Оконные стекла на кухне тонко дребезжат в ответ, ветер бьет по ним, он ждет снаружи. Хочется одеться, взять остатки коньяка и спуститься к маяку, а потом обратно, просто идти и идти, пока несут ноги.

Она находит бинт, садится на унитаз и заматывает руку. Почему-то вспоминает про Амина, который тоже бросил, но не до конца, кишка тонка взять и разорвать все раз и навсегда, не оставлять себе возможности приезжать и трахаться иногда.

И там, на унитазе, Жене в голову приходит отличная идея с привкусом мерло и коньяка.

— Нам надо поговорить, — шепчет она Голощаповой с утра.

Голощапова чуть морщится — наверное, от Жени тащит перегаром, но Жене плевать на это, ее страх и сердце на дне стакана, на конце иглы, игла в яйце, яйцо в утке, утка в зайце, а заяц убежал. К тому же она еще не протрезвела.

— Я не могу сейчас, — мямлит Голощапова, но Женю не остановить.

— Я быстро. Просто хочу предупредить. Смотри, что мне Амин прислал недавно.

Женя показывает переписку, всё-всё, все скрины переписок, которые Амин ей высылал, всё то, что он писал ей о других, о многих, и Голощапова меняется в лице. Шок сменяется болью, и эта перемена почему-то приятна.

— Ты будь осторожна. Видишь, он рассылает вашу переписку. Что, если по офису разлетится, что, если все узнают...

Тут Женя выразительно поднимает брови: мол, сама понимаешь, что будет, да? С коллегой, вот это всё. Возлагает Голощапову на алтарь стыда-и-срама, и темный бог радостно принимает эту жертву, сжирает с потрохами. Глаза Голощаповой наливаются слезами, наконец граница пройдена, истерика таки случится.

— Я не хотела... — выдыхает она. — Я же не знала...

Она срывается на слезы, под взглядами коллег Женя ведет ее в туалет, подает салфетки, выслушивает то, что не было предназначено для ее ушей, гладит по содрогающейся спине, по теплым острым лопаткам. Она-то знает, как это страшно, что все узнают (вы знали, что Женя лежала в психушке? да вы что, да что вы говорите). Потом Голощапова отпрашивается домой по каким-то там причинам, а Женя возвращается на место. К ней подходят, осторожно спрашивают, что же случилось, но Женя загадочно и скорбно молчит. Она не скажет, нет, не имеет права, там личное, вы понимаете... И подошедшие кивают, они все понимают, сочувствуют Голощаповой. Амина на работе нет, жаль. А может, он ничего и не заметил бы. Разве только в обед, когда вдруг обнаружилось бы, что Голощаповой на месте нет.

Насытившийся стыд-и-срам возвращается, став сильнее, чем обычно. Женя вдруг понимает, что наделала. Ей же приятно от чужой боли, от розовых осколков в чужих глазах. Как она скатилась до такого? Когда успела в это превратиться? И в том, что Женя — дура, вины Голощаповой нет.

Злая радость тут же иссякает, оставив сумрачную пустоту похмелья. Женя доделывает перевод, правит договор, заказывает такси директору — Лика вновь взяла отгул, а кто, если не переводчица, ее заменит? Колени болят, царапина под рукавом болит, горло болит сильнее, и Женя во время обеденного перерыва бежит в аптеку, берет таблетки для рассасывания, пьет теплый чай.

Уже дома она набирает маму — у них в Москве день только начался.

— Скажи тете Миле, что я поеду, — говорит.

— Ты уверена? Женечка, ты точно уверена, что надо?

— Да, мам. — Женя проверяет, уже на автомате: Голощапова была в сети пять минут назад, на ее стене свежий пост — песня о разбитом сердце. Было бы из-за кого разбивать. — Я уверена.

— У нас Эльвира Анатольевна будет ночевать, — с некоторой опаской заявляет мама.

Женя смотрит в окно, на детскую площадку. На качелях раскачивается кто-то — непонятно, мальчик или девочка, виден только спортивный костюмчик серого цвета, голову закрывает листва.

Сколько сейчас было бы ее ребенку? Восемь? Семь? Пошел бы в первый класс. Женя уже бы покупала канцелярские товары, форму, обувь, на Первое сентября взяли бы гладиолусы — она сама приходила с такими. Вместе подписали бы тетрадки и выданные учебники.

— Ничего, я в гостинице остановлюсь, — отвечает она. Выслушивает многократные «зачем», «дорого же», «билеты тоже дорогие», но настоящая причина так и повисает в воздухе невысказанной. Мама не в силах ее произнести, за что Женя ей благодарна.

Она долго стоит у окна, не включая свет. Кухня обнимает ее за плечи стенами, молчит, потому что некому нарушить тишину, а Женя делать этого не хочет. Она слишком часто говорила с пустотой.

Она погружает взгляд в соленую ночную гущу, тянется к пузатым теням контейнеровозов, похожим на тени больших животных. Мысленно пишет тому-кто-понял-бы.

ты знаешь, что дальневосточные ночи густые, как кисель?

Тот-кто-понял-бы не отвечает, мысленный мессенджер не ловит сеть, и Женя отправляет то же самое Амину в ватсапе. После добавляет.

взяла билеты в Мск. все-таки поеду

я бы хотел с тобой, отвечает Амин. *я бы с тобой там станцевал.*

еще простыла, добавляет Женя. *горло болит.*

Пауза.

хочу увидеть, как ты поймаешь букет, пишет ей Амин.

я тебя приглашала, напоминает Женя, впрочем, зная ответ.

нет, я не могу поехать, ты знаешь почему.

Родственникам Жени плевать, с кем она явится на свадьбу, Амин боится зря. Может возникнуть нестойкий интерес к тому, кто же соблазнился странненькой Женей, но он быстро выветрится, как запах дешевой туалетной воды.

В любом случае спорить смысла нет. Осознав это, Женя чувствует облегчение.

Наверное, ей хватит.

Она открывает мысленный нескончаемый чат и пишет тому-кто-понял-бы — тоже мысленно.

знаешь, хорошо, что он не поедет на свадьбу. он всю поездку бы испортил

Потом добавляет.

хорошо, если ты тоже не поедешь.

И жмет «Отправить».

— Да, мама!

Что мама говорит, не разобрать, слышны лишь отдельные звуки, пунктир в музыке, громыхающей в такси. Вообще, Женя не против электронщины, Женя всеядна, но сейчас из-за электронной долбежки не слышно даже мыслей.

— Мама, я тебя не слышу, подожди! — говорит она, накрыв трубку ладонью, и кричит водителю: — Простите! Вы не могли бы сделать потише?

Водитель не слышит, он смотрит на дорогу, пришлепывает ладонью по рулю.

— Простите!

Нет, не слышит. Женя трогает его плечо и вжимается в сиденье, когда водитель от неожиданности вздрагивает. Машина виляет.

— А, чтоб тебя! Ты что меня пугаешь? Въебемся же!

— Сделайте потише музыку, пожалуйста!

— Что?!

— Потише! Музыку!

— Блядь, и ради этого пугать... — Он делает музыку чуть тише. — Думать надо, ясно тебе?

— Простите, — отвечает Женя и прикладывает мобильник к уху. Просить сделать еще тише Женя не решается. Вроде бы слышно и так, просто надо заткнуть одно ухо.

— Завтра в двенадцать у загса, помнишь? — говорит во второе ухо мама. — И смотри, у нас дожди зарядили, возьми с собой зонтик.

— Мам, я уже в такси, в аэропорт еду.

— А где ты будешь жить?

Женя называет гостиницу недалеко от Измайловского парка и закрытого Черкизовского рынка.

— Не знаю такой. Она точно хорошая?

— Наверное.

— В том районе рынки одни. — Это уже папа. — Надо было отзывы читать, перед тем как бронировать.

— Я почитала, — отвечает Женя.

— Да что ты почитала там... — И Женя ясно представляет, как папа машет рукой. — На сайтах у них всегда отзывы хорошие, сами себе строчат.

— Я почитала на другом сайте, где настоящие люди оставляют отзывы, пап. Там хорошая гостиница, мне кажется.

— Кажется ей, — хмыкает папа, но возразить больше нечего.

В аэропорту хочется открыть «ВКонтакте» и снова подглядеть за ним, за ними. Собирается ли тот-кто-понял-бы на свадьбу? Берет ли с собой Полину? Телефон жжет пальцы. Женя не выдерживает после досмотра, уже у выхода на посадку. Руки сами набирают код разблокировки, ищут Запретную Страницу. Но у того-кто-понял-бы и у Полины все по-прежнему.

Владислав не объявился — пропал с радаров еще после кино. Женя этим не расстроена, ей просто скучно.

Амин будто чует ее скуку, сообщает, что только что видел возле ГУМа похожую на Женю девушку. Какая-то детская часть ворочается внутри, отзывается, смутно радуется розовому дыму.

Не пиши мне больше, хорошо? — отправляет Женя, переводит телефон в авиарежим, и автобус везет ее через поле к месту 13К, тому, что у иллюминатора. Снова вспоминаются обломки на поле в Ростовской области, смятые машины у «Рижской», красные вагоны на станции «Лубянка» — вывернутые двери, горелое раздутое нутро, Женя следит за каждым подобным случаем, ищет подробности в сети, слышит гудение структуры, но далеко.

Она держит наготове бумажный пакет, и соседка на него косится — никому не хочется, чтобы рядом с ним блевали. Но когда самолет взлетает, Женю все-таки тошнит. Соседка торопливо выкручивает вентилятор на полную и вызывает стюардессу.

В загс Женя опаздывает — формально потому, что сперва забежала в гости к Дианке с Колей, и тех трех часов, проведенных с кофе и в разговорах, было катастрофически мало. После Женя долго думала, что подарить, и обошла половину магазинов в центре, потом просто купила конверт для купюр. Очень было страшно, что она выйдет из такси, и тут все как обернутся, посмотрят на нее *вот так*, не поздороваются даже. И выйдет из толпы Илья под руку с нейробиологом Полиной Шумейко и тоже посмотрит на нее *вот так*, как на долбанутую. Или начнут смеяться, все. А тетя Мила подлетит, ударит, крикнет «извращенка!» на весь зал, и гости встанут полукругом и будут смотреть на это молча, соглашаться с каждой пощечиной, потому что заслужила, извращенка.

Но на самом деле выходит проще: никто Жениного появления даже не замечает. Только мама с папой обнимают и целуют в лоб. Даша — потрясающе красивая, в белом платье — сдержанно принимает поздравления. За ее руку цепляется бледный мальчик с узким мышиным личиком, наверное, тот самый Глеб. Даша все время сбрасывает его пальцы с предплечья, будто боится, что они испачкают кружевной рукав, продолжает принимать поздравления, следит за женихом.

Жених у нее капитан полиции. Крепко сбитый, с квадратной крепкой челюстью, не очень высокий, похожий на стаффордшира и сам по себе такой же резкий. Он много шутит (в основном про глупых баб), громко смеется, подливает шампанское тете Миле, сам пьет водку.

Ильи не видно.

Потом мама начинает водить Женю в собравшейся толпе гостей кругами, представляя некоторым родственникам. Родственники узнают Женю не сразу, очень удивляются. Ты отощала, качают головами. Хотя она в нормальном весе, все в порядке с ней. Лет семь назад для них она была «крепенькой», сбросить бы пару кило, и вообще будет класс.

Потом они едут к Москве-реке, к причалам, грузятся на теплоход. Женя тонет каблуками в красном ворсе ковролина в банкетном зале. Садится подальше, в угол. Рядом колышется гроздь золотых шаров, закрывает ее от бо́льшей части зала, что в общем-то неплохо.

— Исхудала совсем. Щеки ввалились, — замечает Эльвира Анатольевна, мамина дальняя родственница из Тамбова.

Эльвире Анатольевне под шестьдесят, она работала бухгалтером на производстве, недавно вышла на пенсию. Ее замучили совсем, и на работе, и дома дел невпроворот, то ЖЭК, то счетчики установи, здоровье тоже швах, пошла к терапевту, а ты попробуй высиди у терапевта, попади к нему, туда теперь надо электронно записываться, а как я электронно, у меня компьютера дома нет, я в этом и не понимаю ничего, не думают совсем о пожилых. Обо всем этом Эльвира Анатольевна рассказывает Жене в первые полчаса, ровно до жюльена в крохотной кастрюльке, на который она прерывается. Пожилой Эльвиру Анатольевну совсем не назовешь: она бодра, резка, речь ее быстра и громка, и кудельки волос сиреневого цвета тоже упруги и бодры. По сравнению с ней

Женя — серая немощь. Она тоже ест, хоть и не хочет, — ковыряет в сливочном соусе вилкой, вылавливает грибы.

— А ты же из Владивостока прилетела?

— Да. — Женя выискивает взглядом знакомый коротко стриженный затылок. Но его пока нет. Может, еще не приехал или — Женя надеется и одновременно горюет — не приедет совсем, остался в Волгограде.

— Далеко. Чё, поближе работу не нашла?

— Мне нравится там. Город красивый, море, я на берегу живу и...

— Передай хлебушка. Ага, белого, да... А я никогда не была во Владивостоке. Сын гонял туда, когда в институте учился. Ты представляешь? Уехал, не звонит, я вся на нервах, куда пропал, думаю. Эти дети... — Эльвира Анатольевна запивает жюльен вином. — У тебя-то появились?

Женя качает головой, тоже берет бокал с вином. Один. Главное, не опьянеть, а то разговоров не оберешься.

Начинается музыка, топот-танцы на импровизированном танцполе в круге столов, но Жене плясать не хочется. От пары глотков, джетлага и усталости она отяжелела, вросла в стул. Надо бы поесть, но на ночь — калории, вот это все.

— А жених есть? Смотри, молодых девок вон сколько. Ты-то сама не молодеешь, тут ждать нечего. У подруги моей дочка, тридцать пять лет, тоже бухгалтером работает, как я, так вот, дочка эта до сих пор одна и говорит: я замуж не хочу, куда мне торопиться, надо для себя пожить.

Снова заходит разговор о вечном: детях и женихах. Женихи должны быть, но и карьеру девушке тоже бы надо, иначе вдруг жених — козел, оставит ее одну с ребенком, надо уметь всех прокормить самой. Но мужа, конечно, надо при себе держать, а как держать, да все ж понятно: сексом хорошим, пирогами, дома чтоб чисто было, улыбчивой надо быть, с хорошим настроением, потому что твое плохое настроение, Женя, никому не нужно, поняла? И Женя должна работать, потому что мир вокруг слишком ненадежен и положиться можно только на себя. Она должна стать матерью, женой, хорошей дочерью, любовницей. Но у Жени нет времени и сил даже на то, чтобы найти друзей.

Она сидит и думает: кем же она должна стать, чтобы удовлетворить всем запросам? Чтобы не было вопросов у Эльвиры Анатольевны, бабы Маши, Михаил Петровича, вот того электрика, который тоже скажет, что «тебе уже сколько? замуж пора!». Из какой стали она должна быть сделана и каким бензином заправляться, потому что живой человек никак не может все успеть.

Женщина должна хотеть семью, да что там, Женя тоже хочет... Или же хочет, потому что должна и не может? *Нужно*, чтобы кто-то в старости принес стакан воды, так говорят. *Нужно*, чтобы кто-то (снова этот кто-то, кто он?) согревал холодными ночами.

— А подруге моей, ей внуков хочется уже, одно расстройство, говорит... — Эльвира Анатольевна накладывает курицу. — Так вот, я ей говорю, от моих вообще не дождешься, чтобы приехали. Троих родила, воспитала, жопы им вытирала, жизнь положила, а в итоге-то что?.. Вот что в итоге? Помощи не дождешься.

Телефон жужжит в кармане, кто-то звонит. Хочется встать, уйти, не слушать вот это про детей, сколько же можно...

— Один женился, второй в Германию уехал, в Мюнхене живет, дочка в Санкт-Петербурге, хоть бы раз приехала, недалеко ведь. Ладно парни, но дочка-то помочь могла бы, верно?

Женя доливает себе вина, хоть и не собиралась. Выпивает большими глотками.

— Никого из них не вижу, не дети, а сволочи.

Этим Женя не удивлена. Она сама уже готова уйти, чтобы не видеть Эльвиру Анатольевну как можно дольше.

— Зачем только рожала! Стакан воды не принесут, Жень, понимаешь, помирать буду, не почешутся. Вот ты молодец все-таки. Хорошо, что у тебя детей нет. Ну их, не рожай...

— Ой, Эльвира Анатольевна, идите на хер!

Женя выбирается из тесного пространства между стулом и столом, путаясь в длинной юбке, едва не сбив официанта с подносом. «Потому у тебя мужика и нет», — слышит вслед, но не отвечает, быстро пробирается через танцующих в туалет. Затолкав себя в кабинку, сует два пальца в рот и извергается в унитаз. Затем ревет, согнувшись и роняя слюни. Успокоившись, она полощет рот, смывает потеки туши с покрасневших глаз, проверяет телефон — два пропущенных от Амина.

Она думает ровно минуту. Потом нажимает вызов. Сейчас ей хочется услышать хоть кого-то.

— Ну что, обезьянка моя, уже надралась? — спрашивает Амин. Бодрость в его голосе чувствуется даже за шесть тысяч километров.

— Я не обезьянка, — отвечает Женя. — И я не пила.

А даже если и пила, то что?

В банкетном зале бахает Сердючка, за дверью туалета кто-то подпевает, ждет, когда же Женя вылезет.

— Я же просила оставить меня в покое.

— Ты просила не писать, а я звоню. И — ты сама перезвонила! Как долетела?

Женя вкратце рассказывает Амину о свадьбе, о том, как пляшет дядя Витя, о конкурсах, родне жениха, о том, что поймала свадебный букет, — точнее, тот на нее свалился, когда Женя пробиралась к своему месту за столом.

— Ну все понятно, — отвечает Амин уже не так бодро. Похоже, он заскучал. — Да, там я был бы лишним.

Женя слишком истощена, чтобы его переубеждать. Ну сколько можно, она сама же предлагала ехать с ней.

— Да, наверное.

На том конце молчание. За дверью туалета голоса — ждут уже двое.

— Я не расслышал, у вас там громко очень, — говорит Амин.

— Мне пора, — отвечает Женя и нажимает «Закончить звонок». Прикрывает волосами обезьяньи уши. Засовывает в рот пластинку мятной жвачки, всегда носит с собой.

На корме нет никого, только курит какой-то мужик в синей, как у охранника, рубашке. Москва-река лижет черным глянцем бетонный скат набережной, фонари горят цепочкой, теплоход урчит, выбрасывает из-под себя белую пену. Вровень с теплоходом кто-то бежит, будто опоздал на свадьбу.

Ветер прохладный, и Жене вроде должно быть зябко, но ей почему-то невыносимо жарко, и сердце колотится, как после сильного испуга. Знакомое опустошение, словно ее оглушили. Нужно это прекращать. Нужно не брать трубку, закончить раз и навсегда...

Мысль Женина блуждает в винном сумраке.

Она видит себя на карьерных высотах, не очень больших, но достаточных, чтобы не беспокоиться о будущем. Она сидит в отремонтированной квартире, может, с видом на море, в тишине и пустоте, одна. И ей не нравится такой вариант грядущего. Если бы только Женя могла спросить у себя шестидесятилетней: как правильно? Как там у тебя сейчас, нормально все?

Она вдруг снова чувствует структуру, ее напряженный остов. Струна касается ноги, и Женя оборачивается. У лестницы стоит Илья и смотрит виновато. Он почти не изменился, может, чуть зарос и вымахал в плечах еще — хотя куда уж больше.

Он говорит:
— Привет.

7

2013
ИЮЛЬ

Дашкин жених Илье не нравится.

«Саня», как он представился. Резкий и борзый, громкий, прущий напролом, с единственным правильным мнением на все. На соревнованиях такие очень быстро начинали мазать, и чем больше мазали, тем сильнее злились, из-за чего в итоге набирали меньше всего баллов. При нем Дашка немного притухает, будто старается слиться с обстановкой. Эту перемену Дашиного голоса и вида Илья заметил еще дома, в Люберцах. Стоит Сане зайти на кухню, как Даша умолкает.

«Это любовь», — сказала мать. Потом вспомнила про Женю, не удержалась: «Психопатку-то нашу видел уже?»

Илья и без того был как спортивный чешский «шэдоу» на последних выстрелах в обойме — чуть тронешь спусковой крючок, тут же пальнет. Он и пальнул. Психанул, собрал вещи, съехал в гостиницу неподалеку. Сказал, на теплоход приедет, а в загс вряд ли попадет. Мать не особо расстроилась, махнула рукой, что так и знала, помощи от Ильи никакой. Дашке было не до того. Она разогревала ужин Саше, созванивалась с подругами насчет машин и шариков, уточняла меню ресторана на теплоходе, гавкала на сына, чтобы не путался под ногами.

Истории этого Саши Илье тоже оказались не по вкусу.

— Я ему его арбузы разъебашил просто, чтоб думал в следующий раз. Хачапури оборзели вконец... — Он легонько толкает Илью в плечо. — Ты слыхал, что у нас было на Матвеевском? Знакомому моего другана башку пробили. Теперь их ларьки шмонаем...

Илье вспоминается «Норд-Ост», мякоть хурмы, хач, выбитые зубы, «ребята, хватит». Приезжие его тоже бесят, а с другой стороны — он будто мажется дерьмом, слушая Сашкино хвастовство.

— Теперь-то они там не такие борзые. Говорят, рынки вообще снесут скоро все по Москве. Ну и класс.

Саня смеется, затягивается. Молоденький официант снова пробирается к их столу, повторяет, что курить только на палубе, в зале нельзя.

— Ой, да уймись ты... — морщится Саня, тушит сигарету в салатнице, втыкает в помидорину. — Были помоложе, херню пороли, канеш. Там, по клубешникам ходили, прикалывались над быдлом. Клали мордой в пол. Один раз чья-то телка вскинулась, давай орать, типа, чё ее парня обыскивают, по какому праву. Я ей говорю: да мы права найдем, ты успокойся. Но бабы, они ж как заведутся, не слышат ни хера...

— Саш, хватит, — говорит Дашка не своим, каким-то глухим обесцвеченным голосом. Саша косится на нее, хлопает еще стопку.

— Да ладно, нормально все тогда было, — говорит. — Не начинай. Илюха ж понимает всё, что баб надо воспитывать. Да, Илюх?

Илья не кивает. Ему давно надоели и пьяное хвастовство, и пьяные танцы совсем рядом, чей-то зад в леопардовой юбке мелькает прямо у стола, грозя свернуть тарелки. Музыка бахает — Сердючка, неизменный спутник свадеб, дней рождений и поминок.

— Где туалет здесь? — спрашивает.

С одной стороны, он этого Сашу на пушечный выстрел к Дашке не подпустил бы. С другой стороны — ну а вот если она любит? Имеет ли он право лезть в ее жизнь, которая давно уже свернула от жизни Ильи куда-то в сторону, ушла на дальнюю дистанцию?

Илья обходит зал, выискивает взглядом волну каштановых волос, тот самый взгляд немного исподлобья, скуластое лицо, но Жени нет, только тетя Света смотрит на Илью слегка испуганно и, не поздоровавшись, проходит мимо. Он сам не знает, чего ему от Жени надо, столько лет прошло. А перестать искать не может, стрелка компаса внутри него качается, тащит дальше, вдоль расставленных буквой «П» столов.

У связки золотых шаров его ловит за руку мужик лет пятидесяти, чем-то отдаленно напоминающий жениха, но высохший, как долька яблока на противне. Он сует Илье в руку стопку — уважаешь или не уважаешь? — хлопает первым. Илья хлопает следом — а-а-а, уважаешь, молодец, теперь надо за тех, кто не с нами, понял?

Илья выворачивается из его цепкой хватки, ныряет за воздушные шары. Там поблескивает глазками Эльвира Анатольевна, обсасывает куриную косточку, кладет ее на кем-то оставленную тарелку на соседнем месте. В ту же тарелку бросает скомканную салфетку, которой вытерла пальцы, пытается усадить Илью, хочет рассказать о детках, но Илья врет про то, что его позвали, срочно надо, Даша ждет, и вырывается из душной полутьмы в полутьму холодную, на палубе.

И вот — волна каштановых волос, тот самый взгляд немного исподлобья. Женя стоит на корме, набросив куртку на голубое платье с узкой блестящей юбкой, похожей на рыбий хвост, глядит на Лужники, которые проплывают мимо. Илья даже сначала думает: не она, но Женя оборачивается и смотрит на него, как много лет назад. Так, словно видит настоящее под постаревшей оболочкой.

— Привет, — говорит Илья.
— Привет, — отвечает Женя.

На его свадьбе Женя много танцевала. Илья сравнивал ее и Машу в белом шелке и не понимал, как люди, внешне так похожие, могут настолько различаться внутренне: на фоне резкой холодноватой Маши Женя казалась совсем потерянной и уязвимой. Это отравило праздник совершенно.

Впрочем, Жене праздник тоже не был в радость. Илья с ужасом смотрел, сколько она пила. Она вливала в себя вино, потом коньяк, потом Машкин друг, хитренький бритый тип, плеснул ей водки. Илья выцепил его по дороге в туалет, разъяснил, чего не надо делать, но поздно — Женю повело совсем. В итоге Илья не заметил, когда она ушла и с кем.

Женя и сейчас посматривает на вино. Илья находит ее руку под столом, чуть сжимает узкую ладонь, и Женя вспыхивает, розовеют кончики ушей. Но руки не убирает. Дашка глядит на них с неодобрением с другого конца стола. Мать, пробегая мимо, приподнимает бровь. Остальным плевать, и это успокаивает. По факту-то всем все равно. Как жаль, что он слишком поздно это понял.

Пока еще не наступило десять вечера, Илья выходит на палубу, туда, где потише, и набирает Аньке. Обычно Маша укладывает ее не раньше десяти, но тут она сбрасывает звонок и пишет: *мы спим уже, звонить надо вовремя*. И наползает непереносимое чувство вины, хотя Илья не виноват, конечно, откуда же он мог знать, что они легли. И не отпускает ощущение, что Маша мстит ему по мелочи. Так хочется сейчас услышать Анькины «гуля-а-али», «рисова-а-али» и «игра-али», ее звонкий неуверенный голос. Кто бы мог подумать, что вечерами этого будет так не хватать.

Следом на палубу выходит Женя, и Илья к ней тянется — то ли от одиночества и желания тепла, то ли на самом деле он скучал, но в этот момент он будто встраивается в паз, встает на предназначенное место. Из ресторана доносится медляк, тамада завывает «обмани-и-и, но останься-а-а», и Женя прижимается к Илье, прячет лицо в ямку между его плечом и шеей, руки прячет под пиджаком. Илья чувствует холод ее пальцев через рубашку.

Они с Женей покачиваются в такт музыке, и теплоход качается на мелких волнах.

8

2013
ИЮЛЬ

Даша всегда говорила, что не выйдет замуж, подозревая, что такого, как отец, — такого, кто будет называть ее принцессой и обращаться соответствующе, — она вряд ли найдет. Но с Сашкой их как притянуло, так и всё, попали. Он для нее главный мужик, других не надо. Хоть и дурак и бесит ужасно. Любит же. Говорит, что любит, особенно когда напьется, всем рассказывает. И она без него не может, их будто скрепили тугой резинкой — чем сильнее оттолкнешься, тем сильнее прилепишься обратно.

В июне на свой день рождения Саня устроил праздник. Сидели компанией в кафешке, отмечали, все нормально было. Но Сане по синьке показалось, что кто-то у него часы украл (они потом нашлись дома под зеркалом, он их не надевал вообще). Вышел куда-то без пояснений, от Дашки отмахнулся. Вернулся минут через пятнадцать с «сайгой», положил ее на стол, спросил: кто спиздил часы? Все притихли: что тут ответишь-то? Никто же его часов не видел. Он начал всех по очереди обыскивать, заставил выкладывать все из карманов на стол.

Даше тогда подруга шепнула: успокой, типа. А как тут успокоишь, он мало того что пьяный и злой, так еще с ружьем. Застрелит и потом, конечно, протрезвеет, будет каяться, но поздно же. Даша молчала, наблюдала обыск. Как-то отвлекла, заговорила зубы, вышла с Саней покурить (друзья тем временем спрятали «сайгу»). И была даже смутная гордость, что она единственная знает, как с Сашкой обращаться, настоящий сапер.

Сегодня разминирование надоело.

Он начал пить с утра. Конкурсы в подъезде сначала ему нравились, он хохотал внизу — Дашка слышала, — затем, видимо, вопросы о невесте и прочие приколы ему наскучили. Донесся крик: «Да нахрен!.. Зая, выходи, я покурю на улице». Мать засобиралась. Тетя Света с дядей Юрой хотели спуститься, с Саней поговорить: гости же ждут выкупа, фотограф ждет, ждет туфля, которую надо своровать — но Дашка их остановила. Собралась, спустилась.

В загсе вроде все прошло нормально, расписались, поцеловались, мама порыдала, в лимузине Саня еще накидался. Пока их фотографировали на Воробьевых горах, все время рожи корчил, кому-то махал, смотрел не туда, ни одного нормального снимка. Сели на кораблик, отчалили, тамада запел первую песню, кон-

курсы пошли, а Саня уже куда-то делся. Даша обозли-
лась, не пила — ей даже этого не хотелось. Ну неужели на собственной свадьбе — один день — нельзя
без приколов обойтись? Что началось-то снова?

Саня вернулся, начал плести Илье про кавказцев
с рынка, которых они разгоняли. Все разошлись тут
же — кому надо эту хрень слушать, — и Саня заметил, что Даша не пьет. «Чего, зай? Облиться боишь-
ся, что ли?» — заржал, отыскал бокал с красным на
столе, плеснул Дашке на платье, остаток сунул в руку.
«Все, теперь не страшно! Можешь бухать», — и сва-
лил опять куда-то.

Сволочь.

Пятно на юбке спереди, а Даша хотела платье
продать. Застирывать нет смысла, и она сидит, смотрит на бешеные танцы на танцполе. Народ отпля-
сывает кто во что горазд, мужики скинули пиджаки,
тетки вязнут каблуками в ковролине. Мама танцует
в центре, как всегда. Мрачный дядя Юра стоит у выхода из зала.

— Хочешь еще курочки? — Даша спрашивает
у Глеба, который сидит рядом. Глеб мотает головой. — А салатик?

Опять мотает головой. Тощий как незнамо что,
поесть нормально не заставишь.

Даша хлопает водки. Теперь-то она пьет, что еще
делать. Голову уже немного кружит, и Даша нащупывает взглядом Илью с Женей, цепляется за них, при-
останавливая круговерть. Илья склоняется к Жени-

ному уху, что-то говорит ей, и Женя смеется, касается его плечом. Они вновь образовывают цельную неразрывную систему, выталкивают остальных за ее пределы, не подойти, не вклиниться. Зачем он ей? Зачем он Жене, этот идиот, предатель, который струсил, бросил, не отговорил от аборта, женился на другой и — какой садизм — пригласил на свою свадьбу. Даше все так же хочется обнять ее. И попросить прощения, но поздно.

Горечь разъедает нутро, так тошно вдруг становится. Даша наливает водки, прижигает себя изнутри. Карусель разгоняется, теплоход кружится, и Даша дышит глубоко, ждет, когда отпустит.

9

На дачных болотистых сотках росло семь старых яблонь, и все они раз в два года плодоносили совершенно одинаковой кислятиной. Теперь яблонь пять: три упали, четыре обросли мхом и белым налетом парши, одна молодая вытянулась в шаге от дуба, тонкие ветви прогнулись до земли под тяжестью крупных яблок, желтоватых, как вода с медом.

Женя срывает одно, кусает, заранее готовая сморщиться, плюнуть. Но мякоть оказывается сахарной, рассыпчатой.

— Сладкие! — удивленно восклицает Женя.

Илья не верит, кусает протянутое яблоко с другого бока.

— Реально сладкие, — хмыкает. — Ну ничего себе.

Полуденный зной шуршит, жужжит, стрекочет, басит шмель. Женя и Илья сидят на крышке закрытого колодца возле дуба, в высокой, по пояс, траве.

Дорожки заросли, много крапивы. В разросшейся иве у забора шуршат и пищат птицы. Илья и Женя смотрят на пустые окна без стекол, на единственную занавеску, оставшуюся в маленькой комнате, на отслоившиеся желтые обои, закрутившиеся у потолка. Илья держит Женю бережно, и Жене от этого спокойно и тепло, как под одеялом в детстве. Илья даже пахнет как детство: песком, потом, засохшими болячками на локтях. Сосиской, которую они с Женей только что съели на двоих. Мылом, которым они намыливали друг друга в душе утром.

Жене будто сняли с головы мешок, стало свободнее дышать. Пропали даже струны и структура.

Поэтому она кладет голову Илье на колени и молча смотрит, как ветер расчесывает травы. За травами сарай, в котором лет двадцать лежали доски, остовы колясок, свален прочий хлам, на земляном полу валялись ржавые болты, винты. Сарай, в который Женя притащила кусок замороженного мяса, прикладывала к синяку на скуле Ильи. Таял лед на пакете, и между пальцев скапливалась вода, стекала до запястий.

Когда Жене было одиннадцать, за тем сараем она увидела отца и тетю Милу. Тетя Мила стояла за порослью крапивы и крупных лопухов, привалилась спиной к забору, запрокинула голову, то еле слышно охала, то хохотала, а отец стоял перед ней на коленях, голова между ее ног, скрыта задранной юбкой, и что-то делал рукой ритмично. Потом сказал: «Потише, дура».

За тем сараем Женя с Ильей однажды занимались сексом. Сначала она боялась, что их застукают, но после того как Илья вошел в нее, она обо всем забыла и не остановилась бы, даже соберись вокруг вся их семья. Осталось лишь движение, соленый вкус пальцев Ильи на ее губах, на языке и нарастающая сладость.

В девяносто четвертом в тот сарай залезли. Обычно грабили зимой, когда дом стоял пустой. Весной Женя с родителями приезжали, а дверь на веранду распахнута, дверь в дом распахнута, внутри все перевернуто, украли алюминиевые кастрюли и лопату. Инструменты папа прятал в откос, там их не находили. Один раз на полу в гостиной пытались развести костер, перед креслами темнел паленый круг.

Но в девяносто четвертом явились летом, ночью, когда все были дома. Женя проснулась в середине ночи, не включая свет, пошла на горшок — эмалированный, холодный, размером с суповую кастрюлю, тот стоял на кухне у полуразобранной печи, спасение, если не хочется идти до деревянной туалетной будки во дворе. Сняла крышку, стараясь ей не лязгать, и вдруг услышала в темноте за окном шаги. Кто-то — четыре высокие фигуры — прошли к сараю, что-то звякнуло, упало, дверь сарая распахнулась, и по его нутру забегала световая точка.

Женя побежала к бабушке, бабушка пошла к маме. Отца будить не стали, они просто стояли у кухонного окна втроем в темноте и наблюдали, как тени ходят туда-сюда, что-то вытаскивают, особо не скрываясь. Мама с бабушкой боялись, что те парни обратят внимание на дом, решат вломиться к ним, и что делать тогда? Что если отец проснется, отсиживаться не станет, выбежит, получит ножом в живот. А после придут за остальными и очередной лопатой.

Утром отцу сказали, что ночью все спали, никто ничего не слышал. Они не сговаривались, просто понимали, что так будет лучше. Знали, как огибать углы.

Бабушка скончалась засушливым и жарким летом две тысячи десятого. Воздух был седой от дыма — в шатурских лесах горели торфяные болота, по соснам шел верховой огонь. Женя видела по телевизору, как люди ходят в белом молоке, как пожарные тушат пожар с вертолетов, но бесполезно: сгорали целые деревни, вмиг. Жителей эвакуировали. Бабушка осталась в Москве с родителями, а в начале августа ее экстренно доставили в больницу. Сердечная недостаточность, так сказали после вскрытия. В больнице — той самой, куда Женя ездила ее навещать в проклятом две тысячи пятом, — в палате не было кондиционеров, а окна не открыть. Вся Москва в дыму, все задыхались, так сказала мама. Много сердечников умерло.

Жене про похороны не сообщили, она обо всем узнала только в октябре.

Ты же слабенькая у нас, так сказала мама. Вдруг что. Ты все равно бы не полетела из Владивостока.

Через неделю Женю госпитализировали — сильные боли в животе, температура тридцать девять, рвота: думали, аппендицит, но оказалось воспаление желчного, совсем как у бабушки. И даже было хорошо лежать под капельницей и голодать, это отвлекало от электрического гула в голове. В психушку — как в проклятом, проклятом две тысячи пятом — Женя бы не хотела загреметь. И даже можно было выть немного, перекрикивая этот гул, списывая на сильные боли в желчном. В палате поднимался недовольный шум, прибегала медсестра, колола обезболивающее, и Женя умиротворенно проваливалась в онемевшее ничто.

— Гарью воняло, — говорит Илья. — Она боялась тут оставаться, дом на границе с лесом, вдруг пожар дойдет сюда. Еще соседка все время поджигала мусор в контейнере. Его не вывозили, жарко, все воняло, и она решила вот так исправить все. Ну потом объяснили ей всей деревней, что так делать нельзя. Над помойкой-то тоже сосны, полыхнет.

Сосны за домом шумят, соглашаясь. Женя чертит пальцем буквы на колене Ильи.

— Соседка — какая? Лаиля Ильинична? — вспоминает она.

— Нет, другая. Лаиля Ильинична раньше умерла.

Они молчат немного.

— Скучаешь по бабушке? — спрашивает Илья.

— Каждый день. Надо было прилететь. Была бы в Москве...

— Случилось бы то же самое. — Он заканчивает за нее, и Женя знает: он прав.

— Но я бы попрощалась. И по этому дому тоже очень скучала. Он мне снился иногда.

Снился — правда, в кошмарах. Будто Женя сидит внутри, одна, снаружи ночь и бродят люди, заглядывают в окна.

По завещанию дом принадлежит Жениной маме, но она ездит на другую дачу — они с отцом купили шесть соток ближе к Москве, с бытовкой и баней. Продавать бабушкин дом мама не захотела, переписать его тете Миле, Даше или Илье тоже отказалась. За три неотапливаемые зимы дом быстро отсырел и приобрел рубцы взломанных дверей, наколки со словами «хуй», «мясо» с перечеркнутой «с», «Лёха и Влас». За три безлюдных лета сад зарос и запаршивел. Калитка сгнила, даже отпирать не пришлось — сама раскрылась от легкого толчка.

Женин висок колет горячая капля — и тут же остывает, холодит. Женя смазывает ее пальцами, смотрит наверх.

— Что такое? — спрашивает.

Илья отворачивается, но подрагивающие плечи выдают. Женя обнимает его, гладит по волосам, думая, что ну вот зачем она вспомнила бабушку, она ведь и не думала, что Илья, большой и спокойный Илья вот так вот расплачется, что он вообще умеет плакать… Хотя он плакал один раз, когда случайно раздавил шмеля.

А Илья рассказывает Жене о разводе, о годах, прожитых в странной взаимной нелюбви, о том, как невыносимо скучать по дочке, как тоска выедает изнутри, о том, что ничего не получилось, все пошло коту под хвост, о тихой окоченевшей квартире, в которой Женя узнаёт все свои квартиры, арендованные во Владивостоке, Екатеринбурге, Воронеже и Москве.

В дом Женя не заходит. Она боится, что увиденное перекроет теплую, пахнущую вареньем и шарлоткой кухню, детскую с лакированным, еще советским шкафом, который внутри пах сыростью и старыми газетами, второй этаж, душный от поднявшегося и наполнившего его тепла, с изрисованными обоями, с белой бумажной лентой на оконных щелях, с шишками на подоконнике. А Илья все-таки лезет внутрь, вытоптав в крапиве траншею. Спустя минут пятнадцать он выбирается, держа разбухший, чуть закрученный от сырости самоучитель итальянского — нашел в Жениной комнате. Помнишь, спрашивает он. Конечно, Женя помнит как сейчас все *scusi* и *per favore*, и запах цветов, и чай в тонком фарфоре.

Они идут мимо участка Лаили Ильиничны, на котором вместо резного дома-шкатулки стоит трехэтажный крепкий особнячок с гаражом. Из него выходит внучка Лаили Ильиничны, следит, как по десяти выровненным соткам катает газонокосилку рабочий.

По ямам на дороге переваливается старенький «хёндэ» баклажанового цвета. Ведет машину Котов: мордастый, с поредевшим на макушке жидким хвостиком, слегка помятый, как разговорник итальянского в Жениных руках. На заднем сиденье ерзают мальчики-близнецы в кепочках разного цвета, изучают Женю и Илью беличьими глазками.

Женя и Илья выходят к полю. Его застроили коттеджами — белыми и рыжими будками за листами из профнастила. У заборов свежие посадки сосенок, кустов волчьей ягоды, что-то растет и в клумбах из окрашенных шин. За заборами лают собаки, квохчут куры, хохочут дети, плещутся в бассейне.

Посадки картошки остались у дороги, грядок двадцать. Женя идет между ними по сухим комьям земли, которые лопаются под кроссовками, по красным точкам дохлых колорадских жуков. Интересно, думает она, если тронуть картофельные листы, инсектицид останется на коже? Или его давно смыл дождь, как смывает следы убийцы с места преступления?

— Пойдем, — ей говорит Илья. — Электричка скоро.

— А что с тем мальчиком из Владивостока? — спрашивает мама, подливая чай.

Чаю Женя уже не хочет, пора выезжать. Но она позволяет уговорить себя еще на пять минут. «Мы же давно не виделись», — попросила мама.

— С Амином? — переспрашивает Женя, ругая себя за то, что проговорилась в один из похмельных дней. Хотела жалости немного, но услышала только закадровое папино «Ну гуляет мужик, что теперь? Все гуляют. Хочет замуж — пусть привыкает. Она думает, у нее к тридцатнику большой выбор будет? Да хоть в Москве, хоть где».

— Мы расстались, — признается Женя.

— Жалко, — отвечает мама, хотя прекрасно знает, какие были отношения.

— Тут не о чем жалеть, — говорит ей Женя. — Пап, перепишите бабушкин дом на меня.

Отец недоуменно смотрит на нее. Женя помнит этот взгляд, и ощущение, будто сморозила какую-то чушь, возникает само по себе.

— Жень, ну зачем? — говорит папа. — Давай не сейчас, у нас времени на это нет. Там для оформления геодезию надо делать, документы восстанавливать. И ты как им будешь заниматься одна? Мужик нужен, чтобы все в порядок привести. Видела, что на участке творится?

— Я справлюсь, пап.

— Ты-то? — Папа улыбается.

— Я.

И вот папа откладывает нож, складывает руки на груди.

— Да что ты начинаешь? Почему мы должны на тебя переписывать?

— Чтобы он совсем не развалился, например. Вы же им не занимаетесь. Вам-то какая разница?

— Ты сперва квартирой своей обзаведись, все ездишь по стране как цыганка, ни кола ни двора своего. А потом уже наше считай.

— Юра... — пытается остановить его мама, но папу разве остановишь.

— Ты думаешь, придешь, и все само сделается за тебя? Нет, милочка, ты даже не представляешь, сколько нужно туда вкладываться...

— Просто скажи, что тебе жалко. И это мамин дом вообще-то, ей решать.

Женя глядит на маму. А мама глядит мимо нее и папы, куда-то между, на вешалку, похоже. Такой же взгляд у нее был, когда Женя сказала ей про тетю Милу, папу и сарай. Забудь, Женечка, ответила тогда мама. Тебе, наверное, показалось.

— Женя, — говорит она, — нас не устраивает твое поведение. Так себя вести нельзя.

Всю жизнь одно и то же.

— Да когда я вас устраивала, мама? — вздыхает Женя и, не прощаясь, выкатывает из квартиры чемодан — оставляла его у родителей до вечера.

Внизу у подъезда ждет Илья, подниматься он не захотел. Столько лет прошло, а некоторые вещи не меняются. Неприятно, но Женя понимает — стыд-и-срам пленных не берет.

— Как прошло? — спрашивает Илья.

— Все как обычно, — отвечает Женя и вызывает такси.

В Шереметьево они едут через «Рижскую». Там Женя просит подождать, берет в палатке двадцать гвоздик, кладет их у выхода метро, на место, которое, она помнит, обгорело. Из метро выходят люди, смотрят с удивлением, но Жене все равно. Они не падали от того хлопка, они не знают.

Уже в аэропорту ей дозванивается Амин, но Женя сбрасывает входящий и выключает телефон. Не дает той неудобной, полной страхов жизни себя догнать и ухватить.

На что она тратила время, чего ждала? Она вдруг поняла, как соскучилась по Москве, по шуму, толкотне, пыли и влажному подвальному запаху на Кольцевой линии метро. Раньше она думала, что смена мест и людей вытаскивает из промозглой мути, которая сгущалась вокруг. Теперь же муть рассеялась сама.

Женя хотела бы рассказать Илье об этом.

— Прости, что запретила тебе звонить тогда, — говорит она. — Я думала, так будет лучше. Для нас обоих.

Илья мрачнеет и молчит. Ясно же — он ее простить не сможет, и Женя принимает это. Она сама себя простить не может уже сколько лет.

— Была рада тебя увидеть.

Она целует его в губы и идет на паспортный контроль. Она не оборачивается, нет смысла за это держаться. Когда она поехала к Илье в гостиницу, она знала, что это на одну ночь, что так хорошо больше не будет.

Увидит ли она его еще раз? Скорее всего, нет.

Некоторые вещи забыть невозможно.

VX

[О-этил-S-2-диизопропиламиноэтилметилфосфонат]

есть я
во мне есть
стыд гнев вина
вино и соль
и яд десятков поколений
и одиночество
и то что не сбылось
и смех уже без радужной пыльцы
и швы под ними лесной мед
цветение обид
купаж боли чтобы смаковать
и спирт
им промывали раны
и кости которые хрустят
срастаются под новыми углами
удобными для многих
пригодными для жизни

есть я
во мне есть
стыд гнев вина
вино и соль
и яд десятков поколений

1

О ни с Женей решили оставить ребенка.
Илья написал.

я вечером к мамке еду и ей скажу
я все равно хотел рассказать о нас

Аська выдала в ответ.

может не надо

Но Илья решил все-таки поговорить. А после сделать
Жене предложение. Он давно устал скрываться, на самом деле. Он хотел сдаться, уже махнул рукой на то
идеальное Будущее, в котором угождает всем, в котором мать им гордится, а дети появляются после тридцати, когда он встанет на ноги.

Чего ждать? Ждать нечего. Убегать от себя некуда. Он любит, вот и все.

Воздух за дверью материной квартиры едва ощутимо гудел, как трансформаторная будка. Открыла
Дашка, которая странно улыбалась и тут же слиняла
к себе в комнату. Мать с остервенением отбивала ку-

сок свинины, грохала молотком, свинина истончалась, становилась полупрозрачной, деревянная доска подпрыгивала, тоже грохала. Присыпав свинину луком и тертым сыром, мама сунула ее в духовку, стала резать овощи. Илья молчал.

Я знаю все, она сказала, указав на Илью ножом.

«Всем» оказалось фото, на котором Илья и Женя целовались. И несмотря на то что Илья был сам готов об этом рассказать, несмотря на то что он повторял заготовленную речь полдня, при виде фото внутри него что-то обрушилось, разбилось, а нужные слова забылись. Он ерзал на табурете, поджав под него ноги, чувствуя холодный пол большим пальцем, там, где в носке прорвалась дыра.

Какое извращение, господипрости, кричала мамка на весь дом. Брата совратить, ну это надо же, ну как же так, какой стыд, какой позор!

Никто никого не совращал, мам, отвечал Илья, надеясь, что его услышат наконец. Двоюродного брата, мам, это законом не запрещено. Мы любим друг друга, мам, у нас ребенок будет. На это мать закатила глаза, готовая потерять сознание.

Я позвонила Юре со Светой, и они в ужасе, сказала она, капая в рюмку корвалол, а после водку. Что же вы наделали, что...

Илья набрал Женю, она сбросила. Так повторилось четыре раза, после абонент стал недоступен. Домашний телефон никто не брал.

Происходило что-то неправильное, пространство кривилось, Илья это чувствовал всем телом.
Иногда на соревнованиях было ощущение — сейчас
промажет, и сбывалось. Этот же холодок сбегал по
позвоночнику и теперь — какое-то двадцать пятое
чувство, едва уловимое падение давления, которое
заставило Илью выбежать из дома и помчаться
к электричке. Он мог бы и на машине, но Москва
вечером стояла в пробках, а добраться нужно было
как можно быстрее, пока не стало поздно.

Он выскочил на «Электрозаводской», но кругом
вдруг сделалось темно, фонари погасли. Авария на
электроподстанции, как потом сказали в новостях.
Москву частично обесточило, застряли все везде:
в лифтах и в метро, Калужско-Рижская остановилась,
и до проспекта Мира Илья добирался пешком. Целый
час он то бежал, то шел вдоль автомобильных пробок.
Позвонил Дианке, та сказала, что Женя у родителей.
Крик двадцать пятого чувства вышел на крещендо,
когда Илья взбежал по лестнице и постучал в дверь.
Внутри прозвучали шаги — Илья был готов по-
клясться, кто-то посмотрел в глазок, — но ему не от-
крыли.

Час он покрутился под окнами, пытался дозвониться, достучаться, докричаться, скребся в дверь.
Никто не отзывался.

А потом пришло сообщение от Жени.

больше не звони

И сколько бы Илья ни писал, ни спрашивал, почему и что случилось, все ли с ней в порядке, нужно поговорить, пожалуйста, давай обсудим, ответа не было. Будущее вдруг ушло — всякое, Илью сложило пополам, до хруста в позвоночнике.

Обратно он шел в сумерках, сливался с ними внутренней темнотой и все еще надеялся.

Как оказалось, зря.

2013
АВГУСТ

И з Гумрака его забирает таксист по имени Джамал — так написано на карточке, приколотой к козырьку от солнца. Поджарый, смуглый, будто бы немного вяленый на солнце Джамал подхватывает чемодан Ильи, забрасывает его в багажник и везет Илью по утреннему, накрытому белесым небом шоссе в город.

Джамал болтлив. Он спрашивает, откуда Илья прилетел, оживляется, узнав, что из Москвы. Илья с ним говорить не хочет, но Джамалу все равно, он несет что-то, и словесный поток огибает Илью, слипается вокруг, густеет, как летнее марево снаружи.

Из Москвы, да-а, говорит он. А как в Москве?

У меня там сестра живет.

Муж, семья у нее.

Полиция, говорит, беспредел устроила.

Закрывают рынки, хотя оплачено все на полгода вперед кому надо, понимаешь?

Говорит, младшие собирались идти разбираться, еле отговорила. Горячие, что с ними сделаешь.

Но это же беспредел!

Илья молчит. Думает: «А сами-то».

Джамал не слышит его мыслей, продолжает, глядя на дорогу.

Слышал, что в апреле в Астрахани было?

Приехали из Дербента, в общежитии напали пьяные на девушек. Оскорбили, ударили, в полицию попали. Зачем это всё? Зачем вот так? Ну вы же дома так себя не вели бы, так и здесь прилично надо.

Представляешь, каково их матерям, да?

Семье как жить там, с этим? Какой позор. Два дурака, а достанется и матерям их, и отцам. Всех опозорили, всех. Брата их потом избили, а он-то здесь при чем? Хороший парень, никого не трогал, в больнице теперь.

А потом по этим дуракам, по вот таким, нас всех меряют.

Джамал качает головой.

Солнце обжаривает машину со всех сторон, кондиционер не справляется, дышать невозможно. Жарятся пешеходы, дорога и вокзал, жарятся скульптуры пионеров, которые водят хоровод на восстановленном фонтане, он еще не работает, вот-вот запустят. Одна из пионерок похожа на Аню.

Тогда мать сказала — буднично, словно о колбасе и заморозках в апреле, — что у ребенка были отклонения, беременность пошла не так. Что аборт был необходим. Но будь он жив, этот ребенок с отклонениями, все сложилось бы по-другому. Будь Илья мужиком, ребенок был бы жив, Илья не застрял бы в Волгограде. Может, он больше улыбался бы. Больше старался и все-таки окончил институт, не утонул в депрессии. Не плакал бы в ободранной от уюта, постразводной квартире как слабак. Он же совсем не сильный, каким должен быть мужик. Всю жизнь пытался это скрыть, но разве такое скроешь?

Жене он названивал потом, пытался разыскать. Она сперва не брала трубку, потом взяла и слабым голосом, как будто из глубокого колодца — связь была плохая, — велела больше ее не тревожить. Все кончено, так она сказала. Из-за нас опять погибли люди, хотя никто из-за них не погибал, конечно. Илья сперва не понимал, о чем она. Струны, структура, все взаимосвязано — он думал, она издевается, и лишь потом понял, что она серьезно. Сообразил, в чем было дело.

И отступил.

Наверное, не должен был.

Илья достает из сейфа «глок».

Он думает о ночном стуке в дверь снаружи, путаном мате Алика, щеколде. О гулких лестницах психушки, о Жене, которая осталась в темноте, одна. Он думает о пятне на потолке, жилищниках, которые отказываются брать трубку и описывать испорченное водой имущество. Его фантазия о двух сериях по шесть секунд потихоньку обретает вес и плоть, становится реальнее реальности.

Он садится у шкафа без вещей, смотрит на пустое место, оставшееся от дочкиной кровати. О том, что ей скоро в школу. О том, что нужно будет отвести ее на линейку, сфотографировать.

Он откладывает «глок», берет мобильный. Во Владивостоке ночь, но Илья все равно набирает и слушает длинные гудки.

2

Мама сказала, что Женя родит урода. Что нехорошо, когда родственники сходятся. О чем вы думали?

Папа молчал все время, только глядел на Женю исподлобья и брезгливо. А потом пришла тьма — свет в квартире, в подъезде, во всех домах погас, и фонари погасли. Электричества не было. Всех будто накрыла смерть, и Женя испугалась жутко. Казалось, что в сумраке за ее спиной крадется что-то. Казалось, улица вот-вот вспыхнет десятками взрывов, бетонные плиты под ногами просядут, разломятся, бахнет газ, заполыхает все. Что если началась война? Если сейчас со стороны Останкинской башни прилетят истребители и разбомбят дом Жени — ясное дело, за все ее грехи.

После этого Женя согласилась сходить к врачу. Ее конвоировали тетя Мила с мамой. Обследовали, потом врач сообщила печально: «Есть отклонения, нужно что-то решать, ну вы понимаете, о чем я».

Женя искала в интернете фото плода на десятой, после на одиннадцатой неделе, никак не могла понять — уже ребенок или еще нет? «Еще нет», — говорили мама с тетей Милой. «Уже да», — звенела ей структура, проросшая в Женину голову, пронизавшая ее живот.

Насели на нее со всех сторон.

Женечка, ну как же так, причитала мама. Это же опасно, вдруг родится ненормальным, вдруг, и как ты будешь с ним, как он сам страдать будет, бедняжка?..

Точно родится урод, уверенно говорила тетя Мила. А вы чего хотели, двоюродные брат с сестрой, как в голову вообще пришло, вот докатились, тебе мужиков мало, Жень? Брата зачем?

Папа все еще молчал, и его молчание было хуже любых слов. Все перевернулось и запуталось. Женя поначалу отказывалась, долгие дни держала оборону — вдруг врач ошиблась? Вдруг ребенок нормальный?

А после подумала об Илье, структуре, взрывах — и согласилась.

С тех пор Женино сердце на конце иглы, игла в яйце, яйцо в утке, утка в зайце, а заяц убежал.

Мобильный телефон звонил не умолкая — Женя знала, кто это, но что ему сказать? Как сообщить о том, что она натворила, на что она пошла? Звенели струны, связывающие Женю с Ильей, звенел стыд-и-срам, особенно когда папа и мама смотрели на нее *вот так*. И спать хотелось очень. Закрыть глаза, и чтобы никто не трогал.

Женя легла. Она лежала и лежала, есть тоже не хотелось, с утра клевала что-то, хлеб. После чистки началась какая-то инфекция, и ни конца ни края ей не было видно, то одно воспалялось, то другое. Поэтому Женя пила таблетки, сидела в очереди у врача — у одного, другого, — потом опять ложилась, смотрела в потолок, в стену, закрытую красным ковром, в пол паркетный и нигде не видела смысла или ответа на вопрос: зачем все это?

В июле бабушка варила варенье из привезенной с дачи первой падалицы, в нем с печальным жужжанием вязли осы. Структура едва заметно звенела, напрягаясь, напоминая о себе. Женя лежала, смотрела в потолок.

По телику показали взрывы в Лондоне, и Женя поняла: поздно. Не успела, ее проклятие просочилось через границу, вылилось в мир. Никто теперь не в безопасности, нет такого места. И звон жуткий начался в ушах, в голове, — невыносимый. Просто до тошноты. В этом звоне Женя различила детский крик на одной высокой ноте и, уловив его, не могла избавиться. Ничего не помогало, никакое лекарство, хоть бейся головой о стену.

За ней приехали ласковые, но очень настойчивые люди, ласково, но очень настойчиво велели одеваться. Положили отдохнуть в психоневрологический, договорились с Лидией Олеговной, подругой мамивой подруги, она работала завотделением. Бабушка вцепилась в Женин рукав, не хотела отпускать, кричала: что ж вы ей жизнь ломаете?! А папа сказал ей: тихо, тихо, ее полечат и выпустят, ничего страшного, мы же для нее это делаем, Еленамихална, она же таблеток наглотаться хотела.

У бабушки поднялось давление, вызывали скорую. Нельзя так доводить пожилых, Женя, сказала потом мама. Ты же знаешь, какое у бабушки здоровье. Ты очень нас расстроила. Такое поведение нас с папой не устраивает.

Женя не помнит, как дурка выглядела. В палате вечно было зябко и сумрачно, как в подвале, простыни отсыревшие. Таблетки горькие, вот, наверное, и всё.

Бабуля, прости, я подвела тебя. Я не глотала ничего, правда, я искала средство от головы. И есть я просто не хотела, я же обычно мало ем, — Женя мысленно писала бабушке.

Мне просто не хотелось вставать с постели.

Мне просто не хотелось жить, но я не виновата в этом, оно как-то само.

Но бабушка не принимала мысленную волну, она с телефонами-то не дружила. Тогда Женя написала тому-кто-понял-бы, попросила у него прощения за то, что сама, своими же руками подписала, что позволила. Просто так было надо для его же блага. Сам же потом скажет спасибо. Спасибо, что не испортила мне жизнь, как-то вот так.

Спасибо, что мы с тобой не мучаемся с ребенком-инвалидом.

Только что-то внутри не поддавалось, не гнулось, не верило упорно. И Женя ходила по палате, слушала структуру, водила пальцами по струнам. Теперь она звучала мелодично, теперь, когда все встало на места. Пела знакомыми словами.

Ну вы же знаете, какая она у нас.

Странненькая Женя.

Простите, года через два сказал ей другой врач. Детей вы иметь не сможете. После такой вот процедуры, инфекция еще... Бывает в некоторых случаях, тут не угадаешь. Очень индивидуально все. Вы извините.

А Женя ничего не чувствовала, не за что врачу просить прощения. Ее сердце на конце иглы, игла в яйце, яйцо в утке, утка в зайце, заяц убежал.

3

2013
ОКТЯБРЬ

Первое Дашино воспоминание такое: зимний дневной сумрак, старая квартира в Люберцах. Илья сидит и что-то черкает в учебнике карандашом. Даша говорит, что проголодалась, и он нехотя отвлекается от книги — вечно в своих книгах, с малых лет с остервенением учился, как будто от учебы жизнь зависела. Он разогревает сосиски и картошку на сковороде, ставит перед Дашей, сам возвращается к учебнику. Даша берет тарелку и идет обратно в комнату, что-то спрашивает — что именно, она уже не помнит, помнит только, что было невыносимо скучно и очень одиноко. Может, попросила почитать ей про Винни-Пуха. Но Илья лишь злится, с ней он не желает говорить. Заткнись, говорит. Ты мне мешаешь.

Он замечает Дашу позже, вечером, когда возвращаются папа с мамой. Папа кричит на маму, мама — на папу, в большой комнате что-то звонко лопается, осыпается на пол (плафон люстры, как выяснится потом). Мама вдруг воет сдавленно и жутко, и Илья закрывает дверь детской, быстро находит «Винни-Пуха» и читает Даше вслух. Ей нравится история про мишку, и Кристофера Робина, и ослика Иа, и Тигру (папа похож на тигра), как Илья водит по строчкам пальцем. Даша следит за ним и сама мысленно складывает буквы в слоги, а слоги — в слова.

Так Даша выучилась читать к пяти годам.

Вообще, она все больше склоняется к тому, что ненавидит мужиков.

Взять хотя бы сегодняшнее утро. Они шли с Глебом в школу — его взяли в первый класс московской гимназии от московского же садика, куда они катались два года (для этого Даша и отдавала его именно туда, сколько сил и времени потрачено). Даша купила у метро две булки и кофе в картонном стакане. Стакан был какой-то тонкий, жег пальцы даже сквозь перчатки. Булочки Даша с Глебом начали есть прямо на улице, времени не оставалось уже, опаздывали, все на бегу. Встали на светофоре, осыпая себя крошками. Рядом мужик, оглядел их брезгливо (хотя, казалось бы, не нравится, не стой рядом), сказал:

— Свиньи.

Ну Даша сразу поняла: в ее адрес бросили. Пальцы горят от стаканчика этого, ветер с осенней моросью в лицо, утро хмурое, тоскливое, Саня ночью домой не приезжал.

Сама не поняла, как получилось, в общем. Просто три движения: бросила булку, сняла со стаканчика крышку и плеснула мужику в лицо. Мужик, конечно, орет от боли, закрывает ладонями лицо, Даша орет «тычёсказалтычёсказалбля», Глеб тянет ее за руку, орет:

— Мама, не на-а-а-адо! Мам, ну пошли!

— Не ори, бля! — Даша рявкнула и на него, но тем не менее быстрей ушла, как раз зеленый свет на переход. И вдруг кто ментов вызвал. Саня, конечно, ей помог бы, если что, но лучше его в это не втягивать. Даже представлять не хотелось, что он потом устроил бы.

А недели две назад Даша ему изменила. Познакомилась с парнем в баре. Ну как парень — мужчина. Лысоват, женат (след от кольца не спрячешь), но в целом еще ничего, без пуза и третьего подбородка. Держался уверенно, такое Даша тоже любит. Поговорили о том о сём — он инженер, работает в Жуковском, любит мотоциклы.

— Слушай, ну у тебя же муж есть. — Он указал на кольцо на безымянном пальце. — Зачем ты так?

— Ты будешь меня трахать или нет? — вопросом на вопрос ответила Даша.

Не очень ясно, зачем она с ним поехала. Просто было скучно, грустно, Глеб у мамы оставался, Сашка на дежурстве где-то. Сняли номер, какой — непонятно, свет даже не включали. Инженер этот во время секса начал спрашивать: «А муж твой так делает? А вот так? А так?»

Даше его болтовня осточертела. Она слезла с члена, отыскала джинсы на полу, оделась и ушла.

Почему женатым мужикам никто не задает вопросов? Когда мужик гуляет от жены, это нехорошо, конечно, но никому и в голову не придет спросить: а ты зачем вот это делаешь? Всем же понятно — мужчина по природе полигамен, ему нужно разнообразие, нельзя жрать каждый день одну селедку. А женщине как будто ничто не может надоесть. Она как будто по умолчанию не больно-то и хочет секса, не должна о нем особо думать, потому что секс в удовольствие, охота на него — дело мужское.

Почему женщине не положено того же? Почему она не может оставить после развода ребенка мужику, пусть он сидит с ним, — точнее, может, но общество ее сожрет, «онажемать!». Женская жизнь как будто распланирована, прожита заранее, и остается лишь кусок после пятидесяти, когда муж уйдет или умрет, и можно будет не кормить и не обстирывать, а просто доживать, выискивая: чего же *я* хочу? Как провести оставшиеся годы? И это очень странно, когда смысл находится вовне. Ты все время должна быть для кого-то, но не для себя. Себя ты должна раздать другим, в них раствориться, если ты и правда хороша.

Женщине положено быть доброй. Понимающей. Побритой в стратегически важных местах, готовой к сексу и минету. Положено дружить с мамой мужчины и его родней, спрашивать у них советы и рецепты. Если потребуется, глотать обидные слова, поступки, сперму. Спрашивать у мужа, когда поехать в отпуск, а не решать самой. Готовить вкусно. Зарабатывать. Не изменять. Не пить. Не ругаться матом.

Да пошли они все на хер с их хотелками.

Домой после работы не хочется. Гадать опять, в каком настроении явится Саня, весь вечер в напряжении. Если в хорошем настроении, то жить можно, но в пяти случаях из шести оно будет говно, потому что работа у Сани не сахар. Придет трезвый — это еще не страшно, побурчит и спать завалится. Будет пьяный — тут уже возможны варианты.

Саня приходит пьяный, в полдвенадцатого ночи.

— На дежурстве был, да? — спрашивает Даша и получает ладонью по макушке, несильно, но ощутимо.

— Зай, не тупи, а. Конечно на работе.

Даша с недовольным видом трет ушибленное место, но Саня не реагирует. Он топает на кухню, там хлопает холодильник.

— Да нахер мне твой борщ опять? — кричит.

Звякает крышка, Саня тащит всю кастрюлю в туалет и выливает в унитаз, смывает. Весь пол в свекольных брызгах. Даша с Глебом этот борщ еще дня два бы ели.

— Слушай, — Даша старается говорить спокойно, — ну не хочешь ты суп, скажи мне, я тебе отдельно приготовлю, что надо.

Он молча одевается.

— Куда ты собрался?

— За кудыкину гору, бля...

За кудыкину гору, ну да. Он трет переписки в телефоне, еще до свадьбы начал, Даша проверяла. Секса стало меньше, не старается совсем. И пьет Саня теперь не с Дашей, а с кем-то где-то как-то, злость закипает, поднимается по горлу, выливается наружу.

— Опять по бабам?

Последнее, что Даша видит перед ударом, — это Глеб. Он выглядывает из своей комнаты, что-то кричит с ужасом на лице, но уже не слышно, только звон в ушах, и Даша лежит на полу, думает: не дай бог сейчас и Глебу прилетит, Саня же что-нибудь ему сломает точно.

Лицо болит. Санины ноги в синих хэбэшных носках уходят в сторону кухни, что-то звенит, разбиваясь. Пахнет паленым. Даша с трудом поднимается, идет следом — еще пожар устроит. Но это горят карты Таро в раковине, Саня их сжигает.

— Устроила тут, баба Ванга, блядь... Еще, сука, куриц в жертву принеси на кухонном столе.

Потом он идет в большую комнату, распахивает гардероб и окно тоже распахивает настежь. Подоконник заливает дождь. Саня сгребает Дашины вещи, не глядя, бросает все на улицу, во тьму. Футболки падают подбитыми белыми птицами, их сносит к ЛЭП.

— Сама щас отсюда уедешь.

Во тьму летит зимний сапог из коробки на верхней полке. За ним второй. Даша представляет, как под окнами идет кто-то, и тут с десятого этажа падает женский сапог на каблуке. Она расхохоталась бы, но лицо болит.

— Это *моя* квартира, *я* тут живу, придурок, — говорит она, но отступает, готовая бежать, когда Саня идет к ней.

Но он не бьет, нет.

Он забирает зонт, ключ от машины и уходит.

Даша запирает дверь — на щеколду и поскорее, чтобы снаружи не открыть. Идет на кухню, выгребает обугленные Таро в мусорку. Они рассыпаются веером в ведре, виден тринадцатый аркан, подмигивает Смерть.

Даша вытаскивает ее и сжигает полностью. Собирает с пола осколки тарелок. Затем открывает окно, выпускает дым на улицу. Надо спуститься за вещами, забрать их, но Даша не может, ноги отяжелели, она сама вся отяжелела, голова чугунная, заваливается вперед, и Даша заваливает ее на стол лицом вниз. Скатерть намокает, и пепел на ней растворяется серым пятном (сколько раз говорила в квартире не курить).

Она слышит легкие шаги. На спину ложится теплая детская ладошка, гладит ее между лопаток.

— Мам, ты устала? — спрашивает Глеб.

Даша кивает: да, устала. Очень.

С утра она едет, снимает побои. Потом в ментовку писать заявление — она решила точно, не спустит это Сашке с рук. В ментовке ей говорят: он же не привлекался? Будет административка или сама придешь забирать потом, сколько уже раз так было. Но не со мной же, отвечает Даша. Ее продолжают уговаривать: просто не открывай ему, и все, ты этой административкой его только разозлишь и все такое прочее. В итоге Даша не пишет ничего.

Приходит эсэмэс.

прости зай

Она его стирает. Срочно меняет замки. Собирает Санины вещи в чемоданы и пакеты, выносит все на лестничную клетку. Отправляет сообщение: *забирай, пока не утащили*, а сама вместе с Глебом едет к подруге пожить на пару дней — все равно с таким фингалом на лице не выйдешь на работу. Подруга в ужасе, конечно. Предлагает и дольше у нее пожить, но это уже неудобно. И вдруг Саня найдет их, устроит проблемы? Даша не может так ее подставить.

Глебу надо в школу, первый класс же, классный руководитель обзвонилась. Даша врет, что все болеют. Решила не водить как можно дольше — вдруг Саня подкараулит их у школы? Когда она представляет их встречу, у нее холодеют ладони.

После подруги они живут у мамы, та выедает мозг. Саня регулярно звонит, мама протягивает трубку: ответь, мол, — но Даша не берет. О чем с ним говорить теперь?

Саша с ней явно не согласен. С неизвестного номера приходят эсэмэс.

я тебя найду сука
я тебя найду

В первую же ночь, когда Даша остается дома, она просыпается от того, что кто-то шерудит в замке. Как будто металлическая мышь скребется, грызет дырку из подъезда. Даша не шевелится, она слушает, как эта мышь шуршит, сопит, точит зубы. Когда все утихает, Даша смотрит в глазок — никого, выгнутая лестничная клетка, бело-зеленые стены, лифт.

Утром они с Глебом выходят, а рыжеватый дерматин входной двери изрезан, вылезли поролоновые внутренности, и черным маркером написано: «ШЛЮХА».

В замочной скважине жвачка, приходится опять ждать мастера, опять менять. Потом ждать полицию, писать заявление. Даша снимает дверь на телефон. Подумав, шлет контакты Сашки, фото двери, справки о побоях и эсэмэс с угрозами матери. Хочет отправить и Илье, но в последний момент передумывает.

Мать тут же перезванивает, спрашивает:

— Дарья, что это?

Даша рассказывает все. Перестает рассказывать, услышав смех на том конце.

— Совсем с ума сошел, какая у него любовь к тебе, смотри-ка. Дарья, надо простить. Он же неплохой мужик. Столько для вас сделал. Не каждый женится на женщине с ребенком, между прочим. Сорвался, ну бывает. Вспомни отца...

Даша глядит в окно на линии ЛЭП, вскочить на них и побежать. Трос будет мягко пружинить под ногами, немного подбрасывать к небу, лишать Дашу веса.

— Глеб может пожить у тебя до ноября? — спрашивает она.

— Я же улетаю послезавтра, я говорила тебе? Не говорила? Тут Лариса едет в Турцию, меня позвала, и мы нашли недорогое турагентство, у них все включено, горящий тур, и там отель большой, Лариса прислала фото, будут экскурсии, скорей всего, а я-то английского не знаю, но, сказали, будет русский гид...

С настоящим мужчиной нужно уметь вести себя, говорит ей мама. Когда надо — промолчать. Он просто вспыльчивый, ты понимаешь?

Даша понимает все. Она бежит все дальше по проводам, туда, где тихо, где нету никого.

4

Дома, во Владивостоке, наползает желание выпить, постепенно подминает Женю. Вино ждет, и Женя ловит себя на том, что снова и снова заходит на кухню просто так, *взглянуть*. Бутылка подмигивает маслянисто-зеленоватым бликом на покатой стенке, показывает: во мне есть еще стакана полтора, смотри, ну посмотри же. Женя берет ее, вытаскивает пробку, нюхает. Вино выдохлось, конечно, стояло же неделю.

Женя нюхает его еще раз, затем выливает в раковину, а пустую бутылку выбрасывает — даже не в ведро, а сразу в мусоропровод, чтобы не мозолила глаза.

За время ее отсутствия квартира стала чужой и тесной, как оставленные на даче сапоги, в которые на следующий год влезаешь, а там внутри жуки, пауки, сырые стельки. И город неуютен, делает подножки ступенями и выбившейся из тротуара плиткой, неодобрительно следит фарами машин, сдувает ветром прочь.

Жене снится, будто она сидит в бабушкином доме за обеденным столом на первом этаже, пьет чай. Ночь. Работает телевизор, показывают дым, лесной пожар, пожарные вертолеты. Вдруг за окном из плотной темноты всплывает мертвецки белое лицо с кроваво-красным ртом, какой-то жуткий клоун. Он смотрит на нее, а Женя кидается к входной двери скорее запирать, пока он не вошел.

Ее выбрасывает из сна, как сбросило бы с мотоцикла, столкнись он с чем-нибудь лоб в лоб. Она глядит в потолок, слушает, как стучит сердце, как жужжит телефон, на миг подсветив тумбочку. Нехотя берет его.

очень соскучился по тебе, висит сообщение.

ты прилетела?

Она берет паузу, всматривается вглубь себя, ищет ответ — действительно ли ей хочется новой дозы комплиментов, оскорблений, обвинений, жалоб и вины, — яда, который Амин закапывает Жене в каждые глаз и ухо, ровно столько, чтобы обездвижить, чтобы смело продолжать пить ее время, жрать нервы, потому что Женя, как и остальные, будет молчать (ведь хорошие девочки молчат о таких вещах, ведь жаловаться стыдно, и сплетни распускать нехорошо, лучше терпеть). Втянуться на мазохистский круг, тот же, с теми же приколами, снова разогнать эмоциональные крылатые качели.

Амин знает стыд-и-срам, он дружит с ним. За это он ей и нравился, похоже.

Женя вдруг видит эту схему будто бы издалека: незамысловатый лабиринт, по которому бежит лабораторной мышью, и ей брезгливо и смешно. И стыдно — что до сих пор читает это и предает себя опять.

Она не хочет продолжать.

Амин ей помогает. Он пишет:

это, конечно, было свинство меня сбрасывать.
уже встретила кого-то?

быстро ты

я не хочу с тобой общаться, отвечает Женя.

Молчание.

ну что ты снова начинаешь
я думал ты пришла в себя
а я хотел как лучше, по нормальному с тобой
нам же еще работать

Обвинения, слова любви и отговорки — словесная каша льется и льется на Женю из телефона, запутывая, побуждая спорить, опять гудит структура, набирает силу, пружинит упругой сеткой...

Женя добавляет профиль Амина в черный список. Затем блокирует его номер и все его страницы, и делается тихо. Безопасно.

Телефон вибрирует в руках, и Женя вздрагивает, роняет его на пол. Долго ищет между тумбочкой и кроватью, шарит пальцами вслепую.

— Алло, — говорит в него, когда находит.

— Привет, — говорит ей тот-кто-понял-бы.

Дианка присылает фото: они с Колей в обнимку, счастливые до невозможности. На фоне трехглавая розово-синяя церковь невероятной красоты.

Они пока живут в Славянске у Колиных родителей, те оказались чудесными людьми. Дианка приглашает Женю в гости, говорит, чтобы прилетала не одна, рассказывает, какая на Украине хорошая погода в октябре, как славно будет погулять, как там приятно в целом, а Женя подозревает, что тут не в погоде и не в Славянске дело.

Она закрывает чат, находит взглядом чемодан — тот ползет к ней, лежа на ленте выдачи багажа пузом вверх. Пока там часть ее вещей, самое необходимое: одежда по сезону, ботинки. Остальное Женя перевезет потом, может, организует доставку транспортной компанией. Самой ради этого добра не налетаешься, конечно.

Хотя можно и выкинуть часть. Можно вообще все выкинуть и купить новое, какая ведь разница-то, на самом деле. Это всего лишь вещи.

Она выбегает наружу, за раздвижные двери. Чемодан подпрыгивает на крохотных колесиках, щелкает ими на стыках плитки на полу. Женя замедляет шаг, перебирает взглядом лица встречающих, находит нужное.

— Привет, — ей говорит Илья.

5

2013
ДЕКАБРЬ

Не, ты глянь, что у хохлов творится, — говорит мама, не отрывая взгляда от телевизора.

По Первому идут новости, показывают вечерний Киев, заполненную людьми площадь, колонна Монумента Независимости подсвечена призрачно-голубоватым. Над толпой сине-желтые флаги, черно-красные флаги, кто-то вещает в громкоговоритель, припорошенные снегом шлемы милиционеров, пробки на дорогах из-за заграждений и метели. Корреспондент с красным подмерзшим носом рассказывает о демонтированных заграждениях у здания правительства, о разбитой активистами скульптуре — показывают, как лысый мужик бьет кувалдой по лысине Ленину.

— Чего творят-то, — охает мама. — Ты посмотри, чего творят! Такие же, как эти, в Волгограде.

«Этими, в Волгограде» мама теперь зовет Илью и Женю.

— Ну это дурдом, конечно. Ты слышала? Она же что сделала, эта дура. Заставила Илью продать квартиру, за которую он столько лет ипотеку выплачивал! Нет бы жене бывшей оставить, общий ребенок как-никак. Отдали бы им всю квартиру. Но нет, продали, деньги поделили, снимают что-то где-то. Чуть ли не в соседнем доме — и смысл? — Драматическая пауза, глоток чая. — Но ей не понять, как это — с дитем таскаться, конечно. Надо было ей дать родить тогда, все поняла бы.

Даша берет из вазы яблоко, большое, с восковым розовым боком, откусывает — жесткая кислятина, рот вяжет.

— А как бы родила? — интересуется. — Там же урод был, отклонения какие-то.

Мать отмахивается, будто рядом вьется муха. Продолжает следить за майданом Незалежности, сжатым до девятнадцати дюймов.

— Да там такой срок еще был, непонятно. Мы со Светой подарок гинекологу сделали, объяснили ситуацию, что так и так, ну дети больные на всю голову, рожать собрались. Такие риски же. Она вошла в положение. — Она поворачивается к Даше. — А у тебя как? С Сашей помирились?

Даша молчит, жует кислятину. Ей хочется написать Илье, рассказать правду, но зачем ему сейчас об этом знать? Разве это что-то исправит? Еще заявится к матери с «сайгой», сядет потом. И он наверняка расскажет Жене, а Жене знать не стоит. Ей и без того хватило. Ей не нужно боли.

Даша уносит этот яд в себе, прячет на дне живота. Но слишком тяжело таскать и прятать, Дашу тошнит и крутит много дней подряд, особенно по утрам и вечерам. Она еле передвигает ноги и даже готовить не может — от запахов еды воротит.

Может, из-за тошноты она и не заметила, что ее ждут в подъезде.

Двадцать восьмого декабря они закрывают точку позже обычного: перед Новым годом покупателей много, хорошая касса, Раевский попросил задержаться (за дополнительную плату, разумеется). Даша забирает Глеба, он с пакетом — «бабушка подарила», внутри большой набор и килограмм конфет. Глеб рассказывает о мультиках, которые смотрел (у бабушки он постоянно смотрит мультики), какой-то безумный сюжет с роботами-зверями, которые спасают мир (куда без этого, мир тонет во зле и ждет, когда его спасут).

Они поднимаются на этаж, Даша отпирает дверь и лишь потом замечает у квартиры напротив Саню. Небритый, пьяный, он смотрит на них с Глебом, сложив руки на груди.

Даша заталкивает Глеба в квартиру, хочет скорей запереться, но Саша быстрее, он успевает всунуть ногу в щель.

— Ку-у-уда, с-сука?

Он заходит в квартиру, протягивает руку.

— Ключ.

Даша вкладывает связку ключей ему в ладонь. Саша запирает дверь, ключи кладет в карман.

— Пиздуй к себе, — говорит он Глебу.

Глеб держится за Дашу, не двигается, и Саша так долго, так тяжело смотрит на него, что делается страшно.

— Иди. — Даша толкает Глеба. — Иди к себе.

Глеб нехотя начинает раздеваться: снимает шапочку, расстегивает куртку, поглядывает на Сашу.

— Иди, в комнате разденешься.

Когда Глеб закрывает дверь к себе, Саша хватает Дашу за волосы и бьет головой о стену.

Даша открывает глаза. Она на кухонном полу у батареи, хочет подняться, но не может — одна рука прикована наручниками к трубе. В квартире тихо, первая мысль — о Глебе.

Глеб, хрипит она, челюстью больно шевелить. Глеб!

Да в порядке он, телик смотрит, отвечает Саня. Он выходит из туалета, застегивает ширинку. Даша пытается перевернуться, чтобы сесть. Голые ступни скользят по крови, между ног кровь, пропитала спущенные джинсы, на языке кровь. Кухня покачивается, плывет немного.

Два часа дня уже, говорит ей Саня. В Волгограде хачики вокзал взорвали, жертв пока не называли, я скажу тебе, если вдруг что.

Спасибо, отвечает Даша. Дай попить.

Саня поит ее из стакана. Когда он вот так сидит над ней, видно, что низ свитера у него тоже в крови. Засохшей.

Этот свитер Даша подарила ему на прошлый Новый год. Хороший, кашемировый.

Отпусти, просит она. Глеба покормить надо.

Я уже кормил, говорит Саня. Яичницу сделал, ты будешь?

Даша будет. Даше нужны силы, все будто в тумане.

Саня садится за стол, глядит на Дашу сверху вниз.

Зай, ты развестись решила, что ли?

Я же тебе не разрешал, зай, он говорит и наливает водки, хлопает одну. Закусывает солеными огурцами из банки, стояла в холодильнике.

Я тебя не отпускал.

Он поднимается, подходит к Даше.

Приказа такого не было, ты поняла?

Он бьет ногой в живот, туда, где яд.

Она упросила Сашу снять наручники только ночью. Говорила, что очень больно ей, живот болит. Что хочет по-большому в туалет. Много чего говорила, на самом деле, но только туалет сработал.

«Сри под себя», — сказал ей Саша, но наручники в итоге расстегнул. Покачивался, когда наклонялся, совсем нажрался. В Дашу он тоже влил водку, много, Дашу снова тошнит.

Сейчас он сидит напротив за столом и смотрит на нее. Даша следит, как закрываются его глаза: все медленней и медленней, вот-вот уснет. Сидеть больно, Саша ей там все порвал. Живот ноет. Когда Даша писала, моча была с кровью.

Краем глаза она видит — по коридору тенью крадется Глеб. Сказала бы ему найти запасные ключи в нижнем ящике под зеркалом, но так, жестами, не объяснишь.

Даша указывает ему на дверь, стой там, мол. Глеб кивает, обувается.

Хороший мальчик.

Санины глаза закрылись. Больше не открываются.

Даша встает. Берет из мойки керамический нож, идет тихонько в коридор. Мир сжимается и пляшет — от выпитого? От сотрясения, кровотечения? Осторожно, чтобы не звякнуло ничего, Даша выдвигает ящик, достает ключи. Вытаскивает мобильный из сумки, набирает 102. «Пожалуйста, помогите», — шепчет девушке на том конце. Называет адрес, поглядывая в сторону кухни.

«Я вас не слышу, женщина, перезвоните», — отвечают ей из телефона и вешают трубку.

С кухни доносится яростный рев, и Даша роняет мобильник, быстрее отпирает дверь, выталкивает Глеба, выбирается сама.

Ее хватают за ворот кофты.

Даша вырывается, падает на стену. Саня прижимает ее телом, удивленно вздрагивает. Рукоять ножа больно впивается под ребра. Даша отталкивает Саню, и он летит — мимо Глеба, спиной вперед, головой вниз, как-то неловко очень. Ломается о ступени, раскидывает руки-ноги пролетом ниже.

Больше не шевелится.

Ниже этажом кто-то открывает дверь.

— Я вызываю полицию, слышите? Сколько можно орать, совсем стыд потеряли!

Дверь закрывается, в подъезде снова тихо.

Даша садится на ступени. Все еще держит пустую рукоять — керамическое лезвие сломалось и осталось в Сане. За другую руку берется Глеб, сжимает крепко. Даша сжимает в ответ его ладошку. Шмыгает разбитым носом. Живот болит.

— Придется тебе пожить у бабушки еще, — говорит она.

6

2013
ДЕКАБРЬ

Утро тревожное, не новогоднее совсем. Женя старается этого не чувствовать, не зацикливаться, заключить себя в кокон незнания, но как ты это сделаешь, когда по телевизору и в новостях в сети дрожит струной одно: теракт.

Взрыв произошел на железнодорожном вокзале, мимо которого Женя ездит почти каждый день, смотрит на жутких пионеров фонтана «Крокодил», новых, но успевших облезть за осень и декабрь, приобрести ржавые порезы под коленями и на запястьях.

По предварительным данным, в полдень в здание вошел смертник, не смог пройти в зал ожидания, его остановили для досмотра. Там же, у металлодетектора, он привел взрывное устройство в действие, не менее десяти килограмм тротила. По тем же данным, погибло шестнадцать человек, десятки пострадали. В новостях показывают тела на ступенях у входа, накрытые тряпьем, какими-то пеленками нежно-голубого цвета, сорванные с петель двери, над ними транспарант-перетяжка «С новым 2014 годом!».

На ютуб-канале *RT* почти сразу же разместили видео с моментом взрыва: вокзал, парковка, четыре ряда машин. Башня главного входа с часами — за стеклами ярко вспухает пламя, камера наблюдения трясется. Проходящий мимо мужчина в черном пальто падает, поднимается на ноги, идет дальше — и лишь у парковки наконец останавливается, осматривает себя, оборачивается на вокзал. Женя просматривала это видео раз двести, чувствуя, как отнимаются ступни, а после голени, а после бедра, после холодеют пальцы и она не может встать. Беззвучное «бам» изнутри, из башни валит дым, как из печи. Огонь — взрывная волна — дым, огонь — взрывная волна — дым, это всё знаки, снова, снова, снова, а потом Илья забрал у нее ноутбук и попросил помочь ему готовить ужин.

Все будет в порядке, так он сказал.

Все будет в порядке, он шепчет ей в волосы сейчас, целует в макушку, и Женя верит наконец.

Снаружи деревья в белой корке льда, красивые, похожие на елочные украшения. Кажется, вот-вот зазвенят на ветру, как подвески-пагоды, которые висят у дверей чифанек во Владивостоке. Она съедает яичницу и бутерброд. Сразу думает о бедрах, весе и весах, конечно, но в квартире, которую они с Ильей снимают, напольных весов нет. «Зачем тебе?» —

Илья пожал плечами, когда они бродили по магазину с электроникой и выбирали стиральную машинку. Ты прекрасно выглядишь, так он сказал, ты же мне нравишься любой, и Женя начала с ним спорить, а потом подумала: и правда, ну зачем?

Иногда после еды ей хочется быстрее вывернуть себя над унитазом, но она держится. Она старается, честно.

Иногда Женя боится за Дианку, но та пишет, что всё в порядке, Киев далеко.

Иногда Женю одолевает сумрачная тягостная тревога, она нарастает, как вой сирены, как детский крик. Женя присматривается к Илье: не слишком ли он занят, он мало говорит с ней. Вспухает подозрение — неужто разлюбил? Передумал жить с ней? Надоела? Что-то не так сказала, недотянула, не смогла? Что-то изменилось после того, как он узнал, что детей у нее не будет? Женя злится, Женя поддевает его словами из-за какой-то мелочи, чтобы заглянуть внутрь, проверить: верна ли догадка? На это Илья спрашивает: что вдруг случилось? Она действительно хочет поссориться сейчас? И Женю отпускает.

Иногда она задерживается возле полок с алкоголем в магазине, но никогда не покупает. Стоит представить красное в бокале, его вкус на языке, как тут же вспоминаются балкеры, курсанты, гаражи, тоскливое бесконечное ожидание чего-то, прохладный ламинат, по которому она гнала себя туда-сюда, из угла в угол, от стены к стене — метание, подмена действиям реальным. Женя будто опять влезает в душный комбинезон собственных страхов, тяжелый, набитый отсыревшей ватой, который сдавливал, мешал сделать полный вдох... Нет. Структуры больше нет, струн нет, ничто не касается ее плеча.

Она в завязке уже четвертый месяц. Девяносто шестой день, она считала.

Недавно снилась бабушкина дача. За окнами цветет и сверчит лето, прохладное утреннее солнце линует стены, пол. На кухне, на шаткой, заляпанной краской стремянке балансирует Илья, прилаживает новый карниз и спрашивает: «Вот так ровно? А вот так?» И Женя не может решить.

Тридцатого декабря они встают пораньше. Илье на работу к одиннадцати, а нужно успеть купить подарок Ане, ехать в тревожно гудящий после взрыва центр. Машина опять сломалась (Илья думает ее продать), и они решают прогуляться, хотя погода так себе. Температура около нуля, всё тает, под ногами жижа, под жижей скользко, ботинки промокают. Налетает мелкий снег, заволакивает улицу Качинцев мягким туманом. Дорога, длинная пятиэтажка, фонари и подмигивающий алым светофор — все придавлено сероватым низким небом, как пуховым одеялом.

— Пятнадцатый! — Илья указывает на троллейбус. Похожий на буханку, тот стоит на повороте, пропускает пешехода. — Побежали!

— Мы не успеем!

— Успеем. — Илья хватает ее за руку, и они бегут наперегонки с троллейбусом.

Женя смеется: ну какая разница-то — в этот или в тот, они же не торопятся. Чего нестись? Троллейбус тормозит на остановке, раскрывает двери, приглашает. Говорит: «Остановка "Качинское училище". Следующая остановка "Академический колледж"».

Илья тянет внутрь, в надышанное тепло. А Женя тянет его обратно, в липкий от влаги холод. Они же хотели погулять, ведь так приятно цепляться за рукав Ильи, говорить о пустяках и подмечать всё те же пустяки вокруг себя: летящих птиц, шаурму на рынке, гирлянды, фантик под сапогом и карамельной коркой тающего льда, пузыри под ним и влага, тепло рук — своей, его, — голос, запах порошка и кофе, дыхание, которое облачком взбухает у лица. Мозаика из пустяков. Бессмысленная, хрупкая, но кроме нее, по сути, нет больше ничего.

— Едете уже? — кричит водитель.

Женя качает головой, и Илья, подумав, слезает со ступеньки, подходит, обнимает.

Двери с шипением закрываются, троллейбус уползает, сминая слякоть на дороге, смешивая воду, снег, бензин, песок.

Илья и Женя идут дальше.

Москва — Благовещенск,
2020–2021

30 декабря 2013 года в Волгограде прогремел еще один взрыв. Он произошел, когда троллейбус, следовавший по маршруту номер 15, отъехал от остановки «Качинское училище» и проезжал мимо дома по адресу улица Качинцев, 122. Погибли 16 человек, 25 пассажиров получили ранения различной степени тяжести. Салон полностью выгорел.

4 июня 2014 года на месте взрыва установили памятник жертвам теракта. Средства на его установку выделили руководители предприятий Дзержинского района, на территории которого произошла трагедия.

* * *

25.11.2019. 9:00
«НОВАЯ ГАЗЕТА», СТАТЬЯ «Я ТЕБЯ СЕЙЧАС, СУКА, УБИВАТЬ БУДУ»

...В России четыре из пяти женщин (79%), осужденных в 2016–2018 годах за умышленное убийство

___

(ч. 1 ст. 105 УК РФ), в действительности защищались от домашнего насилия. Результаты были получены с помощью алгоритма машинного обучения, который проанализировал около 2,5 тысяч судебных приговоров. Среди осужденных за причинение тяжкого вреда здоровью, повлекшего смерть (ч. 4 ст. 111 УК РФ), оборонялась от партнера каждая вторая — около 52%.

Кроме того, журналисты изучили около 1,5 тысячи приговоров, вынесенных в 2011–2018 годах за убийство при превышении пределов необходимой обороны (ч. 1 ст. 108 УК РФ). Масштаб домашнего насилия там оказался самым высоким: от партнеров или других родственников-мужчин защищались 91% женщин. В то же время мужчины, осужденные по такой же статье, защищались от партнерш всего в 3% случаев.

Наказание за это преступление значительно мягче, чем по остальным статьям, — до двух лет заключения. Однако авторы исследования сделали вывод, что, согласно УК РФ, многих из этих дел вообще не должно было быть: женщинам приходится сидеть в тюрьме лишь потому, что они не могут отбиться от агрессора голыми руками, как того требует суд.

И судьи, и обвинители, и даже сами адвокаты обычно склонны обвинять подсудимую в том, что она терпела насильственное обращение и сама довела ситуацию до трагической развязки, рассказывает адвокат Галины Каторовой Елена Соловьева.

По ее словам, в выводах психиатрических экспертиз, которые назначаются во время следствия, нередко можно увидеть утверждения о том, что состояние женщины в момент убийства нельзя считать аффектом, поскольку «насилие носило для нее системный характер» и она должна была к нему привыкнуть*.

---

* С полным текстом статьи можно ознакомиться на сайте «Новой газеты»: https://novayagazeta.ru/articles/2019/11/25/82847-ya-tebya-seychas-suka-ubivat-budu.

Послесловие

31 августа 2004 года, спустя полчаса после теракта у метро «Рижская», я возвращалась с работы домой и ехала по проспекту Мира в сторону области. Я сразу поняла, что произошло — в то время все всё быстро понимали, — и первым делом обзвонила родных и друзей. Они были в порядке.

К сожалению, кому-то повезло меньше.

Беззащитность, вот что я чувствовала тогда. Может, упадет самолет, на котором ты полетишь в отпуск. Может, ты не доедешь до работы. Может, ночью, пока ты спишь, панельная многоэтажка сложится тебе на голову. Счастье в той обстановке в принципе было недостижимо. Как можно его обрести, когда ты все время в страхе? В не меньшем страхе жили и мои друзья, родители которых приехали с Кавказа на заработки и не были виноваты в происходящем — но для некоторых людей оказались «на одно лицо».

На мой взгляд, ужасающие теракты тех лет наложили отпечаток на все поколение нынешних тридцати- и сорокалетних. Жуткие новости были фоном нашего детства и юности и стали в какой-то мере нормой. И порой делается очень тревожно, когда всё хорошо, — потому что этому «хорошо» сложно доверять. Потому что в любой момент оно может полыхнуть и исчезнуть.

Не так давно сын спросил, почему мы вышли из поезда в метро, ведь это же не наша остановка. Я не смогла дать ему внятный ответ и сказать правду: что увидела женщину, закутанную с ног до головы в черное, в безразмерной куртке поверх. Я понимаю, что террорист может быть одет как угодно и быть любой национальности. Я понимаю, что не все возможно заметить, что мои подозрения и реакция — просто фантомные боли прошлого, но ничего не могу с собой поделать. Однако я не хочу передавать мою травму — нашу травму — следующему поколению: чтобы мой сын опасался не похожих на себя людей и жил в ожидании плохого.

Поэтому мы идем дальше, за Женей и Ильей.

Благодарности

Так сложилось, что течение моей жизни определяли именно женщины: бабушки, которые меня растили, учительницы и наставницы, подруги, коллеги, знакомые и незнакомки. Женщины, которым непросто самим, которые тащат на себе не только дом и детей, но и работу (не всегда любимую), родственников (не всегда благодарных), ожидания и требования общества (которые не всегда совпадают с нашими желаниями и потребностями).

Но они всегда, всегда оказывались рядом, когда я нуждалась в поддержке. Даже когда я не понимала, что мне нужна помощь.

Поэтому этот роман я посвятила моим императрицам:

моим бабушкам, Беркгаут Клементине Густавовне и Беркгаут Анне Густавовне. Помню и люблю;

моему учителю Ольге Славниковой;

дамам моего сердца Татьяне Соловьевой
и Анастасии Шевченко;

моим агентам Юлии Гумен и Наташе Банке;

моему литературному редактору Анне
Воздвиженской;

Ольге Брейнингер и Татьяне Замировской, которые
любезно согласились прочесть роман и о нем
отозваться. Вы вдохновляете меня своим примером;

Анастасии Володиной, которая дает прекрасные
советы;

Насте Вещиковой, которая остается рядом;

Веронике Дмитриевой, которая спокойна и тверда,
даже когда все вокруг пропало, все пропало, караул;

Татьяне Стояновой, которая несет на своих
прекрасных плечах весь пиар РЕШ.

Также хочу сказать спасибо за помощь
не императрицам, но императорам своего дела:
Константину Мильчину, Максиму Мамлыге,
Василию Авченко и Юрию Некрасову.

Благодарю «Новую газету» за освещение важных
социальных тем и возможность опубликовать
фрагмент статьи в конце моего романа.

И особую благодарность хочу выразить
Елене Шубиной. Спасибо Вам за то,
что Вы снова поверили в меня.

Содержание

BZ
[3-хинуклидинилбензилат]
7

GB
[O-изопропилметилфторфосфонат]
187

VX
[O-этил-S-2-диизопропиламиноэтилметилфосфонат]
301

Послесловие
346

Благодарности
348

Литературно-художественное издание

ВЕРА БОГДАНОВА

СЕЗОН ОТРАВЛЕННЫХ ПЛОДОВ

Роман

Содержит нецензурную брань

Главный редактор Елена Шубина
Ведущий редактор Вероника Дмитриева
Литературный редактор Анна Воздвиженская
Художественный редактор Константин Парсаданян
Корректоры Лариса Волкова, Надежда Власенко
Компьютерная верстка Елены Илюшиной

https://vk.com/shubinabooks

https://t.me/shubinabooks

Подписано в печать 16.04.2025. Формат 84х108/32.
Печать офсетная. Усл. печ. л. 18,48. Доп. тираж 2000 экз. Заказ 3205.

Общероссийский классификатор продукции
ОК-034-2014 (КПЕС 2008); 58.11.1 — книги, брошюры печатные

Произведено в Российской Федерации
Изготовлено в 2025 г.

ООО «Издательство АСТ»
129085, г. Москва, Звёздный бульвар, дом 21, строение 1, комната 705, пом. I, 7 этаж
Наш электронный адрес: www.ast.ru
E-mail: ask@ast.ru
Интернет-магазин: www.book24.ru
«Баспа Аста» деген ООО
129085, Мәскеу қ., Звёздный бульвары, 21-үй, 1-құрылыс, 705-бөлме, I жай, 7-қабат
Біздің электрондық мекенжайымыз: www.ast.ru
E-mail: astpub@aha.ru
Интернет-магазин: www.book24.kz
Интернет-дукен: www.book24.kz
Импортёр в Республику Казахстан ТОО «РДЦ-Алматы».
Қазақстан Республик сындағы импорттаушы «РДЦ-Алматы» ЖШС.
Дистрибьютор и представитель по приему претензий на продукцию в Республике Казахстан:
ТОО «РДЦ-Алматы»
Қазақстан Республикасында дистрибьютор және өнім
бойынша арыз-талаптардықабылдаушының екілі
«РДЦ-Алматы» ЖШС, Алматы қ., Домбровский көш., 3 «а», литер Б, офис 1.
Тел.: +8(727) 2515989, 90, 91, 92, факс: +8(727) 2515812, доб. 107
E-mail: RDC-Almaty@eksmo.kz
Өнімнің жарамдылық мерзімі шектелмеген.
Өндірген мемлекет: Ресей

Отпечатано с готовых файлов заказчика
в АО «Первая Образцовая типография»,
филиал «УЛЬЯНОВСКИЙ ДОМ ПЕЧАТИ»
432980, Россия, г. Ульяновск, ул. Гончарова, 14